KB166142

공 작 영 애 의 소 양 5

Retishia

[레티시아]

Bern

[배른]

Edward

[에드워드]

目 次

공

작

영

애

의

소

양

5

Illustration／후타바 하즈키

레이아
Reia

루첼

디더

아이리스의 호위.
어릴 적 아이리스가 거둬들인 아이 중 한 명.

라일

아이리스의 호위.
어릴 적 아이리스가 거둬들인 아이 중 한 명.

아이리스 라나 아르메리아

아르메리아 공작가의 영애.
전생의 기억이 되살아난다.

레메

아르메리아 공작가의 도서관을 관리한다.
어릴 적 아이리스가 거둬들인 아이 중 한 명.

타냐

아이리스의 전속 시녀.
어릴 적 아이리스가 거둬들인 아이 중 한 명.

알프레드

타스멜리아 왕국 제1왕자.
에드워드 파를 물리치고 국정을 장악한다.

메를리스 레제 아르메리아

아르메리아 공작부인.
아이리스의 어머니이자 사교계의 꽃.

카딜

아카시아 국 왕자.
아이리스에게 청혼한다.

레티시아

딘의 여동생.
총명하고 실무능력이 뛰어나다.

베른 타아시 아르메리아

아르메리아 공작가의 적자.
유리를 좋아한다.

루이 드 아르메리아

아르메리아 공작가의 가주이자 재상.
아이리스의 아버지.

루디우스

타스멜리아 왕국 제1왕자 알프레드의
소꿉친구이자 보좌역.

미나

아이리스가 지원하는 교회에서
아이들을 돌보고 있다.

에드워드 톤 타스멜리아

타스멜리아 왕국 제2왕자.
왕위 찬탈 죄로 투옥된다.

유리 노이어

노이어 남작가의 영애.
왕위 찬탈에 관여한 죄로 유폐 중.

공 작 영 애 의 소 양
인 물 소 개

가젤 더즈 앤더슨

앤더슨 후작가의 전 가주이자 장군.
메를리스의 아버지.

크로이츠

타스멜리아 왕국군
부장군.

모네다

아르메리아 공작령 은행 총책임자.
아이리스가 거둬들인 아이 중 한 명.

파커스 데스 앤더슨

앤더슨 후작가 가주이자
메를리스의 오라버니.

슈레

앤더슨 후작가
경비대 대장

글라우스

아르메리아 공작령 동부를 통치하는
보르틱 패밀리의 넘버1.

22장
공작 영애의 어머니는 강하다

시간은 거슬러 올라가 아이리스가 엘리아 왕비의 부름을 받고 왕궁에 갔을 무렵.

아이리스의 어머니 메를리스는 앤더슨 후작가에 있었다.

······앤더슨 후작가 훈련장.

명문 무가로 칭송받는 앤더슨 후작가에는 중앙 정원 대신 왕궁에도 뒤떨어지지 않는 훈련장이 존재한다.

본래는 역대 앤더슨 후작가의 일원과 그 가문의 사병인 호위대가 훈련하는 곳이었다.

그러나 지금은 영웅으로 유명한 가젤 장군의 가르침을 받고자 실력을 인정받은 강하고 운 좋은 남자들이 모이는 장소가 되었다.

이 나라에서도 뛰어난 전투 능력을 지닌 그들은 놀라운 표정으로 훈련장······ 아니, 그곳에서 모의전을 펼치는 메를리스를 바라보고 있었다.

"이봐······ 방금 움직임이 보였나?"

"아니······."

그들은 넋을 잃은 채 그저 그녀의 싸움을 지켜보았다.

날카로운 검의 궤적.

마치 미래가 보이는 것처럼 절묘하고 날렵한 움직임.

그녀와 대치하던 남자들은 차례차례 속수무책으로 바닥에 쓰러졌다.

"대체 저 여자는 누구지……!"

그녀의 싸우는 모습을 지켜보던 사람들 속에서 그런 외침이 들려왔다.

그 말에 두 남자…… 왕국 군부장군인 크로이츠와 앤더슨 후작가의 호위대 대장인 슈레는 서로 얼굴을 마주 보며 웃었다.

"무리도 아니지."

크로이츠의 중얼거림에 슈레는 고개를 끄덕였다.

"아니, 저건 위험해. 옛날 모습을 아는 우리라면 몰라도……. 봐, 그녀의 훈련을 본 적이 있는 녀석들까지 굳어 버렸잖아."

"기백이 전혀 다르군. ……하긴 지금까지는 몸이 둔해지지 않도록 훈련하는 것뿐이었으니까."

"우리는 지금 저 모습이 더 익숙한데……. 누가 뭐래도 가젤 장군께서 천부적인 재능을 지녔다고 인정하신 여걸 아닌가. ……뭐, 겉모습은 전혀 그렇게 보이지 않지만."

"하긴."

건드리면 부러질 것 같은 가냘픈 팔다리.

아름다운 얼굴.

그녀를 구성하는 그 모든 것이 지금 투지를 드러내며 검을 휘두르는 그녀와는 도저히 연결되지 않았다.

"나는 오히려 그녀가 가젤 장군의 따님…… 아니, 귀족 영애라는 사실이 더 놀라웠다네.”

“하긴…….”

크로이츠의 말에 이번에는 슈레가 쓴웃음을 지으며 동의했다.

그들이 메를리스를 처음 만난 것은 그녀가 사교계에 데뷔하기 전.

그녀는 메를리스 레제 앤더슨의 대역 겸 호위 ‘멜’이라는 신분으로 어린 시절부터 훈련에 참가했다.

그게 그녀 자신이 바랐던 일이라는 것은 두 사람 모두 훗날에야 알게 된 사실이다.

당시 메를리스는 귀족 영애이자 사교계에 데뷔하기 전이기 때문에 얼굴을 아는 사람은 가족들, 그리고 그녀를 접한 적이 있는 극히 일부의 고용인들 뿐.

처음 만났을 때, 두 사람이 멜과 메를리스 레제 앤더슨이 동일인물이라는 사실을 몰랐던 것도 당연한 일이다.

덧붙여 말하자면 당시 메를리스는 말투도, 행동도 너무나 귀족 영애답지 않았다.

대체 어느 영애가 그들조차 지옥 같다고 표현할 만큼 혹독한 훈련을 스스로 기꺼이 해낸단 말인가…….

두 사람이 그녀가 후작 영애라는 사실을 알게 된 것은 함께 훈련을 시작한 지 한참이 지난 후였다.

실제로 지금 이곳에 있는 사람들은 대부분 그녀의 정체를 모른다.

앤더슨 후작가의 호위병들이라면 몰라도 군 관계자들은 특히나 그렇다.

왜냐하면 그녀의 존재는 극비 중의 극비.

공작 부인이 검을 즐긴다는 사실이 알려지면 세간의 평판에 좋지 않기 때문이기도 하지만…… 무엇보다 가장 큰 이유는 그녀가 비정

상적으로 강하기 때문이었다.

"……너 강해졌군."

"아니, 강해졌다기보다는…… '돌아왔다'라고 해야 될 것 같은데."

그녀의 강함은 어릴 적부터 이미 각별했다.

타고난 재능이 어머니의 원수를 갚겠다며 신들린 듯이 훈련한 덕분에 더욱 연마된 것이다.

"아직 부족하다고 하더군."

"……부족해?"

"그래. '그동안 너무 평화로운 생활에 안주하고 있었나 보군요. 평온한 나날 따윈 언제 위협받을지 모르는데.'라고."

"공작님 때문인가."

크로이츠가 슈레의 말에 눈을 동그랗게 떴다.

"잘 아는군?"

"후작님께 넌지시 들어서……."

"아…… 그렇군. 꽤나 반성하고 있는 모양이야. '남편이 습격당하는 걸 보고 흥분해서 실수하고 말았어요. 배후 관계를 캐냈어야 하는데.'라고 말하더군."

"정말 통한의 실수로군."

"……가차 없는 평가인데?"

"그야 다른 녀석이라면 '장하다, 공작님을 지켰구나!'라고 했겠지. 하지만 그녀의 역량을 생각하면 그 정도는 당연한 거야. 실제로 습격자들을 순식간에 처치했다고 하지 않았나. 한두 명이라도 남겨 뒀더라면 쉽게 입을 열었을 텐데. 그녀의 싸우는 모습을 보고 공포에 질리지 않을 리 없으니까."

크로이츠는 슈레의 말에 쓴웃음을 지으며 동의하듯 고개를 끄덕였다.

두 사람이 이야기를 나누는 동안 다음 모의전이 시작되었다.

이번에도 메를리스 대 왕국군 병사들, 즉 1대 다수의 싸움이었다.

그녀는 연달아 싸우면서도 지친 기색을 보이지 않았다.

아니, 오히려 검은 점점 더 예리하고 날카로워졌다.

"으음……. 지금도 떠올릴 때마다 몸이 떨려. 그녀의 싸우는 모습은."

슈레는 뇌리에 각인된 당시의 기억을 떠올리듯 아련한 눈빛으로 말했다.

머릿속에 당시 그녀와 싸웠던 나날이 선명하게 떠올랐다.

……소름끼치는 치열한 싸움.

뒤따르는 자들의 투지를 영혼 밑바닥부터 끌어올리는 용맹무쌍한 그 모습.

그리고 피에 젖은 그녀는 어딘가 침범하기 어려운…… 그야말로 가냘픔과 장절한 아름다움을 풍겼다.

"뭐, 당시를 떠올리면 '괴물'에서 '괴물 같은 강함'으로 변한 정도? ……이대로 가면 몸을 움직이는 동안 그 경지까지 돌아갈 것 같군."

아무도 모르는 그녀의 싸움과 공적.

사실을 아는 것은 국가의 상층부 중에서도 극히 일부……. 그녀의 아버지 가젤 장군과 세상을 떠난 아르메리아 공작가의 가주, 그리고 그녀의 남편인 현 가주뿐.

그리고 슈레를 비롯하여 앤더슨 후작가에 충성을 맹세한 사병들과 당시 가젤 장군의 오른팔이었던 크로이츠.

모든 실권을 쥐고 있던 태후조차 그녀의 깅함과 공적을 전부 파악하고 있지는 못한다.

모든 건 어둠 속에 묻혔거나 또는 가젤 장군의 공적으로 둔갑했다.

……절대로 밝힐 수 없다.

규중의 영애여야 할 후작가의 아가씨가 홀로 천 명의 적을 벨 수 있는 기사라는 사실은.

그래서 그녀의 존재는 극비 중의 극비다.

"……부장군님."

군인 한 명이 머뭇거리며 크로이츠에게 말을 걸었다.

"……저 여인은 대체 누구입니까? ……저, 자신을 잃었습니다."

그 힘없는 말에 크로이츠뿐만 아니라 그 옆에서 듣고 있던 슈레도 웃음을 터뜨렸다.

"안심해라. 가젤 장군의 가장 뛰어난 제자이자 내가 아는 이 중에서도 최강으로 손꼽는 전사 중 하나다. 따라 하라는 말은 하지 않겠지만 그 움직임을 눈여겨보거라."

"네…… 네에."

크로이츠의 지극히 진지한 대답에 그는 더더욱 혼란스러운 눈치였다.

슈레는 그 모습을 보며 큰 소리로 웃음을 터뜨렸다.

"……슈레 님."

그런 그에게 화제의 중심이었던 여성…… 메를리스가 말을 건넸다.

어느샌가 모의전은 끝난 모양이다.

물론 메를리스의 승리였다.

"왕국군 분들과는 한차례 시합을 한 것 같으니 다음은 앤더슨 후작가 여러분과 싸우고 싶은데요."

"자, 잠깐만! 메를……이 아니라, 멜. 오늘 하루 계속 싸우기만 했잖나? 조금 쉬지 그래?"

"옛날엔 이 정도는 보통이었는걸요……?"

메를리스가 슈레의 반응에 고개를 갸웃거렸다.

당신은 내 옛날 훈련량을 알고 있지 않느냐고 넌지시 의문을 던지는 듯한 말이었다.

"물론 그렇긴 하지만……."

흘낏 주위로 시선을 던지자 앤더슨 후작가의 호위병들이 한 걸음 뒷걸음질을 쳤다.

앤더슨 후작가 사람들은 옛날부터 이 훈련장을 드나들었던 자들이다. ……당연히 그녀가 얼마나 강한지 몸서리가 쳐질 만큼 잘 알고 있다.

그런데 전보다 더욱 강해진 것처럼 보이니 그들이 두려워하는 것도 어쩔 수 없는 일이다.

일부 새로운 멤버들도 지금까지의 모의전을 보고 고참 멤버들과 똑같은 반응을 보였다.

"……오. 뭐냐, 멜. 훈련에 참가하고 있었느냐?"

그런 그들에게 구세주가 되어준 것은 이 저택의 주인 가젤 장군이었다.

그녀는 가젤 장군이 잠시 볼일이 있다며 이곳을 떠난 직후 훈련에 참가했기 때문에 오늘 그와 만나는 것은 지금이 처음이었다.

"네. 장군님의 호의 덕분에 함께 훈련하고 있습니다. ……여기는 장군님께 훈련받은 강한 병사가 아주 많으니까요."

메를리스는 어디까지나 '멜'로 행세하며 마치 타인처럼 말했다.

"그래, 그래. ……너에게 잠깐 할 애기가 있다. 따라오겠느냐?"

"알겠습니다. 그럼 실례하겠습니다."

두 사람은 곧 훈련장을 떠났다.

슈레와 크로이츠를 제외한 훈련장에 남겨진 사람들은 그저 멍하니 두 사람을 지켜볼 뿐이었다.

† † †

가젤 장군을 따라 그의 방으로 들어간 순간, 메를리스는 '멜'의 가면을 벗었다.

"오늘은 저택에 있지 않아도 되느냐?"

"……저택에 있어도 아이리스가 걱정돼서……. 부끄럽지만 자꾸 안절부절못하는 걸 보고 그이가 몸이라도 움직이며 머릿속을 조금 비우고 오라 하지 뭐예요."

휴우……. 메를리스는 커다랗게 한숨을 쉬었다.

"역시 루이 공은 너를 잘 알고 있구나."

그녀에게 훈련은 일상의 일부다.

검을 들면 자연스레 집중하고 침착해진다.

"맞아요, 역시 그이예요. ……또 반할 것 같아요."

가젤 장군은 딸이 당당하게 남편 자랑을 하는 모습을 바라보며 쓴웃음을 지었다.

"루이 공의 몸은 어떠냐?"

"전에 비해 많이 회복됐어요."

"다행이구나."

"네……. 그런데 다시 일하러 나가겠다고 하지 뭐예요. 말리느라 애를 먹는 중이에요."

"으음……. 그래도 나았으니 다행 아니냐?"

"그건 그렇지만."

메를리스는 그렇게 말하며 쓴웃음을 지었다.

"너에게 좋은 소식이 있다. 에드워드 제2 왕자와 마엘리아 후작가 일파가 무사히 체포되었다."

메를리스는 가젤 장군의 말에 한순간 딱딱하게 굳었다가…… 곧 커다란 안도의 숨을 내쉬었다.

"그렇군요. 드디어, 드디어…… 알프레드 왕자가 승리를 거뒀군요."

그녀는 부드럽게 미소 지었다. 그 목소리는 살짝 들떠 있었다.

"음. 당장에라도 국내를 평정하는 데 힘을 쏟을 게다. 각 영지까지는 이제부터 손을 써야겠지만 이미 왕궁 안의 정무는 전하께서 유능한 인재들을 거느리고 계시지. 나는 잘 모르겠지만 루이 공이 말하기를 지금까지 거의 모든 정무는 알프레드 전하가 맡고 계셨다면서?"

"그렇다고 하더군요. 다만 에드워드 왕자와 마엘리아 후작가 일파라는 장애가 있었으니까요……. 그들이 방해하지 않도록, 그들의 눈을 속이기 위해 뒤에서 손을 쓸 수밖에 없거나 너무 눈에 띄게 움직이지 못하는 경우도 있었던 것 같지만. 이젠 장애물이 사라졌으니 마음껏 힘을 발휘하지 않을까요?"

"……최소한의 힘으로 혼란을 수습하면서 서둘러 평정하지 않으면 안 된다. 부디 그 유능한 힘을 마음껏 발휘해 주셨으면 좋겠구나."

"……그 나라에서 뭔가 움직임이라도?"

메를리스의 물음에 가젤 장군은 얼굴을 찡그렸다.

"루이 공이 조사하고 있느냐?"

"네. 저한테 확실하게 얘기해 주진 않았지만. 아이리스도 눈치챈 것 같던걸요?"

"아이리스가……. 너무 똑똑한 것도 좋지만은 않구나."

"그러게 말이에요. 디더와 라일, 그리고 타냐에게 지금까지보다 더욱 철저하게 그 애를 지키라고 말해 둬야겠어요. ……그이를 습격한 것도 그 나라에서 보낸 자들일 테니까요. 아이리스에게 위험이 미치지 않을 거라고는 단언할 수 없죠."

"확실하냐?"

"직감이에요. 복장은 도적 같았지만 잘 통솔된 움직임이더군요. 검술도 모두 비슷한 특징이 있었어요. 전에 한 번 그 나라 사람들과 검을 부딪쳤던 적이 있는 사람으로서 느낌이 왔어요. 그 나라에…… 물론 에드워드 왕자와 마엘리아 후작가 일파에게도 마찬가지지만, 어쨌든 당시 그들에게 가장 방해가 됐던 건 알프레드 왕자와 그이, 그리고 아버님이었겠죠. 그 나라에서 보낸 자들인지, 아니면 마엘리아 후작가 일파가 흑막인지, 거기까진 알 수 없지만."

"그렇군. 그럼 확실히 네 말대로 세 사람에게 잘 말해 두는 편이 좋겠구나."

"네. ……뭐 여차하면 저도 나설 생각이에요."

가젤 장군이 담담한 그녀의 말에 한순간 눈을 크게 떴다.

그녀의 눈동자에 깃들어 있는 것은 각오.

그리고 예전처럼 뜨겁게 타오르는 투쟁심.

그는 그 모습을 보며 가볍게 숨을 내쉬었다.

"그게 좋겠구나. 네가 상대하지 못할 자들은 거의 없을 테고, 너라면 국면에 따라 임기응변으로 움직일 수도 있을 테니까. ……메리,

하나만 물어봐도 되겠느냐?"

"뭐죠?"

"너는 왜 아이리스와 베른에게 검을 가르치지 않은 게냐?"

메를리스는 그 물음에 쓴웃음을 지었다.

"이유 중 하나는 그 아이들이 원하지 않았기 때문이에요. ……자신의 의지로 배우지 않으면 계속할 수 없고, 진정한 의미에서 강해질 수도 없으니까요."

무술 수련에 관한 한 메를리스는 특히 엄격하다.

자신이 그에 상응하는 각오를 가지고 가혹한 훈련을 했던 게 가장큰 이유일 것이다.

"그리고 제 이기적인 바람이기도 해요."

그렇게 말하는 그녀의 표정에서는 조금 전까지의 투쟁심은 사라지고, 대신 슬픈 미소가 떠올랐다.

"제가 검을 쥔 것은 복수를 위해서였어요. 그리고 그 소망이 이루어질 수 없다는 걸 알았을 때, 제가 다음으로 바란 건 나 같은 사람을 만들지 않는 거였어요. 그 누구도 빼앗기는 고통을 맛보지 않도록, 그리고 증오에 물드는 사가 나타나지 않도록 지키고 싶었어요. 그래서 저는 검을 들고 이 손을 피로 물들였죠. ……하지만 우리 아이들은 몰라요. 목숨을 빼앗고 싶은 충동도, 증오도. 이제부터 미래를 만들어 갈 그 아이들은 알 필요 없는 것들이죠. 그런 평온한 일상 속에서 검을 쥘 필요는 없어요. 그보다 아르메리아 공작가의 일원으로서 필요한 걸 배우는 힘이 중요하죠. 그래서 전 그 아이들에게 검을 가르치지 않은 거예요."

"……한마디로 아이들에게 검을 쥐게 하고 싶지 않았던 게로구나?"

"후후후…… 그렇죠. 하지만 아까도 말씀드렸다시피…… 만약 그 아이들이 진심으로 검을 배우고 싶어 했다면 가르쳐 줬을 거예요."

"그렇군."

"뭐, 결국…… 그 아이들은 직접 손을 피로 물들이지 않는 대신 많은 사람의 생명을 짊어지게 됐지만요."

"그렇구나."

메를리스의 말에 가젤 장군은 쓴웃음을 지었다.

"전 이만 실례할게요. ……아버님, 알프레드 왕자와 아이리스가 승리했다는 걸 가르쳐 주셔서 고마워요."

"고맙긴. 아무튼…… 조심해서 돌아가거라."

"네."

그리고 메를리스는 앤더슨 후작가를 떠났다.

마차를 타고 달리기를 몇 분, 이윽고 그녀는 아르메리아 공작가 별저에 도착했다.

"어서 오십시오, 마님."

고용인들의 마중을 받으며 저택 안으로 들어선 그녀는 제일 먼저 남편 루이의 방으로 향했다.

그녀의 발걸음은 가벼웠다.

아이리스의 승리에 생각했던 것보다 마음이 더욱 들뜬 모양이다.

"잠깐 들어갈게요, 여보……."

루이는 침대에 누워 잠들어 있었다.

그녀는 그 모습을 바라보며 입가에 미소를 지었다.

살며시 그의 옆으로 다가가서 걸터앉았다.

전보다 훨씬 좋아진 그의 안색을 보니 자연스레 안도의 한숨이 흘러나왔다.

……그는 계속 지나치게 많은 일을 했다.

항상 신경을 곤두세우고 일하던 그의 모습은 보는 사람이 걱정될 정도였다.

마치 가느다란 줄을 타고 낭떠러지를 건너는 듯한, 그런 위태로움.

줄이 끊어지면, 집중력이 끊어지면 낭떠러지 아래로 추락하게 된다.

그녀는 피로가 계속 쌓여서 점점 초췌해져 가는 그를 옆에서 지켜보며 걱정돼서 견딜 수가 없었다.

딸 아이리스도 걱정돼서 얼굴을 보러가고 싶기도, 뭔가 도와주고 싶다고 생각한 적이 몇 번이나 있었다.

하지만 그럴 수 없었다.

위태로운 그의 곁을 떠나는 것은 생각조차 할 수 없었으니까.

요즘은 특히 그렇다.

왕궁의 세력 다툼이 격화되는 가운데, 그는 그래도 정무에 지장이 생겨서는 안 된다며 필사적으로 일했다.

이제 그만해요, 자신을 소중히 여겨요……. 그녀는 그렇게 외치고 싶은 것을 몇 번이나 참았다.

그가 언제나 바라보는 곳에는 나라와 백성들이 있었기 때문이다.

재해와 위조 금화 사건으로 많은 백성이 농락당하고 피해를 입었다. 애초에 남편과 그의 부하, 사지타리아 백작…… 그리고 알프레드 왕자가 없었더라면 이 나라는 지금까지 버티지 못했을지도 모른다.

엘리아 왕비와 마엘리아 후작의 위세를 등에 업고 관리가 된 많은 자가 내정을 좀먹고 있었기 때문이나.

그들은 자신에게 주어진 직무가 존재하는 의미조차 모른다.

그래서 아무것도 하지 않았다.

하는 일이라고는 자신의 배를 불리는 것과 루이를 방해하는 것뿐.

뭐니 뭐니 해도 그들의 수장인 엘리아 왕비와 마엘리아 후작이 앞장서서 그런 짓을 벌였기 때문이다.

오히려 그들이 흘린 부스러기라도 주워 먹으려고 뒤에서 그들을 추종하는 자들까지 있었다.

나라의 행정이 정체되는 것. 그것은 사람들의 일상을 저해하는 것이나 마찬가지다.

그렇게 되면 늦건 빠르건 결국 자멸하거나, 또는 호시탐탐 기회를 노리던 다른 나라의 침공을 받거나…….

나라가 버티지 못했을 거라는 말은 비유도 아니고 하물며 과장된 표현도 아니다.

메를리스는 그런 상황에서 쉴 틈 없이 일해 온 루이를 바라보며 조금 슬픈 듯이, 난처한 듯이 미소를 지었다.

"아이리스의 일중독은 정말로 이이를 닮았기 때문일까?"

그녀가 작게 중얼거렸을 때.

루이가 한순간 어렴풋이 눈을 떴다.

"……돌아왔나, 메리."

"나 때문에 깼어요?"

"아니……. 그보다 아이리스는?"

루이가 갈라진 목소리로 걱정스럽게 물었다.

"걱정 말아요, 여보. 알프레드 왕자가 무사히 승리를 거뒀대요. 아르메리아 공작령 사태도 호전될 거예요……. 아이리스도 승리한 거예요.”

“……그래? 그 얘길 들으니 안심이 되는군…….”

후우. 그는 안도의 숨을 내쉬며 그렇게 중얼거린 후 또다시 눈을 감았다.

메를리스는 그런 그를 한동안 걱정스럽게 바라보다가…… 이윽고 들려오는 평온하고 규칙적인 숨소리에 마음을 놓았다.

내가 너무 걱정이 많은 걸까……? 그녀는 문득 자조했다.

그가 부상을 당한 후 눈을 감을 때마다 이대로 영원한 잠에 빠져 버리는 건 아닐까 걱정이 된다.

그녀는 남편의 이마에 입을 맞춘 후 자리에서 일어서서 들어온 문과는 다른 문을 열었다.

그 문은 얼핏 보기에는 문으로 보이지 않았다.

벽과 완전히 동화되어서 아마 존재를 모르면 인식조차 할 수 없을 것이다.

귀족의 저택에는 이런 숨겨진 문과 이어져 있는 비밀 방이나 비밀 통로가 반드시 존재한다.

이 저택에도, 그리고 아르메리아 공작령 본가에도 적지 않게 설치되어 있다.

문을 열고 안으로 들어가면 나타나는 것은 헛간이라고 해도 좋을 만큼 작은 방.

장식품도 없고, 가구도 없다.

유일하게 작고 둥근 테이블과 의자 하나가 방 한가운데 덩그러니 놓여 있을 뿐.

메를리스는 그 의자에 앉았다.

평소 앉는 쿠션이 달린 호화로운 의자는 아니다.

나무로 만든, 어디서나 볼 수 있는 의자다.

그녀는 의자에 앉은 후 책상 위에 아무렇게나 놓여 있는 검을 들었다.

그 가느다란 검도 이 방과 이 방에 놓인 가구처럼 장식다운 장식은 일절 없었다.

스르릉, 칼집에서 검을 뽑았다.

오랫동안 사용했지만 정성껏 손질되어 있다는 것을 한눈에 알 수 있는, 지독히 실전에 어울리는 검이다.

……호흡 한 번.

그녀는 그 검을 이마에 대고 눈을 감았다.

그 행위는 스스로 각오를 묻는 것 같기도 하고…… 또 마치 기도하는 것처럼 보이기도 했다.

『너를 위해 만든 것이다. ……너는 그 검을 쥐기에 부족함이 없는 자가 될 수 있느냐?』

그녀는 이 검을 볼 때마다 아버지의 말을 떠올렸다.

……그리고 스스로 각오를 물었다.

과연 자신은 그때 그 맹세를 지금까지 지켜 왔는가?

그녀는 또다시 눈을 떴다.

동시에 그녀에게서 피어오르던 어둡고 무거운 분위기가 안개처럼 흩어졌다.

† † †

"그 녀석에게 말씀하셨습니까……?"

가젤 장군은 한숨을 쉬며 중얼거리는 아들의 말에 몸을 움츠렸다.

"아니, 내가 말한 게 아니라…… 메리가 스스로 눈치채고 있었다."

"어차피 아버님께서 부주의하게 그 문제와 이어질 만한 말씀을 하셨겠죠."

가젤 장군은 자신의 아들이자 현재 앤더슨 후작가의 가주인 파커스의 차가운 시선에 점점 더 몸을 움츠렸다.

"……뭐, 그 녀석은 싸움 냄새에 민감하니까요. 아마 넌지시 피부로 느끼고 있었을 겁니다. 결국 숨기려 해 봤자 소용없었겠죠."

"그렇다니까! ……그런데 왜 날 책망하는지 이해가 안 되는구나."

"그것과 이건 별개죠. 애초에 저는 아버님을 책망하지 않습니다만? 어차피 싸움에 관해서 그 녀석의 후각은 야생 동물이나 마찬가지니까요."

책망하는 게 아니라면 대체 무엇 때문에 이토록 눈에 뻔히 보일 만큼 초조해하고 있는 걸까……? 가젤은 내심 고개를 갸웃거렸다.

"아……. 뭐, 그렇지. 오히려 그 녀석이 어중간하게 정보를 입수하고 엉뚱하게 움직이진 않을지, 그게 문제 아니겠느냐? 그 녀석, 어릴 때부터 무슨 일만 있으면 뛰쳐나가는 바람에 내가 얼마나 위통에 시달렸는지."

"……어른이 된 지금도 그 성격은 별로 변하지 않았죠."

"그렇지. 그렇게 생각하면 어중간한 정보보다 내가 아는 걸 전부 공유하는 게 낫지 않겠느냐? 정보는 생명이다. 잘못된 정보를 손에 넣으면 전국(戰局)을 잘못 판단하게 되고, 올바른 정보를 손에 넣을수록 생존율이 높아진다. 내가 더 이상 마음 고생을 하지 않기 위해서라도 차라리 이게 나아."

"……알고 있습니다. 하지만 그 녀석이 지금 상황을 알면 더더욱 원치 않아도 소용돌이에 말려들 것 같은 기분이 듭니다."

파커스가 내뱉듯이 던진 말에 가젤 장군은 내심 '그렇군…….' 하고 중얼거렸다.

파커스는 온화한 얼굴을 하고 있지만 그의 속내는 루이와 꼭 닮았다.

냉정하고 침착한 겉모습 아래 상황을 합리적으로 진행시키기 위하여 냉혹한 일면을 지닌 그들.

마왕 같은 얼굴이라고 칭해지는 루이는 일할 때의 태도도 그대로지만 파커스는 가젤 장군의 죽은 아내를 닮아서 얼핏 보기에는 본질을 알 수 없다.

아니, 얼굴이 온화한 만큼 숨겨진 일면이 표면에 드러나면 더더욱 무섭다.

그리고 그 일면이 얼핏 얼굴에 드러난 이유…… 그건 아마도 메를리스를 걱정하기 때문일 것이다.

방금 그의 발언이 그 사실을 말해 주고 있었다.

가젤 장군은 이러니저러니 해도 파커스는 옛날부터 메를리스에게 약했다는 걸 떠올리며 웃었다.

"……그런데 아버님, 그 나라와 전쟁이 일어나면 역시 아버님도 출전하십니까?"

"글쎄. 그것만은 나도 모르겠구나. 하나…… 뭐, 가능성은 높지. 지리도 잘 알고, 내 입으로 말하긴 좀 그렇지만 내가 출전하면 병사들의 사기도 높아질 테니까. 무엇보다도 이 나라의 인재와 상태를 고려하면…… 아무래도 그렇게 되겠지."

"그나마 다행인 것은 전하께서 '딘'으로 행동하며 군부 쪽 사람들과 교류한 더분에 주요 인뭐를 파악하고 있다는 거죠. 혼란은 적으면 적을수록 좋으니까요."

"그건 그렇지. ……너도 출전할 게냐?"

"그럴 리가요. 전 무술은 소질이 없습니다."

"무술 '은' 이겠지. 나는 너만한 군사(軍師)는 본 적이 없다만?"

가젤 장군이 쿡쿡 웃으며 말했다.

그 말에 파커스는 아무 말 없이 쓴웃음을 지었다.

"……뭐, 좋다. 만약의 경우에는 이곳을 부탁한다."

"네."

"그리고 메를리스도 부탁한다."

"……그 녀석이 도움을 필요로 하는 상황은 상상조차 되지 않습니다만."

그 말에 가젤 장군도 파커스처럼 쓴웃음을 지었다.

"그러지 말거라. 여차할 때 머릿수는 많을수록 좋으니까. 그 녀석은 물론 강하지만…… 아니, 그렇기 때문에 그 녀석을 따라갈 수 있을 만한 병사들이 필요해. 공작령의 병사들도 내가 어느 정도 훈련을 시켰다만, 역시 그 녀석을 따라갈 수는 없지."

"그렇군요……. 하긴, 그럴지도 모르죠. 그건 그렇고, 아버님은 메를리스에게 약하시군요."

"네가 할 소린 아닌 것 같구나. 그리고 그 말은 너에게밖에 들은 적이 없다만? 크로이츠도, 슈레도 나더러 '천 길 낭떠러지 아래로 새끼를 떨구는 사자입니까?' 라고 하던데."

그는 가젤 장군의 말에 긍정도, 부정도 하지 않고 쿡쿡 웃었다.

"아버님이 그 녀석에게 하신 훈련은 확실히 그렇게 보여도 할 수 없지만……. 그게 아니라 이미 시집가서 다른 가문의 사람이 된 그

녀석을 너무 걱정하셔서 그런 겁니다."

"당연하지. 어디에 시집가도 내 피를 물려받은 딸이라는 건 변함이 없으니까. ……너는 그렇지 않느냐?"

"아뇨. ……물론 저에게도 그 녀석은 변함없는 제 혈육이자 귀여운 여동생입니다."

"그래? ……그럼 잘 부탁한다."

"네."

† † †

"……또 훈련하러 왔느냐?"

가젤 장군이 쓴웃음을 지으며 메를리스에게 말했다.

"네, 뭐……. 여러분 덕분에 제법 감을 되찾고 있답니다."

메를리스 뒤에는 시체…… 아니, 많은 남자가 첩첩이 쓰러져 있었다.

그에 비해 그녀는 상처는커녕 옷에 얼룩조차 묻어 있지 않았다.

이마에 맺힌 땀만이 그녀가 조금 전까지 저기 쓰러져 있는 남자들과 싸웠다는 사실을 말해 주고 있었다.

"멜 경, 다음은 저와…… 아, 장군님. 실례했습니다."

문득 한 무리의 남자들이 전의를 불태우며 다가왔다.

처음에는 압도적인 힘에 두려움을 품고 있던 그들.

그러나 지금 그 눈동자에 담겨 있는 것은 그런 부정적인 감정이 아니었다.

동경, 경애……. 그런 감정이었다.

그녀가 가문의 이름에 의존하지 않고 이곳에 있는 자들의 신뢰를

쟁취했다는 증거다.

가젤 상군은 최근 그녀가 모의전을 하며 마치 무술을 가르치듯 상대에게 조언해 주고 있다는 사실을 얘기를 들어서 알고 있었다.

그 조언이 너무 정확해서, 그 때문에 그녀와의 모의전을 원하는 자들이 폭발적으로 늘었다는 사실도.

내 딸이지만 참……. 그는 내심 쓴웃음을 지었다.

"뭐, 좋다. 적당히 하거라."

그때, 저택에서 초로의 남자가 총총거리며 가젤 장군에게 다가왔다.

"……가주님, 지금 메시 남작님께서 보낸 사자가……."

"뭐? 지금 가겠다."

조금 떨어진 곳에서 이야기하는 그들의 모습에 메를리스가 날카로운 시선을 던졌다.

그 시선을 눈치챈 가젤 장군은 그녀에게 시선을 돌렸다.

"너도 오너라."

"……그래도 되나요?"

"그래."

그리하여 세 사람은 응접실로 향했다.

그곳에는 이미 도착한 메시 남작의 사자가 소파에 앉아 있었다.

그는 세 사람이 방으로 들어오자마자 자리에서 일어섰다.

"편하게 앉아 있어도 돼. 먼 길 오느라 수고했네."

"예!"

가젤 장군은 그의 맞은편에 앉았다.

그리고 메를리스는 가젤 장군 뒤에 대기하듯 섰다.

"……실례지만 저 여성분은……."

사자가 흘낏 그녀에게 시선을 향하며 물었다.

그 눈동자에는 노골적으로 곤혹스러운 감정이 담겨 있었다.

"신경 쓰지 않아도 되네. 그보다 메시 남작은 뭐라고 하던가?"

하지만 가젤 장군은 그것을 잘라 내듯 단호하게 말한 후 다음 말을 재촉했다.

"……트와일국에 움직임이 있다고 하셨습니다."

"군사적인 의미로 움직인 것 맞나?"

"……네."

메시 남작의 보고에 가젤 장군도, 메를리스도 동요의 기색을 보이지 않았다.

오히려 올 것이 왔다는 듯한 묘한 침착함이 느껴졌다.

사자는 그 반응에 내심 놀랐다.

가젤 장군은 몰라도 메를리스는 겉으로 보기에는 연약한 여성이다.

사실을 알면 충격으로 쓰러지지 않을까……?

그렇게 생각했기 때문에 메시 남작의 전언을 전하는 자리에 그녀가 동석한 것이 당황스러웠던 것이다.

하지만 실제로는 전혀 달랐다. 그녀는 오히려 담담하게 그의 말을 듣고 있었다.

"전하께선 그 사실을 알고 계신가?"

"……아마 다른 루트로 정보를 파악하고 계실 겁니다. 일단 주인님께서 저와 동시에 다른 사자를 보내시긴 했습니다만."

"그런가……. 현 시점에서 파악하고 있는 규모와 진군 속도는?"

"이전 트와일 전쟁 때와 같은 규모입니다. 진군 속도는 예상보다 빠른 것 같습니다. ……열흘 안에는 국경 부근에 도착할 거라고 합니다."

"……그렇군. 당장 왕궁에 가서 즉시 출전할 수 있도록 준비하겠네. 그리고 메시 남작에게 전해 주게나. '내가 갈 때까지 버텨라.'라고."

"……든든한 말씀이군요. 감사합니다."

사자는 긴장이 풀린 듯이 얼굴을 일그러뜨리며 머리를 숙였다.

"멜."

"네!"

"너도 들었다시피 나는 이제부터 서둘러 왕궁에 가 봐야 한다. 아마 그대로 출진하게 될 게다."

메를리스는 가젤 장군의 말에 말없이 고개를 끄덕였다.

"네가 출전할 필요는 없다. 하지만 앞으로 무슨 일이 일어날지 몰라. 그게 전쟁이란 것이다."

가젤 장군의 진지한 눈빛이 메를리스를 꿰뚫었다.

하지만 그녀는 결코 움츠러들지 않았다.

오히려 정면으로 그 눈빛을 받아들이며 똑같은 시선으로 그를 바라보았다.

"너는 너의 맹세를 기억하느냐?"

그녀는 그 물음에 살짝 눈을 동그랗게 떴다. ……그리고 미소 지었다.

메를리스의 맹세.

그것은 가젤 장군으로부터 검을 받았을 때 했던 맹세.

지금도 소중하게 손질하고 있는, 저 아르메리아 공작가에 보관된 검.

『제 이름을 걸고 맹세합니다. 저는 지금까지 아버님께서, 그리고 선배님들께서 가르쳐 주신 것들과 지금까지 제가 익힌 검술에 긍지를 갖고 있습니다. 저는 저의 긍지를 스스로 더럽히지 않도록 책임을 갖고 검을 휘두를 것을 맹세합니다.』

그렇게 맹세한 것은 아주 오랜 옛날.

하지만 그녀는 결코 잊어버리지 않았다.

"물론이죠. 하지만 지금 제가 검을 드는 이유는 그때와는 다르답니다."

"……무슨 소리냐?"

"제가 지금 긍지보다도 소중하게 여기는 건 제 주위에 있는 사람들이에요. 그들을 지키기 위해서라면 전 긍지건 무엇이건 모두 던져 버린 채 악마도, 악귀도 될 수 있어요."

"그렇군……."

가젤 장군이 메를리스의 대답에 한순간 환하게 웃었다.

하지만 곧 원래의 진지한 표정으로 되돌아오며 말했다.

"다녀오마."

"……무운을 빕니다."

메를리스도 가젤 장군을 배웅한 후 아르메리아 공작가 저택으로 돌아갔다.

23장
공작 영애의 어머니는 강하다

『……드디어 트와일국이 군사를 일으켰단다. 전쟁이 시작되는 거야.』

어머님의 말에 내 머릿속은 새하얗게 물들었다.

……그래서였다.

"어머님…… 그게 사실인가요?"

그런 어리석은 질문을 던진 것은.

어머님은 내 물음에 쓴웃음을 지었다.

"그렇게 생각하는 것도 무리는 아니지. 하지만 안타깝게도 사실이야. 아버님께서 트와일국의 군사가 움직였다는 보고를 받으셨다더구나. 아버님은 지금 앞으로 어떻게 대처할지 왕궁으로 확인하러 가셨단다. ……아니, 확인이 아니야. 아마 출진 준비를 하고 있겠지. 아마 내일 당장에라도 출발하실 거야."

"그렇게 빨리!"

"트와일국의 움직임이 생각보다 빠른 모양이야. 출진이 지연되면 지연될수록 메시 남작의 부담이 무거워지겠지. 그리고 메시 남작의 방어가 뚫리면 현재 시부 지역의 힘으로는 영지를 지킬 수 없어. 눈 깜짝할 사이에 왕도까지 밀려오겠지. 그러니까 서두르지 않으면 안 되는 거야. 아버님이라면 무리를 해서라도 강행하겠지."

"……그렇군요."

내가 모르는 곳에서 세계가 움직인다. 그리고 그 커다란 파도는 싫어도 이 나라를 하나의 방향으로 떠민다.

나는 머릿속으로 이제부터 내가 어떻게 움직여야 할지 생각했다.

"아버님은 왕도에 남으시나요?"

"그렇겠지. 재상이기도 하니깐…… 그보다 아직은 오랜 여정을 견딜 수 있을 만큼 몸이 회복되지 않았으니까."

"……그렇군요."

"아마 그이는 당분간 왕궁에 머물 거야. 재상의 역할을 다하기 위해서. 내가 아무리 말려도……."

어머님은 한순간 쓸쓸한 듯이 시선을 떨어뜨렸다.

"……어머님……."

"……불평해 봐야 아무 소용없겠지. 나는 그런 그이를 존경하니까."

하지만 그녀는 다음 순간에 의연하게도 그렇게 말하며 미소를 지었다.

"그보다 아이리스 너는 어떻게 할 거니?"

"……저는 원래 예정대로 영지로 돌아가겠어요."

"어머나……."

내 대답이 의외였던 걸까. 어머님은 눈을 크게 떴다.

"모두 왕도에 남는다면 저는 영지로 돌아가는 게 좋을 것 같아요. 여기서 제가 할 수 있는 일은 정보를 모으는 것뿐. 그거라면 아버님이나 베른도 할 수 있어요. 영지에 아직 많은 업무를 남겨 두고 왔으니까 이번 일로 흔들리기 전에 영지로 돌아가야죠. 그 편이 제가 할 수 있는 일도 많을 거예요. 이런 정세 하에는 영지 안에 결정권을 지닌 사람이 한 사람도 없으면 불안할뿐더러 예측하지 못한 사태에 대비할 필요도 있으니까요."

"……그렇구나. 그러면 아이리스."

부드러운 표정으로 내 말에 귀를 기울이던 어머님의 얼굴은 입을 연 순간 완전히 달라졌다. 지금까지 한 번도 본 적 없는 얼굴이었다.

무서울 만큼 진지한 표정.

과거 어머님이 아르메리아 공작가 저택에서 베른을 비난할 때 보였던 분노도 무서웠지만, 어째서인지 지금이 더욱 무섭게 느껴졌다.

"아르메리아 공작령은 트와일국과 멀리 떨어진 땅이지만…… 전시에는 무슨 일이 일어날지 모르는 거란다. 만약 전쟁의 불똥이 튀기라도 하면 반드시 이 어미를 부르렴."

어머님의 말에 내심 고개를 갸웃거렸다.

싸움이 벌어지면 어머님을 부르라고……?

물론 어머님이 강하다는 것은 숙모님께 들은 적이 있고, 루디도 그런 말을 했던 것 같지만…… 솔직히 어머님이 전장에 서 있는 모습은 상상이 가지 않는다.

다만 더 이상은 물을 수 없었다.

그만큼 어머님에게서 강한 압박감이 느껴졌기 때문이다.

"……알겠어요. 반드시 그렇게 할게요."

내 대답에 어머님은 겨우 긴장을 푼 모양이었다.

나는 곧 타냐에게 채비를 명한 후 일단 방에 가서 마음을 가라앉혔다.

……드디어 두려워하던 순간이 왔구나…….

에드 님과 마엘리아 후작가, 그리고 그들 일파는 체포되었다.

그리고 아마도 딘은 이미 서둘러서 새로운 체제를 구축하고 있을 것이다.

뭐니 뭐니 해도 그의 일파에는 신분은 높지 않아도 유능한 인재가 많이 모여 있으니까.

오히려 그 체포극 전부터 물밑에서 일을 진행했을 가능성도 있다.

하지만 나라 안을 완전히 평정하기에는…… 아직 시간이 부족하다.

그나마 다행이라면 군이 할아버님을 필두로 단단히 결속되어 있다는 점이다.

위급할 때 사용해야 할 무력 장치조차 녹슬어서 움직이지 않는다면 웃으려야 웃을 수 없는 일이다.

에드 님이 그대로 왕위에 올랐다면 그조차 어떻게 됐을지 모르지만.

"……아가씨, 준비를 모두 마쳤습니다."

노크 소리와 함께 방으로 들어온 타냐가 보고했다.

"어머, 꽤나 빠르네?"

"이미 준비를 진행하고 있었으니까요."

……그러고 보니 원래 회의가 끝나면 돌아갈 생각이었지.

너무 많은 일이 한꺼번에 일어나서 완전히 잊어버리고 있었지만.

"그럼 서둘러 영지로 돌아가자. ……참, 그 전에 모두를 불러 줘."

타냐는 내 말에 고개를 끄덕인 후 즉각 움직였다.

심상치 않은 사태가 일어났다는 걸 그녀도 눈치챈 모양이다.

곧 왕도에 함께 온 라일과 디더가 내 앞에 섰다.

"……단도직입적으로 말할게. 선생이 일어날 거야, 트와일국과."

내 말에 모두의 눈빛이 날카로워졌다.

"나는 즉시 영지로 돌아가서 이 긴급사태에 대응할 거야. ……상황은 내가 생각했던 것보다 더 빠르게 진행되고 있어."

"……아르메리아 공작령에도 뭔가 영향이 있을 거라고 생각하십니까?"

"응, 틀림없이."

망설임 없이 긍정했다.

동시에 팽팽했던 긴장감이 더욱 고조되었다.

지금은 그것이 지독히 기분 좋게 느껴졌다.

"물론 온 힘을 다해 할아버님의 승리를 기도하고 있어. 하지만 지금은 무슨 일이 일어나도 이상하지 않은 상황이야. ……게다가 직접적인 싸움은 없어도 어떻게든 영향은 받기 마련이지. 전쟁은 사람의 마음을 공포에 빠지게 만드니까."

내 말에 세 사람은 고개를 끄덕였다.

"……그러니까 선두에 선 내가 길을 제시하지 않으면 안 돼. 어떤 탁류 속에서도 계속 버티고 서 있는 모습을 보여 주지 않으면 안 돼. ……전속력으로 돌아가자."

그리고 우리는 즉각 영지로 돌아왔다.

이미 익숙해진 말을 타고 달리는 여정.

처음에 다릴교 파문 소동이 벌어졌을 때, 처음으로 말을 직접 타고 여기까지 왔을 때는 정말로 힘들었다.

확실히 마차를 타는 것보다 시간은 단축되지만 그 대신 기력을 송두리째 빼앗기는 듯한…… 그런 기분이 들 만큼.

그런데 이제는 말을 타고 날릴 때의 진동마저 편안하게 느껴지다니……. 인간의 적응력이란 무서울 정도다.

"어서 오십시오, 아가씨."

"다녀왔어. 당장 집무실에서 일을 해야겠어."

선언했던 대로 전속력으로 돌아온 후, 나는 인사도 대충 마치고 서류에 둘러싸여 일을 시작했다.

시간은 한정되어 있다. 한순간도 헛되이 쓸 수 없다.

의자에 앉은 내 눈앞에는 산더미 같은 서류가 높이 솟아 있었다.

……이것도 이제는 익숙한 광경이다.

함께 방으로 들어온 타냐도 눈썹 하나 까딱하지 않았다.

오히려 바닥 가득 발 디딜 틈조차 없을 만큼 서류가 쌓여 있을 거라고 상상했는데……. 이 정도면 상상했던 것보다 놀랄 만큼 적은 양이다.

내가 왕도로 떠날 무렵, 영지의 행정 상황은 최악이라는 한 단어로 표현할 수 있었다.

끊임없이 밀려드는 다른 영지에서 찾아온 이주 희망자들.

왕도…… 정확하게 말하면 에드 님 일파의 무리한 비축분 징수 요구.

그 사태에 대응하는 것도 물론 급했지만, 그렇다고 통상 업무를 소홀히 할 수는 없는 법이다.

영지 관리들은 거의 잠도 못자고, 쉬지도 못하고, 그야말로 불야성이라고 불리는 상황.

그런 상황에서 영지를 떠나는 것은 정말로 고심 끝에 한 선택이었다.

모든 악의 근원…… 즉, 에드 일파를 처리하는 데 성공한 덕분에

다행히도 최선을 뛰어넘는 결과를 믿을 수 있었지만

대응 방법은 왕도로 떠나기 전에 어느 정도 기본적인 틀을 정해 놓았었다. 하지만…… 그래 봤자 어디까지나 계획에 지나지 않는다.

고민에 고민을 거듭했다 해도 계획이란 늘 실제로 가동하면 또다시 새로운 문제점이 생기기 마련이다.

아무리 앞으로 일어날 일을 예측하고, 그걸 감안해서 계획을 세워도 생각지 못한 곳에서 문제가 생기기 때문이다.

그래서 이번에야말로 서류 더미 숫자가 역대 최고를 기록할 줄 알았는데…….

상상 이상으로 적다. 너무 적어서 오히려 놀랄 정도다.

물론 기쁘긴 하지만.

세바스를 비롯하여 영지에 남아 있던 관리들의 유능함과 성장에 뭐라 말할 수 없는 기쁨이 가슴속을 채웠다.

"……감개무량할 때가 아니지."

나는 듣는 사람도 없이 혼잣말을 중얼거린 후, 한차례 서류 더미를 훑어보고 중요한 안건부터 처리하기 시작했다.

이주 희망자들은 현재 급하게 지은 임시 거처에서 머물고 있다.

딘이 다른 나라에서 사들인 식량과 앞으로 처단될 귀족들에게서 징수한 식량을 각지에 공급한 덕분에 일단 각 영지의 식량 사정은 어느 정도 나아졌다.

그 소식을 듣고 이주 희망자들 중 20퍼센트 정도는 본래 살던 영지로 돌아갔다.

하지만 나머지 80퍼센트는 아르메리아 공작령에 거주하기를 희망하고 있다.

그들이 살기 위한 환경을 정비하지 않으면 안 된다.

전쟁 준비도 필요하지만 무엇보다도 백성들의 폭주가 더욱 무섭나.

그들의 이주로 인해 치안이 악화되기라도 하면 전쟁 준비를 할 상황이 아니게 될 테니까.

그렇게 되지 않도록 이주자들에게 빨리 생활 기반을 마련해 주고, 영지민들에게 흔들림 없는 모습을 보여 주지 않으면 안 된다.

지금 당장 해야 할 일은 호적 작성, 직업 알선, 그리고 주거 확보.

주거의 경우, 급하게 처리할 문제는 아니지만 현재 이주자들이 살고 있는 곳은 어디까지나 가설 건물.

강행 공사로 만든 그곳은 급조한 건물이기 때문에 구조상 약하다.

뭐, 그래도 2년 정도는 버틸 수 있지만.

직업 알선의 경우 다행히도 이 영지의 경제는 확대되고 있다.

일손이 부족하다며 일할 사람을 원하는 곳이 많으니까 이 문제는 순조롭게 해결할 수 있을 것이다.

……그건 그렇고. 나는 자료를 마저 읽었다.

일단 영지 경계선에서 담당 관리들이 이주 희망자들에게서 이주를 희망하는 이유와 가족 구성, 경력 등을 확인한다.

희망 이유는 솔직히 모두 비슷비슷하다.

가장 흥미로운 점은 그들의 경력이었다.

예를 들면 특수한 방법으로 만든 직물이나 독특한 금속 가공 기술로 만든 금 공예 작품 등, 각 영지에는 특산물이나 명물 같은 것이 존재한다.

그런 특산물이나 명물을 만들어 내는, 이른바 기술을 지닌 직인들이 이번 이주 희망자 중에 적지 않게 포함되어 있었다.

그 밖에도 의료에 종사하던 사람이나 큰 상회를 지닌 상인 등.

……그렇다, 인재.

이번 격무의 대가로 아르메리아 공작령은 많은 인재를 거둬들일 수 있게 되었다.

그것도 이미 그 분야에서 직업 훈련을 쌓아 온 사람들을!

이제는 꽤나 예전 일처럼 느껴지지만 학원을 설립하면서 상업 길드에서 당당하게 큰소리를 쳤던 그때.

『될 수 있으면 학원은 조기에 개설하고 싶어요. 사람도 우리 영지의 소중한 자원입니다. 열심히 갈고닦아야죠. 그냥 팽개쳐 두긴 아깝잖아요?』

나는 나란히 앉아 있는 상회의 수장들 앞에서 그렇게 말했다.

그리고 그 생각은 지금도 변함없다.

인재(人材)는 인재(人財). 존재 자체가 영지의 재산이다.

그것도 미래에 많은 가능성을 지닌 중요한 재산.

사람이 모여 집단이 되고, 그 집단이 모여 영지, 나라가 된다.

……즉 사람이 성장하면 영지도 성장하며 풍요로워지고, 그 풍요로움은 다시 개개인에게 환원된다.

나는 그렇게 생각한다.

그것을 지키고 키우는 것이 영주 대행으로서 나의 책무라고 생각하고 행동해 왔다.

……이번에 많은 인재가 이 땅으로 이주했다.

예를 들어 특수한 직물을 짜는 방법을 아는 사람들을 의상실에서 일하게 한 뒤, 그 특수한 기술과 우리 영지에 원래 있던 기술이나 특별한 소재를 합쳐 보면 어떨까?

분명 재미있는 작품이 탄생할 것이다.

한마디로 지금까지 이 영지에 없었던 지식을 지닌 사람들과 이 영지의 지식을 지닌 사람들이 서로 부딪힘으로서 그것이 자극이 되어 새로운 것을 만들어 낼 수 있지 않을까, 그런 생각이다.

……생각만 해도 가슴이 두근거린다.

그건 그렇고.

이번 이민은 아르메리아 공작령에도 흥미롭고 이득이 되지만…… 그게 가장 중점적인 문제는 아니다.

가장 중요하게 생각해야 하는 점은 그런 기술이 있는 사람들…… 본래는 그 지식이나 기술 때문에 영지의 보호를 받아야 할 사람들까지 이주를 희망할 만큼 각 영지의 정책이 가혹했다는 점이다.

베른이 "지옥을 보고 왔습니다."라고 아버님과 어머님께 단언한 것만 봐도 가히 짐작이 간다.

식량난은 해결의 전망도 보이고, 실제로 딘과 베른의 지휘 아래 차츰 실행되고 있다.

그래도.

이번 사건으로 생긴 귀족과 백성들 사이의 골은 깊다.

백성들을 돌보지 않고 사리사욕을 채우기 위해 권력을 행사하는 귀족들의 모습이 노골적으로 드러났다. 그 때문에 백성들은 분노하고, 절망하고, 그리고 포기한 것이다.

본래라면 그 영지에서 제일 먼저 보호받아야 할 인재들이 이주를 희망하고 있는 것이 그 증거다.

그렇게까지……. 그렇게까지 왕국의 귀족들은 귀족으로서의 의무를 잊고 사리사욕을 채우기에만 급급했단 말인가.

『태생이 고귀하다고 긍지를 갖기만 해서는 귀족이 아니다. 그 행동이 고결한 자야말로 진정한 귀족인 것이다.』

어릴 적, 할아버님이 되풀이해서 내게 그렇게 말씀하셨다.

그때는 한 귀로 흘려 넘겼지만…… 지금은 아플 만큼 잘 알고 있다.

귀족에게 권력을 부여하는 것은 백성들의 선두에 서서 행동하고, 그들의 의견을 모아서 조정하고, 여차할 때 방패가 되어 지키기 위함이다.

그렇기 때문에 같은 영지민들을 다스리는 입장에서 이번 상황은 어이없음을 넘어 비관마저 느껴졌다.

딘이 기존의 체제를 타파하고 왕국을 하나로 통합하고 싶어 하는 마음도 이해가 된다.

왕국의 긴 역사 속에서 그 존재의의를 잊고 있었던 것은 아무래도 다릴교만이 아니었던 모양이다.

귀족들 또한 어느샌가 자신의 손에 쥔 권력을 이익을 추구하기에만 사용할 뿐, 그 힘이 대체 무엇을 위한 것인지는 잊은 지 오래였다.

그 사실이 아주 대대적으로 드러난 것이 이번 사건이다.

이번 숙청으로 인해 그런 귀족들은 대부분 처단되었으니 그나마 다행이지만.

"실례합니다. 보고 드리러 왔습니다."

아비탄테(민생부) 관리가 노크 소리와 함께 들어왔다. 나는 일단 생각을 중단했다.

그리고 상념을 떨치며 물었다.

"바쁜 와중에 불러서 미안해. ……이민 수용은 어떻게 되어가고 있는지 현장을 확인하고 싶어서. 먼저 호적 작성 진척 상황은?"

"네. 80퍼센트 정도 작성이 완료되었습니다."

"그렇군……. 직업 알선은 어때?"

"각자의 희망을 듣고 최대한 그에 맞춰서 순차적으로 소개하고 있습니다. 호석 작성 면담을 할 때 동시에 확인하고 있기 때문에 역시 80퍼센트 정도 완료되었습니다. ……그들도 빨리 생활 기반을 마련하고 싶은 모양인지 의욕이 높습니다."

"다행이네."

은혜를 베푸는 것이 아니라 어디까지나 이 영지에 융합하도록 도움을 주고 자립해서 생활할 수 있게 만든다……. 그것이 우리 시책의 전제다.

받아들이는 쪽이 그 시책에 의욕적으로 응해 주고 있다면 그야말로 더할 나위 없다.

"딱히 문제는 없나 보네. 서둘러 진행해 줘. 하지만 부디 개개인과의 대화를 소홀히 하지는 마."

"물론입니다. 안건이 제법 진행되어서 인원에 여유가 생겼으니 합쳐서 주거 문제에도 착수할 생각입니다만, 어떻습니까? 일단 가설 주택이 있으니 직업이 정해진 후에 진행하는 게 나을 것 같아서 현재 본인이 소유한 자금으로 구입을 희망하는 자 외에는 손을 대지 않고 있는 상태입니다만."

"확실히 직업이 정해지지 않으면 진행할 수 없긴 하지……."

아르메리아 공작령은 각 지역에 따라 기후와 지리적 요인이 크게 다르다.

동부에는 항구가 있어서 어업이 발달되어 있으며 최근에는 무역이 활성화되고 있다.

반대로 서부는 산악 지대이기 때문에 임업이 발달되어 있으며 최근에는 온천 등 관광업에도 힘을 쏟고 있다.

직업에 따라서는 특정한 지역에만 있는 경우도 있기 때문에 역시 적성에 맞는 직업을 선택하고 주거를 구입하는 편이 제일 좋을 것이다.

"그러고 보니 개인 자금으로 주거 구입을 희망하는 사람은 몇 퍼센트 정도지?"

"10퍼센트 이상…… 20퍼센트에 조금 못 미치는 정도입니다."

"어머, 생각보다 많네."

개인 자금으로 구입이 가능하다는 것은 직접적으로 표현하자면 그만큼 재산이 있고, 또 재해가 발생했을 때 그 재산을 갖고 올 만한 여유가 있었다는 뜻이다.

즉, 노골적으로 말하자면 그들이 이주를 희망한 것은 영주의 태도와 그 땅의 체제를 참을 수 없었다는 게 큰 이유일 것이다.

……물론 가장 큰 전제는 재해로 인한 혼란에서 도망치기 위해서겠지만.

"우리 영지가 어떤 곳인지 간단하게 설명해 주는 설명회는 실시하고 있겠지?"

이주 희망자들을 위해 개최한 오리엔테이션.

이 땅의 시책과 제도, 각 지역의 특징을 설명하는 이벤트다.

"예. 아무래도 이 영지는 다른 영지와 다른 점이 많으니까요. 우리에게는 이미 당연한 일입니다만."

예를 들면 지폐와 은행 제도, 교육 제도, 그리고 세금 제도.

다른 영지와는 달리 독자적으로 시행하는 시책이 있고, 처음에는 그 때문에 꽤나 당혹감과 혼란을 느낀 모양이다.

이 땅의 영지민들은 단계적으로 도입해서 서서히 적응하게 했던 시책들.

만약 그 시책들이 한꺼번에 도입되었다면 영지민들도 이주 희망자들과 똑같은 반응을 보였을 것이다.

……물론 그때 당시엔 우리 쪽에 단숨에 도입할 수 있을 만한 인원이 없기 때문에 불가능한 가정이긴 하지만.

"그건 그렇고, 설명회를 실시하고 있다면 지역의 특색은 대충이나마 이해하고 있겠지. 나머지는 개별적으로 상담하면 된다고 치고……. 개인 자금으로 주택을 구입하는 것은 이쪽에서 더 이상 이래라저래라 참견할 필요 없을 것 같네. ……그리고 식량 지원은 어떻게 되어 가고 있지?"

"이미 배급이 완료되었습니다. 이후의 배급은 아그리콜투라(농업부)와 조정한 후에 진행해야겠지요."

아그리콜투라(농업부)란 내가 왕도에 가기 전에 설립한 새로운 부서다.

보르사(재무부), 아비탄테(민생부), 아르키테토(건설부)에서 발탁한 몇 명의 관리와 고등학원 농업과에서 우수한 성적을 거둔 사람들로 구성되어 있다.

업무 내용은 그 이름대로 우리 영지의 재산 중 하나인 식량을 관리하는 것.

좀 더 자세히 말하자면 비축분을 관리하는 것은 물론, 각 식재의 생산량을 예측하고 그것을 관리하며, 문제가 생기면 각 부서와 연계하여 대처하는 것이다.

에드 님의 심술로 인해 그런 일들을 맡을 부서의 필요성을 절감하는 바람에 설립한 것이다.

"그렇군. 아그리콜투라(농업부)에도 나중에 직접 확인하고 싶어. 다른 조정해야 하는 일도 생겼고……."

"아이리스 님이라면 그렇게 말씀하실 것 같아서 이미 말을 해 뒀습니다. 조금 후에 이쪽으로 올 겁니다."

그를 비롯한 영지 관리들 모두 많이 성장했구나······. 솔직히 감동했다.

내 생각을 사전에 예측하고 미리 행동하는 걸 보면.

그들의 성장이 정말로 기쁘고, 또 지금까지 걸어온 여정을 생각하면 감사하는 마음을 금할 수 없다.

생각해 보면······ 내가 영주 대행을 맡은 후로 그들은 아주 많은 고생을 했다.

개혁을 진행하기 위해 내가 그들에게 요구한 것은 기계적으로 작업하는 것이 아니라 창의적인 연구.

기존의 사고방식에 사로잡히지 말고 스스로 생각하고 행동하여 최선의 결과를 이끌어 낼 것······ 그렇게 요구했다.

그게 얼마나 어려운 일인지······. 누가 뭐래도 레일이 깔려 있지 않은 길을 달리는 것이나 마찬가지다.

나는 그들이 어둠 속을 더듬어 가며 그래도 계속 달려 주기를 바란 것이다.

그리고 그들은 그에 응해 줬다. 하지만 어떻게든 한 걸음, 한 걸음 나아가서 성과를 거두면 내가 또다시 소동을 일으키고······.

······물론 나도 좋아서 소동의 중심에 섰던 건 아니지만.

어쨌든 그 영향이 영지 운영에까지 미치고 그걸 해결하느라 대응에 쫓기다 보니.

결국 적은 인원으로 최상의 결과를 추구하는 형태가 되어 버렸다.

······내가 부하였다면 진작에 일을 팽개쳤을 것이다.

그래도 그들은 악착같이 따라와 줬다.

이제 그들은 역전의 용사들이다.

왕궁에도 그들과 겨룰 만한 관료는 없을 거라고 가슴을 펴고 말할 수 있디.

정말로 내게는 과분한 부하들이다.

"……아가씨?"

나는 걱정스럽게 묻는 그를 향해 고개를 저으며 미소 지었다.

"마지막으로 영지민들과 이주 희망자들 사이에 알력이나 또는 그 징후가 보이지는 않는지 가르쳐 줘. ……일단 경비대의 보고는 훑어봤지만 시점은 많으면 많을수록 좋으니까."

혼란스러운 상황에서는 아무리 사소한 것이라도 커다란 다툼으로 발전하는 경우가 많다.

"딱히 그런 징후는 보이지 않습니다. ……오히려 영지민들이 적극적으로 그들을 받아들이고 있습니다."

"어머나……."

솔직히 조금 의외였다.

어느 정도 그런 조짐이 보여도 어쩔 수 없다고 생각했는데.

인간은 때때로 놀랄 만큼 잔혹한 일면을 보인다.

도움을 원하는 사람이 있으면 대부분 자신에게 불똥이 튈까 봐 두려워서 모르는 척하고, 만약 그들이 억지로 가까이 다가오면 오히려 공격 대상으로 여기는 경우도 있다.

그 점을 제일 우려하고 있었는데…….

"이렇게 말하긴 좀 그렇지만 이 영지의 백성들도 빈곤하고 절망밖에 없는 상황이었다면 어떻게 됐을지 모릅니다. 하지만 이 영지에는 내일을 믿을 수 있는 식량과 정치 제도…… 무엇보다도 가장 높은 자리에 당신이 계시죠. ……영지민들도 그렇게 생각하고 있는 겁니다."

"……그 기대에 보답할 만한 성과를 내지 않으면 안 되겠네."

내가 쓴웃음을 지으며 그렇게 말한 순간, 노크 소리와 함께 모네다가 들어왔다.

그의 안색이 보기 드물게 안 좋았다.

……뭐, 나도 비슷한 수준이지만.

솔직히 말해서 그럴 수만 있다면 모네다와 만나고 싶지 않았다.

정확하게는 모네다와 대화를 나눠야 하는 이 문제에 직면하고 싶지 않았다.

학생 시절, 시험 날이 되면 '학교에 가기 싫다.'고 생각했던 것과 마찬가지다.

……하지만 '생각하기 싫으니까 나중으로 미루자'고 해도 되는 시기는 이미 지나가 버렸다.

자, 나도 그와 함께 미간에 또 하나 깊은 주름을 새겨 볼까.

"……자리를 비켜드릴까요?"

아비탄테(민생부) 관리의 물음에 나는 고개를 저었다.

어차피 지금부터 나눌 이야기에 그도 참석해 줬으면 하니까.

"오랜만입니다, 아가씨."

"응, 그러네."

하하하……. 피차 메마른 웃음이 흘러나왔다.

"왕궁에서 제1 왕자가 승리를 거뒀다지요. 이걸로 겨우 우리 아르메리아 영지도 괴롭힘에서 벗어날 수 있겠군요. 정말 기쁩니다."

"응, 그러게. 그 문제는 모네다의 정보에 아주 많은 도움을 받았어. 인사가 늦어서 미안하지만…… 정말 고마워, 모네다."

"아닙니다, 별말씀을. 그 정보는 제가 상업 길드 시절……."

"……모네다."

나는 그의 말을 가로막으며 이름을 불렀다

그는 움찔하며 살짝 몸을 떨었다.

"상업 길드에서 일하던 모네다답지 않네. ……시간은 금이라면서?"

그렇게 말한 순간, 그의 눈빛이 변했다.

각오가 깃든 것이다.

그것은 어깨를 짓누르는 무거운 책임을 짊어지고 필사적으로 나아가려 애쓰는 기개 그 자체였다.

"앞으로 어떻게 할지 이야기를 나누고 싶어."

"그러시겠죠. ……아, 마침 다들 오는군요."

대화 도중, 아비탄테(민생부) 관리가 불렀던 각 부서의 관리들이 다함께 방 안으로 들어왔다.

"모두 모였으니 옆방에서 회의를 시작할까."

각자 자리에 앉자 먼저 아그리콜투라(농업부) 관리가 자료를 배포했다.

모두가 자료를 한차례 훑어보았다.

"이쪽이 현재 영지의 비축분 및 앞으로 수확기에 예상되는 생산량입니다."

비축분은 꽤나 복구되었다.

비밀 장부를 만들면서까지 중앙을 속이던 때에 비하면 말이지만.

그래도 이주민을 받아들여 그들에게 식량을 지원한 후에도 이 정도 남았으면 그럭저럭 괜찮은 수준이다.

예산을 할애해서 타국에서 사들인 보람이 있다.

……이대로 아무 일도 일어나지 않는다면 다음 수확기에 원래 수량으로 회복할 수 있을 텐데.

그렇다. 아무 일도 일어나지 않는다면 말이다.

아아, 머리가 아프다.

"……다음 수확기에 제법 상당한 수확량이 예측되네."

보고서를 보아하니 전년보다 20퍼센트 정도 증가할 것으로 예측된다.

"학원에서 실시한 연구 결과 덕분입니다. 새로운 종의 재배를 시작했기 때문이기도 하지만 농작지를 보다 효과적으로 사용하고, 또 작물 재배를 최적화하기 위해 노력한 결과지요. 대규모 재해가 수확 전 농작지를 강타하지 않는 한 이 수치는 거의 확정된 것이나 다름없습니다."

"아르키테토(건설부)의 보고입니다. 그동안 추진하던 수해 대책 공사가 완료를 앞두고 있습니다. 이미 주요 부분은 완성되었으며 남은 건 세세한 정비뿐……. 현재 충분히 기능할 수 있는 단계입니다. 수백 년에 한 번 발생하는 폭풍이라도 몰아치지 않는 한 재해로 인한 피해는 그리 쉽게 일어나지 않을 겁니다."

아르키테토(건설부)의 말에 나는 후우…… 하고 한숨을 쉬었다.

"예정보다 빠르네? 할아버님 때부터 착공했다고는 해도 이번에 꽤 많은 수정을 했는데."

"네. 하지만 최근 주민들의 적극적인 협력이 있어서요. 그게 큰 요인입니다."

"그렇군……."

아무래도 영지민들을 미리 설득한 게 좋은 방향으로 작용한 모양이다.

『왜 그런 게 필요한지, 어째서 그런 제도를 시행하는지.』

역시 그 이의를 아는 것과 모르는 것은 받아들이는 쪽의 반응도 크게 달라지는 것이다.

"병행해서 진행하던 수로와 저수지는?"

"공사는 절반쯤 진행되었습니다. 저수지는 이미 가동할 수 있는 상태지만 수로가 아직 완성되지 않았습니다. 하지만 수해 대책 공사가 일단락되면 인원을 그쪽으로 돌릴 수 있을 테니 진척 속도도 빨라질 겁니다."

"그렇군……."

"아르키테토(건설부) 쪽 말에 의하면 가장 우려되는 재해 발생 리스크는 많이 감소한 것 같습니다. 이대로 식량 지원을 속행해도 문제없을 것 같습니다만…… 어떠신가요?"

나는 곧바로 대답하지 않고 머릿속으로 정리했다.

현재 놓여 있는 상황, 그리고 앞으로 해야 할 일들을.

"……조금 전에 보고받았지만 확인을 위해 다시 한번 물을게. 이주 희망자들에게 직업을 알선하는 작업은 80퍼센트 완료, 그리고 지금은 식량 배급을 시행하고 있다…… 맞지?"

내 물음에 아비탄테(민생부)와 아그리콜투라(농업부) 두 사람은 고개를 끄덕였다.

"그렇다면 식량 지원은 중단하겠어."

내 말이 의외였는지 이 자리에 모인 관리 모두가 한순간 눈을 동그랗게 떴다.

현재 유통량과 이후의 수확량을 감안하면 식량 지원은 속행할 수 있다.

그렇다, 아무 일도 없다면.

그 진의를 눈치챈 것일까……. 한 사람, 또 한 사람 차츰 심각한 얼굴로 내 다음 말을 기다리기 시작했다.

"아직 정식으로 발표되진 않았지만…… 전쟁이 일어날 거야."

내 말에 모네다를 제외한 모두가 숨을 삼켰다.

왕도를 떠나기 전, 나는 모네다가 파발로 소식을 알려서 이런저런 정보를 수집하라고 지시를 내렸다. 덕분에 이미 사실을 알고 있던 모네다는 홀로 평정을 유지하고 있지만…… 안색은 매우 좋지 않다.

뭐, 그 마음은 이해되지만.

"……트와일국과 말입니까?"

한 관리가 결심한 듯이 말했다.

그것은 의문이 아니었다. 그들의 마음속에서는 이미 트와일국으로 확정되어 있으며 굳이 그 사실을 확인하게 위해 물어본 듯한 느낌이었다.

내가 긍정하듯 고개를 끄덕이자 다들 뭔가 말하고 싶은 듯이 입을 열었다가…… 곧 다시 다물었다.

분명 그들의 머릿속에서는 온갖 욕설이 휘몰아치고 있을 것이다.

표정을 보아하니 분노 90퍼센트에 안도 10퍼센트 정도?

타스멜리아 왕국의 국민으로서 두 번이나 전쟁을 벌인 트와일국을 향한 분노도 있겠지만, 동시에 영지 관리로서 잇달아 터졌던 사건이 겨우 종결되어 가는 시점에 또다시 골치 아픈 일이 생긴 것에 대한 분노도 소용돌이치고 있을 것이다.

유일하게 다행인 것은 트와일국과 아르메리아 공작령이 멀리 떨어져 있다는 점일까.

"그걸 염두에 두고…… 자, 지금부터 이야기를 나눠 볼까요?"

내가 짐짓 힘을 주어 말하자 모두 자세를 바로잡았다.

조용……. 한순간 정적의 장막이 실내를 뒤덮었다.

"……모네다, 상업 길드이 움직임은?"

"아직 이 정보를 파악하지 못했는지 시장의 움직임은 차분합니다."

"좋아. 식량과 약품 사재기를 엄중하게 금할 수 있도록 계속 감시해 줘."

"…… '폭리 단속령' 은 계속되는 겁니까?"

코디체(법률부)에서 질문을 던졌다.

'폭리 단속령' 이란 폭리를 목적으로 한 매점매석 처벌을 규정하는 것이다.

예전에 일본에서도 비슷한 법이 제정된 적이 있다. ……내가 기억하기로는.

역사 시간에 가볍게 배우고 넘어갔기 때문에 그게 어떤 건지 자세히는 모르지만…… 아르메리아 공작령에서 시행되는 것과 목적은 같다.

재해가 발생하는 바람에 수요가 공급을 상회하는 상황.

그런 와중에 부족한 물품을 매점매석하면 그렇지 않아도 치솟은 시장 가격을 더욱 올릴 수 있다.

유감스럽게도 그걸 이용하여 막대한 이익을 챙기려는 자들이 나타난 것이다.

하물며 이번에는 전쟁이다.

전장에서 싸우는 병사들을 위해 국가는 식량을 확보하지 않으면 안 된다. 하물며 농작지가 전화에 휩쓸리면 수확량 자체가 줄어든다.

영지에서 수급의 균형을 잡는다 해도 나라 전체의 밸런스가 무너지면 누군가가 이런 생각을 하게 될 것이다.

……가격이 싼 영지에서 물품을 조달하여 그 물품이 부족한 영지에서 비싸게 팔면 좋지 않을까?

자유롭고 개방적인 시장을 지향하는 입장에서는 그렇게 생각하는 것도 어쩔 수 없긴 하지만…… 나는 이 땅을 다스리는 자다.

그런 식으로 점점 이 땅에서 식량이 유출되는 것만은 피하지 않으면 안 된다.

애초에 전쟁이 시작된다는 소식을 듣고 동요한 백성들이 언제 사재기를 시작할지 알 수 없는 상황이다.

"응, 물론이지. 그리고 관세도 현재의 특례 조치를 유지하도록 해."

다른 영지로 식량과 물자가 유출되는 것을 우려하여 현재 아르메리아 공작령에서는 몇 가지 품목을 수출할 때 높은 관세를 책정하고 있다. 수입은 예전처럼 관세를 철폐하고 있지만.

"관세를 받는 품목은 이전과 똑같이 할까요?"

"응……. 크게 분류하자면 식료품 및 약품과 관련된 물품. 나중에 보르사(재무부), 아그리콜투라(농업부)와 확인해서 리스트를 작성해 줘. 그걸 확인하는 대로 필요한 수속을 밟도록 해. ……모네다, 현재 품목별 물가의 동향과 상회의 동향은?"

"미미하지만 물가가 상승하기 시작하고 있습니다. 하지만 소비 동향은 그대로인 걸 보면 역시 물건의 가치 자체가 올라간 것으로 보입니다."

"유통량은 조정해서 확보하고 있을 텐데. ……역시 다들 무의식적으로 앞날을 우려하고 있는 걸까?"

"물건의 가치를 내리기 위해서는 그 물건이 풍족한 게 가장 좋죠. ……또는 유통하는 자금의 양을 줄여서 화폐의 가치를 올리거나."

"보르사(세부부) 입장에서 한 말씀 드리겠습니다만, 또다시 다른 나라에서 식량을 조달하려면 조금 더 시간을 두셨으면 합니다. 몇 번이나 대규모 자금을 유출하면 다른 필요한 곳에 예산을 할당할 수 없게 됩니다."

보르사(재무부)의 지당한 의견에 나와 모네다의 안색은 동시에 악화되었다.

"전문 분야가 아닌 제가 안건을 제안하긴 좀 그렇지만…… 옛날에 국가가 국민들에게 돈을 빌려준 예가 있습니다. 그걸 재현해 보면 어떨까요? 물자를 구입하면 재고가 늘어나고, 자금을 모으면 자금의 공급량이 줄어들 겁니다."

아그리콜투라(농업부)에서 대안을 제시했지만 나는 고개를 끄덕일 수 없었다.

"아……. 채권 말이지. 쉽게 동의할 수가 없네. 우선 금 본위제(일정량의 금의 가치를 기준 삼아 화폐의 가치를 정하는 화폐 제도)인 지금 체제에서는 발행량에 제한이 있어."

현재 지폐는 금세환권이다. ……즉 금화와의 교환이 전제다.

애초에 통화 발행은 금화 재고량에 달려 있다.

즉 자금이 부족하다고 해서 제한 없이 만들어 낼 수는 없다는 뜻이다.

뭐…… 금 본위제건 통화 본위제이건 마구잡이로 채권을 작성해서 부채를 부풀리면 재정상 미래가 어둡다는 것만은 변함없지만.

"둘째, 채권을 받아들일 사람이 있을지 불투명해. 물가가 오르는 경향이 있는 지금, 그걸 억제하기 위해서 금리가 오르고 있으니까. ……셋째, 효율적인 금융 제도를 지키기 위해서는 건전한 재무 기반이 필요해. 채권이란 결국 차용증…… 미래에 변제해야 할 의무가 있지. 미래에 그걸 갚을 만한 수입이 있고, 또 재무 규율이 정비되어 있지 않으면 결국 빚은 눈덩이처럼 불어날 뿐이야. ……이상의 이유로 안일한 채권 발행은 찬성할 수 없어."

"극약 같은 거로군요. 지금 상황을 돌아보면 굳이 극약을 입에 댈 필요는 없다고 생각합니다만…… 어떠신가요?"

"이 땅이 전화에 휩쓸릴 가능성은 0이 아닙니다. 만약을 위해 자금을 확보해 둘 필요가 있습니다."

"그 조정은 보르사(재무부)의 직무 아닙니까? 새로운 자금을 기대하기보다는 다른 지출을 줄여서 전쟁 준비를 해야 하는 것 아닐까요?"

"영지민들의 동향도 걱정됩니다. 불안은 차츰 전파되어 예상치 못한 행동을 하게 만들죠. 식량 독점도 한층 가능성이 높아집니다."

"그건 코디체(법률부)에서 대응하는 게 합리적이라고 생각합니다."

기탄없이 오가는 의견들……. 각각 자신의 직무에 관한 시점에서 의견을 내고 논의가 펼쳐졌다.

나 혼자서는 도저히 손길이 미치지 못했을 것이다.

그날부터 매일 밤낮으로 회의가 열리고, 모두가 초췌해질 만큼 격렬한 논의를 거듭한 끝에 앞으로 시행할 방침을 정했다.

……그로부터 일주일 후, 드디어 나라에서 정식으로 전쟁이 발표되었다.

처음에는 이 땅에서도 다소 혼란이 보였지만 조금씩 침착함을 되찾아 가고 있다.

모두의 미간에 새로운 주름이 뚜렷하게 새겨질 만큼 고민하고 또 고민하며 회의를 거듭했던 사전 대책이 효과를 발휘한 것일까, 아니면 인간이란 의외로 위기가 눈앞에 닥치지 않으면 위기감을 느끼지 못하는 것일까……?

어쨌든 표면상이긴 해도 거리가 평소의 모습을 유지하고 있는 것은 다행인 일이다.

나는 커피가 담긴 컵으로 손을 뻗었다.

현재 커피는 단순한 기호품으로 즐기고 있다만, 조만간 또다시 잠이 오지 않도록 카페인 신세를 질 날이 오지 않을까?

건강상 별로 좋지 않은 데다 너무 많이 마시면 효과가 떨어지기 때문에 피할 수 있다면 피하고 싶지만.

나는 그런 생각에 쓴웃음을 지으며 막 도착한 어머님의 편지를 펼쳤다.

편지에는 어머님이 알고 있는 근황이 적혀 있었다.

먼저 군부 이야기.

할아버님이 정식으로 트와일국 전쟁의 총사령관이 되어 전선으로 향했다는 것.

진군하는 군대의 규모와 예정도 자세히 적혀 있었다. ……아무리 앤더슨 후작가 출신이라도 일개 귀족 부인이 이만한 정보를 모을 수 있다니. 새삼 어머님께 경외감을 느꼈다.

언젠가 도움이 될지 모르니까 감사히 읽고 있긴 하지만.

그리고 가족들의 근황과 왕궁 이야기.

……아무래도 베른은 지난번 회의 때처럼 딘의 측근으로 일하며 분골쇄신 노력하고 있는 모양이다.

그날 회의에서 그가 단상에 올라간 순간.

내 동생이지만 그의 눈빛에…… 그가 풍기는 분위기에 한순간 소름이 끼쳤다.

그에게서 그만한 각오가 느껴진 것이다.

그때의 각오가 변하지 않았더라면 분명 베른은 훌륭하게 일하고 있을 것이다. ……그게 내 솔직한 생각이다.

그리고 귀족들의 동향에 관한 이야기.

왕도에 남아 있는 사람들도 일부 있는 모양이지만 영주들은 모두 영지로 돌아가서 각각 전쟁에 대비하고 있다고 한다.

에드 님이 권세를 휘두를 때라면 몰라도 지금은 영지를 소홀히 여기면 즉각 목이 달아나지 않을까?

딘도 일에 관해서 엄격하지만 무엇보다도 베른이 그걸 용서치 않을 것이다.

마지막으로 왕도의 분위기에 대한 이야기.

아무래도 폭동은 일어나지 않았지만 거듭되는 소동으로 인해 백성들이 동요하고 있다고 한다.

지난번 회의에서 어느 관리도 같은 말을 했지만…… 분위기는 전파된다.

그리고 한 번 불이 붙으면 눈 깜짝할 사이에 타오르는 것이 집단 심리다.

그야말로 살얼음판 위를 걷는 것이나 마찬가지라고 할까…….

"가능하면 좀 더 전황을 자세히 알고 싶지만……. 뭐, 그건 어렵겠지."

"원하신다면 당장에라도 보고하도록 지시하겠습니다."

뒤에 서 있던 타냐의 담담한 말에 나는 솔직하게 놀라움을 드러냈다.

'설마, 아무리 타냐라도…….'라는 마음과 '혹시나 타냐라면…….' 이라는 마음이 서로 싸웠다.

내가 가장 원하는 것은 군사 정보다.

국가의 극비 정보를 입수하는 게 얼마나 어려운 일인지…… 정확하게는 모르지만 그래도 추측은 할 수 있다.

"……할 수 있어?"

"아가씨께서 원하신다면. 이미 왕궁에 몇 명의 부하들을 잠입시켜 놓았습니다. 다만 군사 행동의 세부 사항까지는 알 수 없기 때문에 만약 아가씨께서 그것까지 파악하고 싶으시다면 즉시 메시 남작령과 구 먼로 백작령으로 부하를 보내겠습니다. 연줄은 있으니 시간만 주시면 가능할 겁니다."

나는 아무렇지도 않게 말하는 타냐를 바라보며 내심 너무 놀라워서 할 말을 잃었다.

그녀의 유능함에는 항상 놀라기만 할 뿐이다. 대체 얼마나 높은 경지를 목표하고 있는 걸까……? 그렇게 생각한 적도 몇 번이나 있지만 그래도 오늘만큼 충격을 받은 적은 없다.

"……그럼 부탁할게. 최대한 신속하게."

"알겠습니다. 지금 수배하러 가겠습니다."

타냐의 뒷모습을 지켜본 후 나는 편지를 파기하고 또다시 일에 몰두했다.

† † †

"할아범, 기뻐해. 전쟁이 시작된 것 같아."

아카시아 왕국의 왕자 카딜이 몹시 기분 좋은 얼굴로 하피즈에게 말했다.

"호오, 트와일국이 드디어 움직이기 시작했습니까. 이제나저제나 했는데 꽤 늦었군요."

"트와일국도 모두 같은 마음은 아닐 테니까. 지난 패배를 설욕하는 겸 침략으로 풍요로움을 손에 넣겠다고 집착하는 자들도 있고, 전쟁에 돈을 쏟아붓는 것보다 자국을 보다 풍요롭게 만드는 시책을 펼쳐야 한다고 주장하는 세력도 있는 모양이야. 둘 다 목적은 같고 현재를 희생해야 한다는 점에서는 다를 바가 없지만. 그저 희생하는 게 다른 것뿐이야."

"흐음……. 전쟁을 시작하면서 의식이 통제되어 있지 않다니, 꽤나 여유만만이군요."

"그러게 말이야. 뭐 나한테는 트와일국이 움직였다는 거, 그것만이 중요하지만. 앞으로 2, 3일 안에 아바마마도 이 정보를 손에 넣으실 거야. 그러면 반드시 부지런한 형님과 장군 일파를 움직이겠지."

카딜은 하피즈가 내민 술잔을 받아 들고 술을 마셨다.

"해약만 끼치는 방해꾼들이 겨우 사라질 거라고 생각하니 속이 후련하군."

"하지만 카딜 님, 이 할아범은 도통 예상할 수가 없습니다……. 그들이 그렇게 생각대로 움직일까요? 아무래도 그들이 전선에 나서는 광경을 도무지 상상할 수가 없습니다."

"모두 지원하겠지. 미끼는 아르메리아 공작령이야. 오래전부터 소문을 흘려 뒀거든. ……아바마마는 아르메리아 공작령에 집착하고 있어. 아르메리아 공작령을 함락시킨 자에게는 막대한 포상을 내리실 거야. 사실 아바마마는 늘 새로운 영토를 원하고 있고 아르메리아 공작령의 산물을 몹시 마음에 들어 하시지. 진실성이 있는 정보잖아?"

"그건 그렇군요."

"그리고 아르메리아 공작령에 대한 정보를 여기저기 잔뜩 퍼뜨렸지. 풍요로운 땅을 탐내는 건 욕심 많은 놈들의 공통점이니까."

"……그렇군요. 그 풍요로운 땅을 함락하면 혹시나 자신에게 공작령 총독 자리가 떨어질지도 모른다…… 그런 망상이라도 하고 있을지 모르지요."

"바로 그거야. 뭐, 놈들은 함락하지 못하겠지만. 하지만 그래도 상관없어. 그자들이 없는 동안, 그때가 내게는 절호의 기회야. 아바마마를 몰아내고 왕위에 오를 기회."

"……카딜 님, 조심하십시오. 이 자리에는 저밖에 없다는 걸 이미 확인했지만 왕궁 안은 어디에 눈과 귀가 숨어 있어도 이상하지 않은 법. 아무리 주의해도 부족하지 않습니다."

"맞는 말이야. 하지만 할아범이 확인했다면 틀림없겠지."

그 말에 하피즈는 싱긋 하고 부드러운 미소를 지었다.

"탐욕스러운 아바마마, 그런 아바마마를 추종하는 것밖에 머릿속에 없는 형님. 마구잡이로 자신의 무(武)를 과시하여 국가 상층부에 영향력을 행사하는 욕심 많은 장군. 욕심, 욕심, 욕심투성이야. 나라 곳곳에서 봉화가 피어오르는 것도 당연하지. 우리 나라는 결코 트와일국도 타스멜리아 왕국도 비웃을 수 없어."

광대한 국토를 자랑하는 아카시아 왕국은 자연이 풍부하고, 수많은 자원을 지니고 있다. 각 영토를 영주들이 다스리는 타스멜리아 왕국과는 달리 왕족이 직접 통치하는 정치 체제를 갖추고 있다.

즉, 왕의 권한이 타스멜리아 왕국에 비해 단연 강력하다는 뜻이다.

성군이 왕위에 오르면 그야말로 태평성대지만 어리석은 왕이 왕관을 쓰면 그 결과가 참으로 비참하다.

"아바마마도 과거에는 백성들을 생각하는 왕이었겠지. 기록에 남아 있는 시책을 보면 알 수 있어. 하지만 세월과 함께 이윽고 중압에 짓눌린 걸까……? 이제는 듣기 좋은 말에만 귀를 기울이게 되셨어. 그 때문에 나라 곳곳에서 폭동이 일어나게 된 거야."

"의외로 어느 나라나 비슷할지 모르지요. 지나치게 자란 과실은 이윽고 안쪽부터 썩어 들어가는 것처럼."

"흠……."

"그러니까 카딜 님은 모두의 희망이십니다. 부디 옥체를 소중히 여기소서."

"……영감은 당해 낼 수 없군."

황공하옵니다. 하피즈는 카딜의 말에 머리를 숙이며 말했다.

"그러고 보니 마침내 비밀의 베일에 싸여 있던 알프레드 제1 왕자가 모습을 드러냈다지요?"

"응. 둘째 왕자가 좀 더 나라를 망쳐 놓을 줄 알았는데……. 결국 지지부진한 결과로 끝났군. 금방 죽지 않도록 기껏 제2 왕자에게 슬쩍 호위와 감시를 붙여 뒀는데……."

"그만큼 제1 왕자가 좋은 사람일지도 모르지요."

"모든 게 끝나면 한 번 만나 보고 싶군."

카딜이 사이드테이블에 잔을 내려놓자 하피즈가 그 잔에 커피를 따랐다. 향긋한 향이 주위에 퍼졌다.

"하지만 이해할 수 없군요. 지난번 아르메리아 공작령을 떠날 때에는 어떻게 할지 모르겠다고 말씀하시지 않았습니까? 이 할아범은 그렇게 기억하고 있습니다만……."

"타스멜리아 왕국이 트와일국에 패하면 아무리 놈들이라도 이길 수 있겠지. 일개 공직가가 두 나라를 상대로 버티기는 아무래도 불가능하니까. 하지만 알겠어, 할아범? 이번 전쟁에 이기든 지든 난 솔직히 아무래도 상관없어. 다만 내 바람을 이루기 위해서는 놈들이 방해가 되거든. 그리고 놈들만큼이나 나라의 미래에 도움이 되지 않는 자들도 함께 떠나도록 손을 썼지."

카딜은 시원하고 멋진 미소를 지었다.

"놈들이 이 나라에 없는 시간이 길어지면 길어질수록 계획은 잘 진행될 거야. 내가 이 나라를 손에 넣기 위한 계획이."

"하지만 패배하면 자금 면에서 손해를 보게 되지 않을까요?"

"아니, '침략 행위를 한 자들'이 책임을 짊어지게 하면 돼. 그 욕심 많은 놈들은 꽤 많은 재산을 모아 둔 것 같으니까."

"그렇습니까?"

"하지만 놈들만으로는 쉽게 패배하겠지. 너무 빨리 결판이 나서 살아남은 놈들이 일찌감치 돌아오면 곤란해. 그래서 슬쩍 손을 써 뒀지."

"호오……. 카딜 님께서 손을 써 두셨단 말입니까. 그것참……."

하피즈는 자세한 이야기를 듣기도 전부터 이미 쓴웃음을 짓고 있었다.

"뭐야, 할아범?"

"아닙니다. 앞으로 아이리스 님이 고생할 게 눈에 선해서 그렇습니다."

"……무슨 소리야? 내 미래의 사랑스러운 아내는 이런 일로 무너질 만큼 약하지 않아."

하피즈가 카딜의 말에 한순간 멍한 표정을 지었다.

"사랑스럽다고 생각하십니까?"

그것도 당연한 의문이다.

대체 어느 누가 사랑하는 사람을 일부러 궁지에 몰아넣는단 말인가?

"그렇지 않으면 청혼 따윈 안 했을 거야. 뭐야, 할아범? 설마 농담인 줄 알았어?"

"아닙니다. ……당연히 그저 정략적인 이유 때문인 줄 알았습니다."

"정략적……. 흠, 확실히 그런 면도 있지. 하지만 그것만이라면 다른 여인과 맺어질 수도 있어. 굳이 바다를 건너서 다른 나라의 공작 영애에게 청혼하러 가진 않았겠지."

그가 진실로 그녀를 대면한 것은 단 한 번뿐.

아르메리아 공작령을 내밀하게 시찰하러 갔을 때뿐이었다.

그 외에는 국가 시찰단에 섞여서 타스멜리아 왕국에 갔을 때 멀리서 몇 번 봤던 게 고작이다.

"아르메리아 공작령과 교역이 활발해졌을 때 그 땅을 조사했지. 그리고 그녀의 존재를 알게 됐어. 처음에는 무슨 농담이거나 꽤나 과장된 소문이라고 생각했지만…… 실제로 그 땅에 가 보고 나서 그게 진실이라는 걸 알았어. 실로 보기 드문 여인 아닌가? 총명하고 자애롭고……. 왕 옆에 설 수 있는 여인. 게다가 외모도 아름답지. 손에 넣고 싶어 하는 게 자연스럽지 않은가?"

"흐음……."

"……그러고 보니 할아범, 아르메리아 공작령에서는 비단을 독자적으로 생상하고 있더군."

"네에?"

하피즈가 그답지 않게 카딜 앞에서 표정을 바꿨다.

그만큼 그 말이 충격적이었다는 뜻이다.

"비단 제조법은 극비 중의 극비. 대체 어떻게…….

"글쎄. 진실은 모르지. 그녀 자신이 발견했는지, 아니면 어디선가 정보를 입수했는지, 유능한 부하가 발견했는지…… 알 수 없어. 하지만 정보를 얻었건, 부하에게 발견하도록 지시했건…… 그만큼 그녀가 유능한 자들을 거느리고 있다는 뜻이잖아? 즉 그만큼 유능한 자들이 인정할 만한 인재라는 뜻 아닐까?"

"그건 그렇지요. 제 인식을 고쳐야겠군요."

카딜은 하피즈의 말에 기분 좋은 듯이 또다시 잔을 기울였다.

"직접 만난 건 아주 짧은 시간뿐. 하지만 그걸로 충분해. 그녀가 지금까지 걸어온 길은 결코 거짓도, 과장도 아니라는 걸 알 수 있었으니까."

"……그렇군요. 한데 그렇다면 더더욱 괜찮으시겠습니까?"

"할아범, 잊었어? 사태는 이미 움직이기 시작했어. 처음 트와일국의 제안을 받아들였을 때부터. 내가 아무리 반대해도 아바마마는 멈추지 않았지. 이미 어떻게 할 수도 없고, 그럴 시간도 없어. 게다가 아까도 말했다시피…… 평탄하지 않은 길을 걸어온 그녀라면 무너지진 않을 거야. 아쉬운 건 강한 의지가 깃든 그녀의 눈동자가 어두워지는 모습을 가까이에서 지켜볼 수 없다는 거지."

하피즈는 카딜의 마지막 말에 한순간 얼굴을 일그러뜨렸지만 곧 아무 말도 못 들은 것처럼 온화한 미소를 지었다.

"그렇다면 부디 타스멜리아 왕국이 힘을 내 줬으면 좋겠군요. 아르메리아 공작 영애가 아무리 고군분투해도 타스멜리아 왕국 자체가 패전하면 결국 그녀는 패전국의 귀족. 배에서 카딜 님이 말씀하셨다시피 정비로 맞이하긴 힘들어질 테니까요."

"그렇군……."

"그런데 카딜 님, 손을 써 두셨다는 건 어떤 겁니까?"

"응? 그냥 다시 이용한 것뿐이야."

"다시?"

"예전에 그 트와일국의 암여우가 아르메리아 공작령에 수작을 부린 적이 있잖아? 아까우니까 그때 남겨 둔 걸 다시 이용했지. 머리를 망가뜨려서 살짝 혼란에 빠뜨릴 생각이야. 그 아둔한 놈들이 무사히 싸울 수 있도록."

카딜은 그렇게 말하며 즐거운 듯이 씨익 웃었다.

24장
공작 영애의 책임

달빛 아래, 나는 창가에 걸터앉아 있었다.

엷은 빛에 잠긴 광경은 태양이 빛나는 밝은 낮과는 또 다른 얼굴과 또 다른 아름다움을 보여 준다.

……조용하다.

아주 먼 땅이기는 해도 같은 나라에서 전쟁이 벌어지고 있다고는 생각할 수 없을 만큼.

문득 옆에 놓인 화분으로 시선을 향했다.

그 화분에는 아주가 꽃이 활짝 피어 있었다.

『와아. 예뻐라. 아주머니, 이 꽃은 무슨 꽃인가요?』

그렇게 물으며 이 꽃을 산 지 얼마나 세월이 흘렀을까?

문득 그런 생각을 하며 혼자 웃고 말았다.

생각해 보면 정말 많은 일이 있었다.

많은 계절이 지나고, 그때 산 씨앗은 멋지게 꽃을 피웠다. 그리고 또다시 씨앗을 남기고 져 버렸다.

지금 이 화분에 피어 있는 꽃은 그 씨앗의 몇 대째 자손일까……?

나는 부드럽고 아름다운 꽃잎을 어루만졌다.

달빛에 잠긴 꽃잎은 어둠 속에서도…… 아니, 어둠 속이기에 더더욱 아름다워 보였다.

『이대로…….』

떠오르는 것은 그의 목소리.

그날 그때…… 꽃 안개 너머의 그는 어떤 표정을 짓고 있었을까?

그리고 그다음에 했던 말은 대체 무엇이었을까?

생각해 봤자 무슨 소용이람……. 나는 무릎 위에 놓인 읽다 만 책으로 시선을 옮겼다.

그때, 문에서 노크 소리가 들려왔다.

"실례합니다, 아가씨……. 아가씨?"

안으로 들어온 타냐가 의아한 듯이 나를 바라보았다.

"왜 그런 곳에 앉아 계신 건가요?"

"휴식 겸 잠시 바깥 풍경을 바라보고 있었어."

더 이상 여기에 걸터앉아 있으면 타냐의 표정이 좋지 않을 것 같아서 나는 창가를 떠나 책을 책상 위에 올려놓고 의자에 앉았다.

타냐가 안심한 표정을 지었다.

하지만 다음 순간, 내가 들고 있던 책을 보고 살짝 얼굴이 흐려졌다.

"지금부터라도 머릿속에 집어넣을 수 있을 만큼 집어넣으려고."

나는 쓴웃음을 지으며 말했다.

내가 읽고 있던 것은 아카시아 왕국에 대한 책이었다.

아르메리아 공작가에 보관되어 있는 책은 물론, 다른 나라에서 들여온 책도 틈나는 대로 읽고 있다.

이 소동이 종식될 때까지 시집갈 생각은 없지만…… 과연 어떻게 될까?

청혼에 대한 대답은 나라 안이 혼란스러워서 아직 보류하고 있지만.

"……그러신가요. 잠시 말씀드리고 싶은 게 있어서 찾아왔습니다."

"그래……. 말해 봐."

"아직 자세한 전국은 왕도에 도착하지 않았지만 싸움이 시작되었습니다."

드디어 시작됐나……. 나도 모르게 숨을 삼켰다.

"타스멜리아 왕국 측은 메시 남작과 가젤 장군께서 분투하고 있다고 합니다. 하지만 아무래도 저쪽의 숫자가 많아서……."

"할아버님은 분명 빠르게 도착하기 위해 소수정예를 이끌고 가셨다지? 나중에 제2진이 출전한다고 들었는데?"

"그렇습니다. 마님께 들으셨나요?"

"응."

"그러시군요. 이미 제2진은 출발했습니다. 속도를 감안하면 앞으로 하루 이틀 안에 도착할 겁니다."

"다행이네. 할아버님이 아무리 강하셔도 수적인 우위는 무시할 수 없으니까."

"……이건 암암리에 입수한 정보입니다만, 아무래도 트와일국은 이번에 병사들뿐만 아니라 일반 백성들까지 전선에 참가한 것 같습니다."

"……일반 백성들이? 하지만 훈련도 받지 않은 자들이 전장에 나서 봤자 아무것도 할 수 없을 텐데?"

"네, 그렇습니다. 사실 이쪽이 수적으로 열세이긴 하지만 전국은 일진일퇴인 것 같으니까요. 다만 그들의 선의가 매우 높아서 ……
이 균형이 언제까지 유지될지…….”

“……백성들의 전의가 높다고?”

당연히 억지로 징집된 줄 알았는데…… 하지만 그렇다면 전의가
높을 리 없다.

“네. 작년에 트와일국에서는 기근이 일어났다고 합니다.”

“……그러고 보니 그런 보고가 있었지. 그래, 그렇군……. 막판
의 배수진인 걸까.”

식량이 없고, 미래의 희망도 보이지 않은 채 나라와 함께 쇠약해져
서 죽느냐.

소중한 사람들이 살아갈 수 있는 풍요로운 땅을 빼앗아서라도 손
에 넣기 위해…… 희망을 남기기 위해 전쟁에 참가해서 죽을 것이
냐.

뒤로 물러나도 지옥, 앞으로 나아가도 지옥.

그런 선택을 강요당한 것은 아닐까?

“지나친 생각이겠지만…… 디반이 우발적으로 일으킨 기근을 최
대한 이용한 걸지도 몰라.”

그런 기분이 들어서 견딜 수 없다.

어쨌든 남은 것이 죽음이라는 선택지뿐이라면 인간은 작은 희망
에 매달리기 마련. 또는 의미를 찾으려고 애쓰기 마련이다.

“설마, 그런…….”

“어디까지나 내 상상이야.”

“하지만 아이리스 님, 굳이 스스로 퇴로를 차단하고 보다 곤란한
상황에 빠뜨리는 건…….”

“……과연 그럴까? 절박한 상황에서 인간의 이성은 어디까지 버

틸 수 있을 거라고 생각해?"

"아……."

나의 느닷없는 질문에 타냐는 아무 대답도 하지 못했다.

"척박한 대지, 지난 전쟁의 부채로 인한 재정 압박. 착실하게 땅을 개간해서 그 결과가 결실을 맺으려면 과연 얼마나 걸릴까……? 빈곤, 기아, 그것들로 인해 일어나는 치안 악화. 불만과 불안이 만연하는 가운데 과연 인간은 얼마나 버틸 수 있을까……?"

바로 옆에는 달콤한 과실, 즉 풍요로운 대지가 펼쳐진 타스멜리아 왕국.

'왜 우리 나라는……?', '왜 이렇게 불공평한 걸까……?' 그런 질투로 인해 또 다른 불안과 불만이 쌓여도 이상할 것 없다.

"그런 불만의 화살을 자신들이 아닌 다른 곳으로 돌리기 위해 트와일국의 지배층은 전쟁을 이용한 건지도 몰라."

"……즉, 백성들이 전쟁을 바란 결과란 말씀인가요?"

"세상의 흐름이란 대하와 마찬가지. 물방울 하나하나가 다른 방향으로 흘러가려고 해도 큰 흐름을 거스를 수는 없어. 그것과 마찬가지야. 전쟁을 기피하는 마음은 있어도 세간의 여론이라는 크나큰 흐름에 저항하지 못하고, 어느샌가 같은 방향으로 움직이게 된 것 아닐까? '이럴 수밖에 없어.', '이 방법밖에 없어.' 라고 점차 생각이 바뀌게 된 거야."

그것은 전생의 세계에서도 증명된 사실이다.

불만이 소용돌이칠 때, 사람들은 현재의 상황을 타파하는 것에 열광한다.

수많은 곳에서 그런 일이 수없이 많이 일어나지 않았는가.

"특히 그걸 이용하려고 선동하는 자들이 있으면…… 선동당하고 또 선동당해서 둑이 무너진 깅처럼 탁류가 되어 끝까지 갈 수밖에 없어. 어쩌면 선동한 자들조차 컨트롤할 수 없게 될지도 모르지."

불만의 화살을 돌리기 위해 움직인 걸까, 아니면 순수하게 지난 전쟁의 설욕을 하려는 것일까?

선동한 자들이 무엇을 목표로 움직였는지 이제는 모른다.

그건 내가 적국의 인간이 때문이 아니라 이미 그들도 마찬가지 아닐까?

어느샌가 수단이 목적이 되고, 그저 이기는 것에만 집착해서.

그 이외의 길을 전부 막아 버린 것 아닐까?

"……얘기가 딴 길로 새어 버렸군. 아마 할아버님도 움직이기 힘드실 거야. 직업 군인이라면 몰라도 상대가 일반 백성이라면 말이야."

"네. 하지만 사부님들은 곧 마음을 다잡으실 겁니다. 싸울 수밖에 없다고."

"그렇구나. ……타냐, 보고 고마워. 또 무슨 일이 생기면 당장 나한테 알려 줘."

"알겠습니다."

타냐가 떠난 후 나는 또다시 창가로 다가갔다.

이번에는 앉지 않고 창가에 서서 풍경과 내 손바닥을 번갈아 바라보았다.

……전쟁이 시작됐다.

이 강대하고 흉악한 탁류는 과연 어디까지 흘러갈까?

그리고 어디로 흘러갈까?

나는 바깥 풍경과 내 손바닥을 번갈아 바라보았다.

……결코 휩쓸려서는 안 돼.

결코 삼켜져선 안 돼.

내가 꺾이면, 길을 잘못 들면 무너지는 건 나뿐만이 아니니까.

나는 새삼 각오를 다지듯 한동안 그 자리에 가만히 서 있었다.

† † †

"⋯⋯응?"

아침 일찍부터 일을 하던 도중, 어느 서류 하나가 마음에 걸려서 손을 멈췄다.

"왜 그러시나요?"

옆에 서 있던 타냐가 곧 반응했다.

"아르키테토(건설부)의 누군가에게 가서 확인해 줘. 어째서 이 건물을 철거할 수 없는지."

"네, 알겠습니다."

내가 의문을 느낀 것은 동부 건물을 철거하는 문제에 관해서다.

지난번 동부 보르틱 패밀리 소동 후, 모반자들이 근거지로 삼았던 거점을 영지가 접수해서 철거하게 되었다.

일단 보르틱 패밀리에게도 확인했지만 '폐를 끼친 값이다.'라면서 글라우스가 통째로 몇몇 건물의 권리를 포기했다.

영지에서 접수하긴 했지만⋯⋯ 어떻게 활용하면 좋을지 몰라서 당분간 그대로 보류하게 되었다.

그 후 인프라 조정 계획을 대폭 수정할 때 그 땅에 있는 건물을 일단 모두 철거해서 토지를 활용하는 방향으로 결정됐는데.

지금 보니 그 공사가 전혀 진척되지 않고 있었다.

아니, 아예 착수조차 하지 않았다.

솔직히 요즘은 ㄱ쪽을 신경 쓸 때가 아니라 뒤로 미루다 보니 한심하게도 이제야 눈치채고 말았다.

……사실 지금도 인프라에 손을 댈 여유는 전혀 없지만.

그래도 눈치챈 이상 이유를 확인해 두고 싶다.

"……실례합니다. 조금 전 아가씨께서 질문하신 문제로 찾아왔습니다."

타냐가 불러온 아르키테토(건설부) 관리가 들어왔다.

"고마워. ……그런데 철거가 진행되지 않은 이유는 뭐지?"

"네. 그게……. 아무래도 그 땅에 출입하는 사람이 있어서 공사가 지체되고 있다고 합니다."

"사람이?"

"네. 공사를 맡은 자가 확인해 본 결과 보르틱 패밀리라고 하던데……."

"그럴 리 없어. 그 땅은 소유자가 없어서 영지에서 접수했는걸?"

"하지만 공사를 맡은 자들은 그걸 확인할 수 없으니까요. 오히려 보르틱 패밀리와 얽히고 싶지 않다면서 그대로 내버려 두고 있었던 모양입니다."

"그렇군……."

나중에 글라우스에게 확인해 봐야지. 나는 마음속으로 결론을 내렸다.

"알았어. 고마워. 나중에 지시를 내리도록 할게."

아르키테토(건설부) 관리가 떠난 후, 나는 한숨을 쉬었다.

……묘하게 이 일이 마음에 걸린다.

현재 상황을 생각하면 우선순위는 한없이 낮다.

그런데도 '이대로 내버려 두면 안 된다.' 라고 머릿속에서 경종이 울리고 있었다.

"타냐, 디더를 불러 줘."

"알겠습니다."

나는 그녀의 뒷모습을 바라보며 생각에 몰두했다.

이미 보르틱 패밀리와는 아무 관계없는 장소에 출입하는 자칭 보르틱 패밀리 멤버들.

만약 보르틱 패밀리의 일원이라면 글라우스는 대체 무슨 생각을 하고 있는 걸까……?

하지만 그때 만났던 글라우스라는 남자는 한 번 나눈 약속은 결코 깨지 않을 듯한 자였다.

나의 사람 보는 눈을 믿는다고 치고, 그럼 그게 글라우스의 지시가 아니라면, 보르틱 패밀리와는 아무 관계없는 자들이라면.

대체 그들은 무슨 목적으로 그곳을 드나들고 있는 걸까?

……불길한 예감이 든다.

그렇지 않아도 나라 안이 긴박한 상황인데, 영지 안에서 분란이 일어나는 상황은 피하고 싶다.

"나 왔어, 공주님."

"바쁠 텐데 용케 왔네, 디더."

"공주님이 부르시면 당연히 와야지. 그런데 무슨 일이야?"

한순간 그에게 지시를 내려도 될까, 하고 고민했다.

그는 우수한 인재다.

이런 상황이기에 더더욱 될 수 있으면 그가 곁에 있어 줬으면 한다.

하지만…… 만약 이게 어떠한 징조고 그걸 놓치는 바람에 힘들 때 더욱 큰 문제가 발생한다면? 그것만은 어떻게든 막고 싶다.

"······타냐이 부하와 함께 동부에 기서 이 일을 조사해 줘."

메리트와 디메리트를 각각 저울질한 끝에 결국 나는 지시를 내리기로 결정했다.

"······이런 상황에?"

디더가 날카로운 눈빛으로 내게 물었다.

역시 그렇게 생각하는군······. 내심 쓴웃음을 지었다.

"응. 머릿속에서 경종이 울리고 있어. 빨리 배후 관계를 조사하는 게 좋을 거라고."

"······하지만 공주님, 아까도 말했지만 지금 상황이 좀 그렇잖아? 나는 공주님의 호위야. 이럴 때 공주님과 한시도 떨어지고 싶지 않은걸?"

평소대로 가벼운 말투였지만 눈은 전혀 웃고 있지 않았다.

나도 그런 그에게 날카로운 눈빛을 향했다.

"거점을 조사하는 건 타냐의 부하들을 보낼 거니까 그렇게 시간이 걸리진 않을 거야. 다만 글라우스와 접촉해서 그 진의를 확인하려면 너만한 적임자는 없어. 그러니까 부탁해. 내 눈과 입에 되어서 다녀와 줘. ······그리고 내 위기를 미연에 방지하는 것도 호위의 역할이잖아?"

한동안 말없이 서로를 바라보았다.

무거운 공기가 방 안을 감쌌다.

하지만 그 침묵은 느닷없이 끝을 고했다.

디더의 한숨으로 인해서.

"······졌다. 그렇게까지 말하면 거역할 수 없잖아."

"디더······."

"하지만 나라도 괜찮겠어? 난 전에 한 번······."

살짝 내리뜬 눈동자에는 희미한 그늘이 드리워져 있었다.

지난번 동부 소동 때 적에게 붙잡혔던 걸 신경 쓰고 있는 걸까? 웃음이 흘러나왔다.

나는 그를 조금도 걱정하지 않는다.

왜냐하면…….

"똑같은 전철은 밟지 않을 거잖아?"

그래, 믿고 있기 때문이다.

내 물음에 디더도 "못 당하겠네."라고 중얼거리며 웃었다.

"알겠습니다. 이번에야말로 멋지게 임무를 완수하겠습니다."

"응. 잘 부탁해, 디더."

† † †

"……그럼 뒤를 부탁해."

디더는 라일에게 모든 인수인계를 마친 후 저택을 떠나기 위해 문으로 다가갔다.

아이리스에게 지시를 받은 후 불과 30분 만에 모든 준비를 무사히 마쳤다.

"그래. 아가씨는 내게 맡겨라."

라일이 디더의 말에 힘차게 끄덕이며 대답했다.

"라일 너라면 마음 놓고 맡길 수 있지. ……그럼 나중에 보자."

그가 가는 길 앞에는 평소 고용인들이 사용하는 정문보다 조촐한 문이 있었다.

그곳으로 다가가던 디더는 문득 문 앞에 누군가가 서 있다는 사실을 깨달았다.

……문 앞에 서 있던 것은 타냐였다.

"뭐야? 일부러 배웅 나온 거야?"

장난치듯 던진 말에도 그녀는 아무런 대답도 하지 않았다.

그저 물끄러미 그를 관찰하듯 진지한 눈빛으로 응시할 뿐.

그는 그녀의 반응에 한숨을 쉬며 다리를 움직이기 시작했다.

"……다녀올게."

그리고 진지한 목소리로 타냐에게 말했다.

"……잠깐만요."

스쳐 지나갈 때 그녀가 그를 불러 세웠다.

"내 부하들은 먼저 동부로 출발했어요."

"응, 들었어."

"……이번 일, 아가씨도 무척 신경 쓰고 계시지만…… 솔직히 나도 수상하게 느껴져요."

"……호오."

번뜩. 디더의 눈이 빛났다.

한순간 그에게서 조용한 투지가 타올랐다.

"네가 그렇게 느낀다면 무슨 일이 일어날 전조일까?"

"확실한 건 몰라요. 하지만 당신도 위화감이 느껴지죠?"

"그야 뭐. 장소가 장소이니만큼."

"……당신과는 따로 행동하겠지만 이걸 갖고 가요. 내 부하들과 접촉할 수 있는 곳과 접촉할 때 사용할 키워드. 그들에게 당신 얘길 해 둘게요. 유사시에는 당신의 지휘를 따르라는 말도."

그렇게 말하며 그녀는 디더에게 쪽지를 내밀었다.

"고마워. 잘 받을게."

"따, 딱히…… 당신을 위해서가 아니거든요. 아가씨의 기대에 응하기 위해서예요. ……당신도 무사히 돌아와요."

밀어내는 듯한 말투.

하지만 그는 웃었다.

'돌아와요'. ……그녀의 말에 담겨진 수많은 의미를 읽었기 때문
이다.

"응, 최선을 다할게."

그리고 그는 저택을 떠났다.

† † †

디더가 저택을 떠난 지 며칠이 흘렀다.

"슬슬 동부에 도착했을까?"

나는 서류를 처리하며 작게 중얼거렸다.

……기우라면 다행이지만.

그런 생각을 하고 있을 때, 노크 소리와 함께 타냐가 들어왔다.

"실례합니다. 아가씨. 보고드릴 게 있어서 왔습니다."

"어머, 벌써 디더한테 보고가 온 거야?"

그렇게 묻자 타냐는 보기 드물게 굳은 얼굴로 고개를 저었다.

"아뇨. ……하지만 아주 중대한 일입니다."

그녀의 반응에 나도 모르게 몸을 긴장시켰다.

"……대체 무슨 일이야?"

"구 먼로 백작령의 방어진이 무너질 것 같습니다…… 아니, 벌써
무너졌는지도 모릅니다."

타냐의 말에 한순간 머릿속이 새하얗게 되었다.

너무 혼란스러워서 그녀의 말을 이해하기까지 조금 시간이 필요

했다.

가까스로 그 말을 이해한 후, 나는 숨을 내쉬며 기분을 가라앉혔다.

"……확실해?"

"구 먼로 백작령에 잠입시켰던 부하에게 보고를 받았습니다. 보고서가 이쪽에 도착할 때까지의 시간을 생각하면 이미 돌파 당했더라도 이상할 것 없습니다……."

"자세히 말해 봐. 대체 어떤 상황에서 그렇게 된 거지? 할아버님이 이끄는 군은? 제2진은 도착했겠지?"

"현재 사부님…… 아니, 가젤 장군의 부고는 어디에서도 전해지지 않았습니다. 오히려 가젤 장군 부대는 메시 남작과 그의 사병들과 함께 소수지만 두 배 이상의 전력을 거느린 적들과 멋지게 싸우고 있습니다. 그래서 제 2진은 당시 밀리고 있던 구 먼로 백작령의 방어진으로 돌렸습니다만……."

"그런데 패했단 말이지. 적이 먼로 백작령에 그렇게 많은 병사를 보냈나?"

"네. 그것도 정규 병사를 많이 투입했다고 합니다……."

"메시 백작령을 공격해 온 것은 대부분 민병이라고 했지? ……혹시 할아버님이 싸울 장소를 예측하고 그렇게 한 걸까? 제일 먼저 전투가 벌어질 장소, 그것도 옛 전우인 메시 남작의 영지라면 할아버님이 나타날 거라고 예측하고 인해전술을 펼친 거지. 할아버님이 움직일 수 없도록 민병을 잔뜩 투입한 걸지도 몰라……."

생각을 정리하듯 머릿속에 떠오른 생각을 그대로 중얼거렸다.

"그래서 시간차로 먼로 백작령을 공격한 거로군. 그것도 그쪽에는 정규 군인을 잔뜩 투입해서. ……하지만 잠깐 기다려. 적의 수가 많아도 제2진은 나름대로 숫자가 많을 텐데? 어째서 도착하자마자 당한 거지?"

"……먼로 백작령의 백성들이 트와일국 편으로 돌아섰습니다."

"뭐라고!"

무심코 언성이 높아졌다.

감정을 못 이겨 그만 벌떡 일어서고 말았다.

쾅……! 책상을 두드리는 소리가 울려 퍼졌다.

하지만 타냐의 침착한 모습을 보는 동안 차츰 나도 감정이 가라앉았다.

이런 감정적인 모습은 타냐 외에 다른 사람에겐 절대 보여 줄 수 없겠네……. 그런 생각을 머릿속 한구석으로 떠올리며 입을 열었다.

"……먼로 백작의 폭정이 원인이야?"

내 물음에 타냐는 머뭇머뭇 고개를 끄덕였다.

"이미 구 먼로 백작령에 살고 있던 자들에게 이번 전쟁은 침략이 아니라 해방입니다. 먼로 백작의 정책과…… 타스멜리아 왕국에 성나미가 떨어진 거죠. 그래서 그들은 폭동이라는 형태로 트와일국의 편을 든 겁니다. 또 그들을 선동한 자들도 있다고 합니다."

"디반과 그 일파 맞지?"

"네. ……아가씨께서 전에 말씀하셨던 대로입니다."

"……내가?"

"「세상의 흐름이란 대하와 마찬가지. 물방울 하나하나가 다른 방향으로 흘러가려고 해도 큰 흐름을 거스를 수는 없어. 그것과 마찬가지야. 전쟁을 기피하는 마음은 있어도 세간의 여론이라는 크나큰 흐름에 저항하지 못하고, 어느샌가 같은 방향으로 움직이게 된 것 아닐까? '이럴 수밖에 없어', '이 방법밖에 없어'라고 점차 생각이 바뀌게 될 거야.」라고 말씀하시지 않았습니까? ……먼로 백작령의 영지 민들은 아마 그랬던 거겠죠. 미래가 보이지 않는 상태에서 불안과 불만이라는 씨앗이 뿌려지고, 그 씨앗이 선동이라는 이름의 양분을 먹고 싹을 틔운 겁니다. 이미 제1 왕자의 정책 덕분에 생활이 개선될 전망이 보여도 한 번 싹튼 감정은 쉽게 사라지지 않는 거죠……."

"그렇군……."

정말 용의주도하구나……. 내심 한숨을 내쉬었다.

분명 먼로 백작과 가깝게 지내는 동안에도 뒤로는 이미 민중들을 선동할 준비를 갖추고 실제로 실행하고 있었을 것이다.

그건 그렇고…… 왕국군이 구 먼로 백작령에서 철수하면 방어선도 후퇴하게 되는 걸까?

"……잠깐. 이대로는 메시 남작령이 양쪽에서 공격을 받게 되잖아."

"네. 하지만 다른 영지에서 원군을 보내지 않을까요?"

"보낼 수 있을 것 같아? ……아마 자신의 영지를 지키는 데 전념할 거야."

메시 남작령과 구 먼로 백작령 주변에 위치한 영지의 경우, 언제 자신의 영지에 적이 쳐들어올지 알 수 없다. ……도저히 불가능하진 않지만 사병을 다른 영지로 보내 달라는 요청은 받아들이지 않을 것이다.

무엇보다도 구 먼로 백작령 주변의 영지에는 그럴 만한 여유가 없다.

"……아가씨, 큰일 났습니다!"

노크 소리와 함께 문 너머에서 비명 같은 목소리가 들려왔다.

"지금 심각한 얘기 중인데. 급한 일이야?"

"네, 네에……! 동부에서 폭동이 일어났습니다!"

생각지도 못한 말에 이번에는 짧지 않은 시간 동안 머릿속이 새하얗게 되었다.

폭동……. 비현실적인 말이었다.

단어로는 알고 있지만 그 의미를 이해할 수 없었다.

그 말은 마치 남의 일처럼 머릿속에 울려 퍼졌다.

어째서, 어째서……?

머릿속으로 의문이 떠올라 빙글빙글 회전했다.

아무리 생각해도 원인을 짐작할 수 없었다.

"아가씨, 괜찮으세요?"

타냐가 걱정스러운 듯이 내 얼굴을 들여다보았다.

그녀의 안색도 좋지 않았다.

그런 그녀를 보고 있자니 희미하게 남아 있던 이성이 '진정해, 진정해……!' 라고 명령하듯 나를 질책했다.

무의식적으로 가슴 언저리를 끌어안듯 회중시계를 움켜쥐었다.

얕은 숨을 반복하는 동안 깜빡거렸던 시야가 정상으로 돌아오고 차츰 주위의 풍경이 보이기 시작했다.

"……괜찮아, 타냐."

내가 쓰러지면 내 주위에 있는 자들도 함께 무너진다.

이런 곳에서 주저앉을 수는 없다.

그렇게 스스로를 타일렀다.

"……지금 당장 라일과 세바스를 불러 줘! 당장 회의를 시작해야겠어!"

"네, 네에! 알겠습니다."

타냐가 보기 드물게 초조한 걸음걸이로 방을 뛰쳐나갔다.

"당신은 회의 준비를 할 때까지 사세한 보고를 해 줘."

보고하러 온 고용인에게 말을 건넸다.

"네…… 네에!"

그는 떨면서도 힘차게 고개를 끄덕였다.

타냐에게서 어느 정도 이야기를 듣고 왔는지, 라일과 세바스의 얼굴은 살짝 굳어 있었다.

"왜 불렀는지는 타냐에게 들었겠지?"

"네……. 하지만 뭐가 뭔지 사태를 잘 파악할 수 없습니다……."

세바스가 당혹스러운 듯이 말했다. 나도 그 말에 격렬하게 동의했다.

"그건 나도 마찬가지야. 자세한 사정을 확인해 봤지만 아는 건 피해의 규모뿐. 적의 정체도, 목적도 알 수 없어."

나는 그 말과 함께 나 자신을 진정시키듯 한숨을 쉬었다.

"그런데 아가씨, 피해의 규모는?"

"경비대를 공격한 동시에 관청을 습격. 현재 관청을 점거하고 있다더군. 피해는 알려진 것만 사망자 10여 명. 중경상자 다수. 영지 관리 및 경비대, 그리고 백성들 중에도 피해자가 있어."

입술을 깨물며 떨리는 손을 움켜쥐었다.

입 안에 희미하게 피비린내가 퍼졌다.

그 아픔과 비릿한 맛이 이게 현실이라는 것을 내게 알려 줬다.

……하지만 나는 슬프고 한탄스러워서 떨고 있는 것이 아니다.

그들에게 설명하는 동안 혼란에서 빠져나와 밖으로 드러난 감정.

"정말 웃기지도 않는 짓을 벌였군……."

그것은 분노였다.

내 몸은 분노 때문에 떨리고 있었다.

……만약 내 정책에 불만이 있다면 나를 노리면 된다.

뭔가 목적이 있다면 소리 높여 말하면 된다.

대화조차 하지 않고 분노에 몸을 맡겨 아무 죄 없는 백성들에게 피해를 입힌 것이다.

그렇다면 그들은 내게 오직 적일뿐이다.

내 분노에 압도당한 것일까. 네 사람이 놀란 표정을 지었다.

"적의 규모는?"

그중에서 제일 먼저 정신을 차린 듯한 라일이 물었다.

"목격 정보에 의하면 100명 정도라더군. ……살아남은 경비대의 말로는 꽤나 조직적으로 움직이는 모양이야. 단순한 폭도라고는 생각할 수 없을 만큼……."

"확실히 경비대의 훈련도를 볼 때 오합지졸에게 쉽게 당했을 리 없습니다. 원래 계획을 세우고 있었거나, 아니면 배후에 뭔가가 있거나……."

"……애초에 그 100명은 어떻게 모인 걸까요?"

타냐가 문득 생각난 듯이 말했다.

우리의 시선을 느낀 것일까. 그녀가 당황한 기색으로 또다시 입을 열었다.

"죄, 죄송합니다. 하지만 조금 마음에 걸려서……. 100명이나 되는 인간이 조직적으로 움직이려면 몇 번쯤 모여야 합니다. 회의도 해야 하니까요. 게다가 장비할 무기를 둘 곳도 필요하죠."

그녀의 말에 둔기로 머리를 얻어맞은 듯한 기분이 들었다.

"……그거야."

"네……?"

느닷없는 내 말에 네 사람은 모두 의아한 표정을 지었다.

"그 거점에 모였던 자들이야. 아르키테토(건설부)가 보고했던 불법 점거자들. 그들은 이날을 위해서 그곳을 사용하고 있었던 거야. ……그중 몇 곳에는 지하의 하수도로 이동할 수 있는 길도 있어. 그걸 이용하면 어디든 쉽게 나타날 수 있지……."

내 생각은 억측에 불과하다.

억지로 점과 점을 연결시킨 것이나 다름없다.

하지만 앞뒤는 맞는다.

줄곧 위화감이 들러붙어서 떨어지지 않았다. 저 글라우스가 이끄는 보르틱 패밀리가 그 땅을 불법 점거할 필요는 없다.

영지에서 그 땅을 접수할 때까지의 경위를 생각하면 더더욱 그렇다.

그렇다면 보르틱 패밀리 안에서 또다시 내부 분열이 일어난 걸까.

가능성이 아예 없진 않지만 그럴 확률은 낮다.

설령 그렇다 해도 그 땅을 불법 점거하면 계획이 드러날 가능성만 높아지니까.

"……얘기를 들을수록 점점 더 단순한 폭도 같지 않군요."

"나도 그렇게 생각해. 꽤 오랫동안 계획해서 마치 이때를 노린 것처럼……."

구 먼로 백작령의 방어선이 무너진 이 순간을 노렸다고밖에 생각할 수 없는 절묘한 타이밍.

그리고 관청과 경비대를 제압한 능수능란한 수법.

문득 밖에서 드물게 쿵쾅쿵쾅 달리는 소리가 들려오더니 문이 열리고 낯선 여인이 나타났다.

"타나 님, 죄송합니다. 보고드릴 게 있습니다."

"무슨 일이죠? 지금 중요한 회의 중입니다."

"잘 알고 있습니다. 하지만……."

소곤소곤. 그녀가 타냐의 귓가에 입술을 대고 뭔가를 얘기하기 시작했다.

"……뭐라고?"

"확인했습니다. 그리고 부하들의 보고를 받았습니다만……."

타냐가 그녀와 이야기하는 동안 나는 각지에 있는 경비대 인원 구성을 확인했다.

그리고 그들이 동부에 도착할 때까지 날짜를 계산했다.

"아가씨, 잠시 말씀드려도 될까요?"

"얘기는 끝났어?"

"죄송합니다. 디더의 보고가 도착했습니다."

"그래? 그래서……."

"글라우스에게 확인해 본 결과, 역시 불법 점거를 한 자들은 그가 모르는 자들이라고 합니다. 만약을 위해 보르틱 패밀리에 머물며 당분간 그들의 움직임을 확인하겠다던데…… 보르틱 패밀리도 지난 내분 때문에 오히려 통제가 강해져서 배신자가 나왔을 가능성은 직다고 합니다."

"그렇군……. 그럼 그들은 대체 누굴까?"

"그리고 부하들의 보고입니다. 현지에 있는 자들이 독자적으로 판단해서 불법 점거자들을 조사하기 위해 관청에 잠입해 조사를 했다고 합니다."

"훌륭한 판단이군. ……그래서 뭔가 알아냈어?"

"적의 인원 배치 등은 여기 제 부하가 나중에 라일에게 전하도록 하겠습니다."

"잘 부탁한다."

라일의 말에 나중에 들어온 여성이 힘차게 고개를 끄덕였다.

"그리고 아가씨께서 방금 추측하셨던 대로 조사했던 부하들도 불법 점거를 했던 자들과 현재 관청에 있는 자들은 동일한 집단이라고 결론을 내렸습니다."

"그 근거는?"

"그들은 때때로 타스멜리아 왕국의 언어 이외의 말을 사용했다고 합니다. 또 타스멜리아어에도 독특한 억양이 있다고 하더군요. 우연의 일치라고 하기에는 지나치게 공교롭습니다."

타냐의 말에 모두의 얼굴이 살짝 굳었다.

배후에 뭔가 있을 거라고 가정했지만…… 다른 나라의 끄나풀이라니 정말 놀랍다.

"……그 언어는?"

"……아카시아 왕국의 언어입니다."

한순간 무거운 침묵의 장막이 내려앉았다.

뭔가 말을 하려고 해도 결국 아무도 입을 열지 못했다.

입은 굳어 버린 반면 내 몸은 그녀의 말에 희미하게 떨리고 있었다.

살며시 눈을 감았다.

떠오르는 것은 지난 식량난 때 자신이 살던 영지를 버리고 아르메리아 공작령으로 도움을 청하러 온 백성들의 목소리.

검문소를 시찰할 때 들었던 그들의 외침이 아직도 내 머릿속에 달라붙어 있다.

그리고 그 목소리가 방아쇠가 되어, 내 귀에 현실에선 들리지 않는 동부 백성들의 도움을 청하는 목소리가 들려오는 듯한 기분이 들었다.

……두려워하지 마. 스스로를 질타했다.

지금 이 순간에도 도움을 필요로 하는 백성들이 있다.

백성들의 목소리에 귀를 막고 생각을 멈출 때, 결국 희생되는 것은 백성들이다.

"……라일, 북부와 남부의 경비대를 최소한만 남겨 두고 나머지는 전부 결집해서 동부에 파견하도록 해! 지휘권은 디더에게 넘겨주고 폭도를 섬멸할 것. 타냐, 디더에게 이 지시를 속히 전해 줘."

두 사람이 말없이 내 말에 고개를 끄덕였다.

나는 그 모습을 지켜본 후 살짝 숨을 내쉬며 호흡을 가다듬었다.

"영주의 최대 책무는 영지민들의 생명을 지키는 것. ……영지민들이 위기에 처했다면 어떤 방법을 써서라도 그걸 막지 않으면 안 돼."

나는 아직 희미한 떨림이 남은 몸을 타이르듯 말을 이었다.

내 말에 움직이기 시작했던 네 사람이 한순간 움직임을 멈췄다.

"그걸 방해하는 자가 있으면 철저하게 제거하도록 해. 내가 모든 책임을 지고 허락하겠어. 무력한 이 몸은 너희의 선두에 서서 전장을 누빌 수는 없지만…… 그래도 내 마음은 항상 너희와 함께 있어. 영주 대행으로서 모든 책임을 지고 내가 해야 할 일을 할 거야."

척. 네 사람이 등줄기를 꼿꼿하게 폈다.

"알겠습니다, 아가씨."

그리고 그들은 이구동성으로 그렇게 말한 후 곧 움직이기 시작했다.

"그리고 세바스, 각 부에서 2, 3명씩 관리를 불러 줘. 속히 대책 팀을 만들어야 되니까. 앞으로 동부와 관련된 문제는 모두 내게 가져와."

"네, 네에!"

세바스는 곧장 움직였다.

얼마 지나지 않아서 내 앞에는 이번 사건을 위하여 인원 조정을 마친 선발팀이 나란히 섰다.

"……아가씨, 각지의 경비대에 전달을 마쳤습니다. 지금부터 동부로 이동을 개시합니다."

"좋아. 그대로 진행해 줘. 전달을 받은 타냐의 부하들과 연계를 잊지 말도록 해."

"네."

"세바스, 의료 길드에 확인해서 속히 의사를 수배해 줘. 그리고 상업 길드에 협력 요청을 부탁하도록 해. '소중한 항구를 잃고 싶지 않으면 도와 달라.'고 전해 줘."

"아, 알겠습니다."

"그리고 병참 수배와 피해를 입은 영지민들의 원조는?"

"이미 언제든지 출발할 수 있도록 준비해 놓은 상태입니다. ……지난 회의에서 예산을 절약할 수 있을 만큼 절약한 덕분에 확보할 수 있었습니다."

"좋은 소식이군. 운송 책임자는 라일과 의논하도록 해. 서둘러 경비대와 합류해서 수송대도 경비할 수 있도록 일정을 조정해 봐."

"알겠습니다."

저택 한 모퉁이에서 많은 사람들이 허둥지둥 바쁘게 움직이기 시작했다.

"크, 큰일 났습니다!"

밖에서 관리 한 사람이 큰 소리로 외치며 들어왔다.

이번엔 대체 뭘까……? 의아해하며 말없이 다음 말을 재촉했다.

"동부 항구에 갑자기 정체불명의 배가 침입했습니다. ……그 배를 타고 온 무장 집단이 항구를 점거하기 시작했다고 합니다."

"……무슨 소리지?"

조용……. 조금 전까지 소란스러웠던 실내가 고요해졌다.

생각보다 낮은 내 목소리가 그 자리에서 지독히 크게 울려 퍼졌다.

"동부의 마을이 공격당하는 건 시간문제라고……."

뒤이어 흘러나온 말에 모두의 얼굴이 창백해졌다.

"배후에 있는 자가 같을지도 모르겠군요. 동부가 혼란에 빠졌을 때를 노려 습격해 온 걸 겁니다. ……지금 그 땅에서는 지시를 내릴 머리도, 땅을 지킬 팔의 기능도 마비되어 있으니까요."

나는 라일의 말에 고개를 끄덕였다.

"타냐, 만약을 위해 부하 한 사람을 파견해서 그 무장 집단의 특징을 상세하게 보고하라고 지시해 줘."

"알겠습니다."

……그녀의 명쾌한 대답에 나는 한순간 숨을 내쉬었다.

평상시라면 수상한 배를 발견한 시점에서 대처가 이루어졌을 것이다.

그러나 지금은 지시를 내려야 할 관청도, 그 지시를 실행하여 영지민들을 지키기 위해 움직여야 할 경비대도 모두 기능할 수 없는 상태다.

그래서 이토록 쉽게 이런 사태를 허용해 버린 것이다.

"트와일국과 아카시아 왕국이 손을 잡았을지도 모르겠군."

나의 억측에 모두의 얼굴이 더욱 창백해졌다.

……나도 마찬가지다.

설마 아카시아 왕국이 아르메리아 공작령을 습격해 오리라고는 상상조차 하지 않았다.

아직 확실한 증거는 없지만…… 그게 정답이라면 최악의 사태다.

뭐니 뭐니 해도 아카시아 왕국은 대국이다.

지금 항구를 점거한 두 척의 배도 단순한 선봉대에 불과할지도 모른다.

"……아, 아가씨, 어떻게 할까요……?"

이 자리에 있는 모든 자가 살피듯이 나를 바라보았다.

각오는 하고 있었지만…… 정말로 무겁다.

사람들의 생사가 관련된 판단을 내리는 것은 상상 이상으로 무겁다.

하지만 나는 그런 감상은 곧 저만치 치워 버리고 생각에 몰두했다.

솔직히 생각할 시간이 필요하지만…… 그런 느긋한 소릴 하고 있다가는 동부가 위험하다.

배후를 확인하고 싶지만 아카시아 왕국을 조사해서 보고를 기다리는 시간이 아깝다.

물론 조사도 할 생각이지만.

"……라일."

"네."

"네가 직접 경비대를 이끌고 디더와 합류하도록 해."

"하지만……."

라일의 얼굴에 그답지 않게 당혹스러운 감정이 노골적으로 드러났다.

"한 사람의 전력도 아쉬운 때야. 그리고 네가 이끄는 편이 경비대도 본래의 힘을 발휘할 수 있을 거야."

"그럼…… 아가씨는 누가 지킵니까?"

"내가 밖으로 뛰쳐나가지 않는 한 남아 있는 경비로도 충분히 지킬 수 있어. 여차하면 타냐도 있으니까."

타냐라는 이름에 라일은 일단 납득한 모양이었다.

하지만 그 눈동자에는 아직 망설임이 남아 있었다.

"……라일, 전에 나한테 이렇게 말했지? '나의 신념을 지키겠다.' 라고."

그렇게 말하자 그가 번쩍 고개를 들었다.

"죄송합니다. 자칫하면 그날의 맹세를 어길 뻔했습니다. ……타냐, 아가씨를 부탁한다."

그의 말에 타냐는 힘차게 고개를 끄덕였다.

"……시간이 아까우니 당장 준비하고 출발하겠습니다. 이만 실례하겠습니다. 뭔가 추가하실 지시는?"

"없어. 현장의 권한은 전부 너한테 위임할게. 그에 따르는 책임은 전부 내가 질 테니까 너는 마음 놓고 움직이고 싶은 대로 움직이도록 해."

"알겠습니다. 아가씨의 신뢰에 어긋나지 않게 움직이겠습니다. 그럼 이만 실례합니다."

그는 그렇게 말하며 예를 표한 후 바람처럼 이곳을 떠났다.

나는 그의 뒷모습을 바라보며 무운을 빌었다.

"아, 아가씨…… 라일은 무사할까요오?"

레메가 눈물을 그렁거리며 물었다.

그녀도 라일과 어린 시절부터 함께해 온 사이다……. 몹시 걱정하고 있을 것이다.

"우린 그들이 무사하도록 최선을 다해 우리가 할 수 있는 일을 해야지."

"하지만 ……."

"레메."

더 이상의 말은 필요 없다는 듯이 이름을 불렀지만 그녀는 물러서지 않았다.

"……그, 그러면 저도 라일과 함께 가게 해 주세요!"

그녀의 제안에 나는 한순간 멍한 얼굴을 했다.

"저는 아카시아 왕국어를 할 줄 알아요. 그리고 책을 읽어서 그 나라의 정보도 나름대로 알고 있어요오. 동부를 습격한 무장 집단과 교섭할 수 있다면 분명히 도움이 될 거예요."

"……무척 매력적인 제안이지만 레메, 그건 안 돼."

나는 그녀의 제안을 망설임 없이 기각했다.

"어, 어째서어……."

그녀는 방울방울 눈물을 흘렸다.

"너는 네 몸도 지킬 수 없잖아? 그런 네가 따라가 봤자 그들의 걸림돌만 될 뿐이야. ……이해해 줘, 레메."

일부러 엄격한 어조로 밀어내듯이 말했다.

한동안 서로 바라보듯 무언의 공방전을 펼쳤지만, 이윽고 레메가 먼저 꺾였다.

"……주제넘은 소릴 해서 죄송해요……."

"미안해, 레메."

나도 그럴 수만 있다면 직접 가고 싶다.

직접 가서 현장에서 실시간으로 상황을 파악하고 지시를 내리고 싶다.

……그러지 못하는 내 몸이 분하다.

하지만 내게는 나밖에 할 수 없는 일이…… 해야 하는 일이 있다.

"……당장 왕국군에게 지원 요청을 해 줘."

"아, 알겠습니다."

"그리고 아카시아 왕국에 친서를 보내야겠어."

"하, 하지만 아가씨, 아직 아카시아 왕국이 관여했다고 확정된 건 아닙니다만……."

"물론 아직 직접적으로 묻지는 않을 거야. 그저 냄새만 풍기는 것뿐이야. ……별로 이상할 거 없잖아? 내가 그와 편지를 주고받는 건."

그렇지만 친서를 쓸 때에는 감정이 폭발하지 않도록 주의를 기울이지 않으면 안 된다……. 마음속으로 그렇게 되새겼다.

지금 이 심경 그대로 편지를 쓰면 상대를 비난하는 말만 늘어놓게 될 테니까.

"그건 그렇지만……."

"그리고 타냐, 무모한 부탁이지만…… 너의 부하는 아카시아 왕국에서 정보를 조사할 수 있을까?"

"저어, 실은……."

내 물음에 타냐는 살짝 말을 흐렸다.

역시 너무 갑작스럽고 무리한 부탁이었나……. 씁쓸한 감정이 마음속에 번진 순간.

"이미 아카시아 왕국에 부하를 배치해서 정보를 수집하도록 지시를 내렸습니다."

생각지도 못한 대답에 나는 한 박자 늦게 반응하고 말았다.

"……정말 준비성이 좋구나."

"독단이지만…… 아가씨의 일이니까요. 혼인 이야기가 나왔을 때 이미 아카시아 왕국에 부하 몇 명을 보냈습니다. 현재 정보가 이쪽에 도착하는 것을 기다리는 중입니다."

그 약혼 이야기가 이런 결과를 가져올 줄이야.

……그건 그렇고 타냐의 판단은 정말 훌륭하다.

"정보를 입수하면 당장 내게도 보고해 줘."

"물론이지요."

"……아가씨, 왕국군에 지원 요청을 하는 건 좋지만 과연 이런 상황에서 이쪽에 파견할 인원을 확보할 수 있을까요?"

세바스의 물음은 나도 우려했던 점이다. ……하지만 요청하지 않을 수 없다.

지금 이대로는 전력상 불리하니까.

단 원군만 믿고 의지해서는 안 된다.

물에 빠졌을 때 지푸라기를 잡아 봤자 결국 빠질 수밖에 없으니까.

……생각해라. 생각해라.

나는 머리를 필사적으로 굴렸다. 이런저런 생각이…… 책략이라고는 할 수 없는 많은 생각이 떠올랐다가 사라졌다.

초조한 탓인지 머리가 전혀 돌아가지 않는다.

'어떻게 하지……?', '어떻게 하지……?' 오직 그 생각만 들뿐, 마치 사고의 미로에서 헤매는 듯한 기분이었다.

한순간 눈을 감고 숨을 천천히 내뱉으며 머릿속을 비웠다.

그리고 다시 의식을 사고의 물결에 맡겼다.

이번에는 헤매지 않도록, 휩쓸리지 않도록 확실하게 문제점과 목적을 정리하면서.

『아르메리아 공작령은 트와일국과 멀리 떨어진 땅이지만…… 전시에는 무슨 일이 일어날지 모르는 거란다. 가령 전쟁의 불똥이 튀기라도 하면 반드시 이 어미를 부르렴.』

문득 어머님의 말이 머릿속을 스치고 지나갔다.

그거다……! 나는 머릿속에 떠오른 생각을 입 밖에 냈다.

"……어머님을 통해 앤더슨 후작가에 지원을 부탁하겠어."

앤더슨 후작가의 호위병들은 할아버님 밑에서 단련된 강인한 병사들.

그들의 실력은 나라 안에서도 손꼽히는 수준이라고 들었다.

"하지만 아가씨, 이 나라에서는 다른 영지에 멋대로 병사를 파견하는 것은 금지되어 있습니다."

곧 코디체(법률부) 관리가 제동을 걸었다.

"어머님을 통해서라고 했잖아? 어머님이 위험한 상황에 처한 우리 영지에 돌아오려면 당연히 많은 호위를 거느리고 오셔야 하지 않겠어?"

사실은 아슬아슬하게 국법을 비켜 가는 수준이지만.

"제1 왕자께는 내가 보고할게. 사후 승인이라고 이런저런 트집을 잡는다면 내가 책임지겠어."

아마 딘은 아무 말도 하지 않을 것이다.

……만약 그의 주위에 있는 자들이 걸고 넘어진다면 내가 책임을 지면 된다.

내 몸 하나로 영지민들을 지킬 수 있다면 최선은 아닐지언정 그걸로 족하다.

"당장 여기저기에 편지를 써야겠어. 그동안 다들 순서대로 정보를 모아서 대처하도록 해! 영지민을 지키는 것, 그게 무엇보다도 최우선이야."

"네, 알겠습니다."

나는 모두에게 지시를 내린 후 선언한 대로 집무실로 돌아가서 편지를 썼다.

어머님과 앤더슨 후작가 가주인 백부님께는 대략적인 사정 설명과 지원 요청을.

아카시아 왕국에는 사나운 마음을 억누르고 무난한…… 하지만 이번 사건의 배후를 이미 알고 있다는 냄새를 풍기는 편지를.

군무성의 앞으로는 이번 사태에 대한 간략한 설명과 지원요청을.

그리고 마지막으로 딘에게 보내는 편지를.

문득 딘에게 편지를 쓰는 도중 손이 멈췄다.

……그는 어떻게 지내고 있을까?

그렇게 생각했지만…… 다음 순간 그 의문은 우문이라는 사실을 깨닫고 자조했다.

그도 싸우고 있겠지.

나와 마찬가지로…… 아니, 나보다 무거운 책임을 짊어지고.

영지에 돌아온 후 문득문득 나는 몇 번이나 '딘'이라고 부르려다가 입을 다물기를 되풀이했다.

이미 습관이 된 것이다.

괴로울 때, 힘들 때, 그는 언제나 곁에 있어 줬다.

……그래서 그럴 것이다.

그가 곁에 있어 줬으면 좋겠다고…… 그의 곁에 있고 싶다고 몇 번이나 생각했던가?

……나도 꽤나 약해진 모양이다.

그리고 어쩌면 이렇게 미련투성이일까?

그날 우리는 결별하지 않았던가. 같은 방향을 향해서, 하지만 다른 길을 걷겠노라고.

그래, 그때 선택하지 않았는가.

……지금도 그렇다.

어리광을 부리며 편한 길만 걸으면 지금까지 고뇌하고 상처를 끌어 안으면서도 쌓아 올린 것들을 전부 무너뜨리는 것이나 마찬가지다.

그러니까 도망치는 것도, 어리광을 부리는 것도…… 누구보다도 나 자신이 용서할 수 없다.

나는 멈춰 있던 손을 움직여 편지를 썼다.

'아이리스'가 아닌 '아멜리아 공작령 영주 대행'으로서.

† † †

평상시에는 우아한 모습을 자랑하는 왕궁 안도 지금은 매우 소란 스러웠다.

여기저기에서 사람들이 뛰어다니고, 곳곳에서 노성이 난무했다.

우아함을 가장 중시하는 왕족과 귀족들이라면 그 살벌한 분위기 와 긴장감에 미간을 찌푸리며 의아해할 것이다. 혹은 몸을 움츠리 거나.

레티시아는 그런 분위기 속에서 딱히 움츠러들지 않은 채 돌아다 니고 있었다.

"어머나……. 오라버니, 이런 곳에 계셨군요."

오라버니인 알프레드 왕자를 찾기 위해서다.

"레티, 용케 내가 여기 있는 걸 알았구나."

그는 느닷없이 나타난 레티시아를 보고도 놀라지 않고 조금 피곤 한 안색으로 말했다.

"오라버니가 계실 만한 곳을 샅샅이 찾은 것뿐이에요."

"그렇군……."

'나 잘했죠!' 라고 말하는 듯한 그녀의 말투에 알프레드는 쓴웃음을 지었다.

"……상당히 소란스럽군요."

"그래. 정말이지…… 그 녀석한테 한 방 먹었다."

"그래서 언제 출진하시나요?"

조금 전까지의 밝고 가벼운 어조는 어디 간 걸까……. 그녀가 느닷없이 진지한 목소리로 물었다. 그 갑작스러운 물음에 딘은 놀란 나머지 한순간 반응이 늦고 말았다.

"……어떻게 알았지?"

얼버무리기에는 그 한순간의 침묵이 너무 치명적이었다. ……그는 포기한 듯 긍정의 뜻을 담아 되물었다.

"회의에 참석하지 않아도 예상은 가니까요. 이번 일은 민심이 떠났기 때문에 벌어진 일. 그러니까 왕족이 직접 행차해서 백성들에게 왕족은 그 땅을 버리지 않으리란 것을 어필해야 하는 법이죠. 게다가 오라버니는 왕국군과 기사단 양쪽을 거느릴 수 있는 유일한 분. 왕국군은 딘으로서 관계를 쌓은 덕분에, 그리고 기사단은 직무 때문에 오라버니와 함께 가겠죠. 조금이라도 많은 전력이 필요한 지금, 오라버니만한 적임자는 없어요. 오라버니의 안전을 생각하면 리스크가 너무 높지만…… 대신 왕족으로서 실적을 쌓아 올릴 수 있는 장소라고 생각하면 얻는 것도 크죠. 그러니까 오라버니라면 출진할 거라고 생각했어요."

"그래, 맞다. ……그래서? 설마 답을 맞히러 온 건 아니겠지?"

"그 전에 오라버니, 오라버니야말로 왜 여기 계신 건가요?"

"……조금 전 아르메리아 공작 영애에게서 편지가 도착했다."

"어머나……!"

그녀의 안색이 그 이름을 들은 순간 환해졌다.

하지만 다음 순간 곧 침착함을 되찾았다.

"아르메리아 공작령에서도 많은 일이 일어나고 있는 것 같더군요. ……원군을 요청하던가요?"

"그래. 하지만…… 안타깝게도 지금 상황에서는 원군을 보낼 수 없어."

"북부의 절박한 상황을 생각하면 그렇죠. 하지만 그러면 아르메리아 공작령이……."

"그녀는 그걸 미리 예측하고 앤더슨 후작가의 협력을 얻고 싶으니 허가해 달라고 함께 요청해 왔다."

그의 말에 레티시아는 호오, 하고 감탄의 숨을 내쉬었다.

"역시 대단하군요, 아이리스 님은."

"그래."

"……그런데 왜 안색이 어두우신가요?"

"그건 네가 신경 쓸 문제가 아니다."

그는 단호하게 대답을 거부했다.

확실한 거절.

……그녀의 지적이 정곡을 찔렀기 때문이었다.

그녀…… 아이리스는, 아르메리아 공작령 영주 대행으로서 원군을 보내 달라는 요청과 그게 불가능하다면 앤더슨 후작가에서 호위병을 파견하는 것을 허락해 달라고 담담하게 적었다.

그 자체는 지극히 타당하고 형식적으로도 문제가 없다.

나중에 문제 삼는 귀족들이 나올지도 모르지만, 현재 아르메리아 공작령의 상황을 생각하면 어쩔 수 없다.

그 자신도 전면적으로 그 요청을 허가하기로 마음을 결정했다.

……거기까지는 문제없다.

문제는 마지막이었다.

마지막에 적혀 있는 것은 아르메리아 공작령 영주 대행으로부터 왕에게 보낸 것이 아니라, 영주 대행으로서 그곳에서 일했던 '딘'에게 보낸 것이었다.

……절대로 '딘'은 움직이지 말라고.

아르메리아 공작령의 문제는 영지의 사람들이 해결해야 할 일이며, 그렇기 때문에 자신들의 힘으로 해결하겠노라고.

아무리 인연이 있어도 가업이 힘들 때까지 도움을 줄 필요는 없다고.

그렇게, 딘을 향한 말이 마지막에 적혀 있었다.

무슨 바보 같은 소릴…… 하고 흘려 넘길 수는 없었다.

사실 그는 그 마지막 문장을 읽을 때까지 자신이 어떻게 움직일까 생각했었으니까.

……그것도 '딘'으로서.

이런 상황인데도, 냉정하게 생각하면 북부에 가지 않으면 안 된다는 걸 잘 알면서도, 그래도 어떻게든 아르메리아 공작령에 갈 수 있지 않을까?

그렇게 생각했던 것이다.

냉정한 이성은 왕으로서 해야 할 행동을 떠올리고 있다.

하지만 한편으로는 아이리스를 돕고 싶은 충동이 마음속 깊은 곳에서 꿈틀거리며 밖으로 뛰쳐나오기 위해 호시탐탐 기회를 엿보고 있다.

그런 자신의 마음이 당황스럽기도 하고, 안타깝기도 하고…… 그래서 차마 밝은 표정을 지을 수 없는 것이다.

"……대답해 주시지 않는다면 할 수 없죠. 그보다 제가 오라버니를 찾은 이유 말인데요."

레티시아의 말이 그를 상념의 소용돌이 속에서 현실로 끄집어냈다.

"오라버니. 저, 쿠데타를 일으킬 생각이에요. 그걸 상담하러 왔어요."

"……뭐?"

딘은 너무나 엉뚱한 레티시아의 말에 멍한 표정을 지었다.

역사서를 읽어 보면…… 아니, 굳이 역사서를 찾아볼 필요 없이 최근에도 일어난 일이지만…… 왕위 계승권을 둘러싸고 형제 간에 피비린내 나는 싸움을 벌이는 것은 흔한 일이다.

하지만 대체 무장도 하지 않은 맨몸으로 쿠데타를 일으킬 거라고 그 상대방에게 의논을 한단 말인가?

"……대체 무슨 농담이냐?"

따라서 딘의 물음은 지극히 당연한 것이었다.

"농담이 아니에요. 계속 꿈꿔 왔던 일이에요."

생글생글 웃는 여동생의 모습은 지독히 사랑스러웠다. 입에서 나오는 말은 과격하기 짝이 없었지만.

"저는 계속 오라버니에게 보호받고 살아왔어요. 제가 지금 이렇게 건강하게 살아 있는 건 모두 오라버니 덕분이죠."

레티시아가 노래하듯 속삭였다.

"……그래서요, 오라버니. 어느샌가 전 꿈을 꾸게 됐어요. 오라버니의 도움이 되고 싶다고. 오라버니가 짊어져 온 무거운 짐을 제가 대신 짊어지고 싶다고."

그 말과 좀 전의 말이 어떻게 연결되는지…… 모두가 고개를 갸웃거릴 것이다.

딘도 이해할 수 없는 이야기의 흐름에 시선으로 진의를 물었다.

"솔직하게 대답해 주세요. 오라버니께 왕위는 무거운 짐에 불과하지 않나요? 사실은 아무래도 상관없는 짐 덩어리 아닌가요?"

"바보 같은 소리. 그럼 내가 왜 지금 이 자리에 앉아 있겠니?"

"그렇지만 오라버니, 오라버니와 제가 살아남기 위해서는 왕위를 계승할 수밖에 없었잖아요? 에드워드 오라버니가…… 아니, 그보다는 엘리아 왕비가 오라버니에게 왕위를 빼앗고, 왕족의 지위를 거두는 것만으로 만족할 리가 없으니까요."

그것은 딘의 생각과도 일치했다.

그래서 그는 한순간 입을 다물었다.

"……그래도 내가 그려 온 미래는 이 자리에 앉는 것뿐이었다."

"거짓말 마세요."

레티시아는 쿡쿡 웃으며 단언했다.

"오라버니의 소망과는 다르잖아요? 아르메리아 공작령에서 일할 때…… 오라버니는 무척 즐거워 보였는걸요? 지금도 오라버니는 차기 왕의 입장과 개인적인 바람을 저울질하고 있지 않았나요?"

그렇게 말한 후 레티시아의 표정은 미소에서 진지한 얼굴로 바뀌었다.

"오라버니, 오라버니는 이대로 왕위를 계승해도 훌륭한 왕이 될 거예요. 나라를 움직이는 톱니바퀴로서 훌륭하게 일할 거예요. ……하지만 적격과 최적은 달라요."

"……나는 최적이 될 수 없다는 말이냐?"

"네. 그녀를 잃고, 마음이 얼어붙은 채로는."

딘은 그녀의 말에 냉소했다.

"……마음이라고? 그게 왕으로서 가장 필요한 자질이란 말이냐?"

그의 물음에 그녀는 대답하지 않았다.

그저 그를 물끄러미 응시할 뿐이었다.

"아버지를 잊었느냐? 어머니를 잃자 모든 걸 내던진 아버지를."

"저는 철이 든 후로 만나 뵌 적이 없어서 이야기만 들었지만."

딘은 그렇게 대답하는 레티시아에게 쓴웃음을 지었다.

"물론 마음이 전부라는 말은 하지 않겠어요. 때로는 냉철하게 판단을 내릴 필요가 있다는 것도 아주 잘 알아요. 하지만 마음…… 그건 사람이 사람을 따르게 만드는 하나의 요소예요. 사람이 사람을 따르기 위해서 최후에 필요한 것은 바로 인간성이랍니다. 뛰어나면 뛰어날수록 상황이 어려워지면 민심은 눈 깜짝할 사이에 떠나죠. ……반대로 지나치게 승승장구해도 사람들은 거리감을 느끼고 두려움을 품게 돼요. 지금 이 나라는 이미 커다란 도끼로 과거의 체제를 부수고 구축하기 시작했어요. 충분히 힘을 보여 주고 있죠. 중요한 건 앞으로 어떻게 인심을 모으느냐……. 오라버니의 구상을 실현하려면 바로 거기에 달려 있지 않을까요?"

"……그렇군. 참고하마."

딘은 대화는 이제 끝이라고 말하듯이 그렇게 말하며 일어서려고 했다.

"오라버니……! 제 얘기를 끝까지 들어 주세요!"

"내게도 오라비의 긍지가 있다. 너 혼자만 무거운 짐을 짊어지고 걷게 할 것 같으냐?"

"……혼자가 아니에요."

"뭐?"

"아, 아뇨…… 아직 그렇게 되면 좋겠다, 는 정도지만."

딘이 부끄러움을 감추듯이 당황하는 그녀에게 점점 날카로운 시선을 던졌다.

"그건 그렇고, 전 왕이 되고 싶어요. 설령 혼자라 해도, 가시밭길을 걸어야 한다 해도……. 저의 이상을 위해서."

마침 그때 노크 소리가 들려왔다.

들어와라. 딘의 말에 안으로 들어온 것은 베른이었다.

"실례합니다, 전하. 확인하고 싶은 것이 있어서……. 레티시아님?"

실내에 풍기는 분위기를 감지한 베른은 한순간 몸을 굳혔다.

"……아무래도 심각한 대화를 나누시는 중이었던 것 같군요. 조금 후에 다시 올까요?"

"아뇨, 베른, 거기 있어 줘요."

밖으로 나가려는 베른을 붙잡은 것은 레티시아였다.

"하오나……."

"당신도 들어 줬으면 해요."

베른은 그녀의 진지한 목소리에 난처한 표정을 지었다.

딘은 그런 두 사람의 대화를 생각에 잠긴 채 관찰하듯, 눈을 가늘게 뜨며 바라보았다.

"그러고 보니 베른은 내가 소개하기 전에 레티와 만난 적이 있다고 했지?"

"예. 아버님 대신 태후마마께 보고를 드리러 별궁을 방문했을 때 만났습니다. 그때는 왕녀님인지도 모르고 무례를 저질렀습니다."

"무례를 저지른 적은 없다고 했잖아요?"

레티시아가 쓴웃음을 지으며 베른에게 말했다.

"……베른, 당신. 아이리스 님이 공작령의 영주 대행을 맡고 있다는 걸 어떻게 생각하나요?"

뒤이어 흘러나온 그녀의 물음에 베른은 점점 더 당혹스러운 표정을 지었다.

참고로 베른은 딘이 과거 아르메리아 공작령에서 아이리스의 한 팔로 일했다는 사실을 모른다.

딘이 아르메리아 공작령에 있었을 때 그 베른은 그곳에 없었기 때문이다.

베른이 지금 당혹스러워하고 있는 것은 순수하게, 왜 지금 이 자리에서 그런 질문을 던진 건지 이해할 수 없었기 때문이었다.

"국정을 맡고 있는 자로서…… 누님께서 다른 나라로 시집가는 것은 우리 왕국의 손실이라고 생각합니다."

"……호오?"

딘이 흥미로운 듯이 귀를 기울이며 다음 말을 재촉했다.

"가족이라 편을 드는 것처럼 들리실지도 모르지만, 누님은 뛰어난 분입니다. 특히 사람을 모으고 따르게 하는 힘이 있지요. ……본인은 아무 자각도 없습니다만."

베른은 그렇게 말하며 쓴웃음을 지었다.

"전하의 밑에서 국정을 돌보는 동안 더욱 그렇게 느끼게 되었습니다. 저는…… 예를 들면 국법이나 국정에 관련된 각종 판례서 등 몇몇 분야에서는 누님보다 많은 지식을 갖고 있다고 자부합니다."

"그대가 열심히 노력하고 있다는 건 다른 자들을 통해 들었다. 업무 시간 외에도 국립 도서관에 가거나 전문가에게 가르침을 청하고 있다지. 마치 귀기가 감도는 것 같아서 그대를 본 사람들도 미처 말을 걸지 못했다고 하더군."

"……황공하옵니다 하지만 그래도 누님께는 미치지 못합니다."

베른은 딘의 말에도 기뻐하는 기색 없이 여전히 진지한 표정이었다.

"실무는 지식을 토대로 이루어지는 법. 어느 정도 지식이 없으면 실무는 뜻대로 진행되지 않죠. 하지만 반대로 지식이 있다 해도 그걸 유용하게 사용하는 것은 별개의 문제입니다."

지식은 도구에 불과하다.

도구를 활용할 필요는 있어도 그 도구 자체가 될 필요는 없다.

"누님은 자신이 직접 본 것과 들은 것을 활용하는 방법을 알고 있습니다. 그리고 그걸 토대로 새로운 것을 만들어 내는 발상력도 굉장하죠."

딘은 베른의 말에 내심 동의했다.

뭐니 뭐니 해도…… 동생인 베른보다 그녀와 많은 시간을 함께했으니까.

어쩌면 베른보다 딘이 그녀의 매력을 더욱 가까이에서 지켜볼 수 있었다.

"무엇보다 누님 주위에는 유능한 인재가 모이곤 하죠. 누님은 언제나 '인재는 보물'이라 주장하며 최대한 지원하고 좋은 환경을 만들어 줍니다. ……아마 누님이 그런 분이기 때문이겠지요. 그리고 스스로 부족한 것이 있으면 그들에게 도움을 받습니다. 제가 아무리 배우려고 애써도 어차피 혼자서 배울 수 있는 양은 정해져 있습니다. 온갖 분야의 지식을 하나부터 열까지 전부 배우기에는 시간이 부족하니까요. 하지만 누님의 밑에는 하나만 보면 열을 아는 사람들이 점차 모여들고 또 계속 발전하고 있습니다. ……설명이 길어졌습니다만, 저는 지식보다는 어떠한 실무가 중요한지 파악하는 힘과 유능한 인재를 끌어들이는 매력이 가장 중요하다고 생각합니다. 그리고 누님은 그걸 모두 갖추고 있죠. ……물론 누님은 특정한 분야에 최고의 지식을 보유하고 있기도 합니다. 그런 점에서도 국가적으로 놓치기 아까운 인재라고 생각합니다."

"그렇군. 그렇다면 베른, 그대는 그녀의 결혼에 반대하나?"

"한 마디로 대답드릴 수는 없습니다. ……하지만 남아 줬으면 합니다. 그걸 위해서라면 저는 아르메리아 공작가의 상속권을 영구 포기할 수 있습니다."

"……뭐?"

"누님 덕분에 지금의 아르메리아 공작령이 존재하는 것입니다. 영주 자리에 어울리는 사람은 누님입니다. ……분명 저뿐만 아니라 영지민들도 같은 생각을 하고 있을 겁니다."

"……배려가 없는 질문이지만 그래도 묻겠어요. 당신은 그래도 괜찮나요? 분하지 않나요?"

레티시아의 말대로 그녀의 질문은 베른에게 모욕적인 말이었다.

이 나라는 장자 상속이 기본.

그리고 장남이 가문을 잇는 것이 상식이다.

여성이 가문을 계승하는 경우는 지극히 드물다. 예를 들면 아들이 태어나지 않아서 자식이 딸밖에 없을 경우, 또는 아들이 자식을 남기지 않고 일찍 세상을 떠나는 바람에 다음 세대의 남자가 성인이 될 때까지 임시로 가문을 맡는 것이 고작이다.

아들이 건강하게 살아 있는데도 딸이 가문을 계승하는 경우는 없다.

그런데도 여성이 가문을 물려받는다면 아무리 먼 친척까지 찾아봐도 친척 중에 남자가 없거나, 아니면 차기 후계자에게 어지간히

큰 문제가 있다는 뜻이니 다름없다.

만약 베른이 가문을 계승하는 것을 포기하고 아이리스가 가문을 물려받는다면…… 베른은 험담하기 좋아하는 주위의 사람들에게 '뭔가 문제가 있는 자'로 낙인찍히게 된다.

진실은 그렇지 않다 해도 사람들은 상식이라는 족쇄에 얽매여서 단정 지어 버린다.

조금 전 레티시아의 질문은 암암리에 그 사실을 가리키고 있었다.

"네, 전혀. 주위의 말이 대체 뭐가 중요합니까? 그래서 영지민들에게 이익이 된다면 주저할 필요 없습니다. 이상이 제 생각입니다."

베른은 온화한 미소를 지으며 말했다.

문득 딘은 그의 모습과 지금까지 그가 했던 말에 위화감을 느꼈다.

"……잠깐. 지금까지 한 말이 진의의 전부는 아니로군?"

베른은 딘의 물음에도 전혀 동요를 보이지 않았다.

"무슨 말씀이신지요? 저는 레티시아 님께서 누님의 약혼을 어떻게 생각하느냐는 질문을 받고 대답한 것뿐입니다."

그저 딘의 말에 냉정하게 대답할 뿐.

딘은 그 반응에 유쾌하게 웃었다.

……변하려면 변할 수 있구나.

과거의 그…… 유리의 추종자였을 때의 베른을 멀리서 본 적이 있기 때문에 더더욱 절실하게 느껴졌다.

"슬프군, 베른. 우리 지난번에 속을 터놓고 이야기를 나눈 사이 아닌가? 심복에게 따돌림을 당하다니, 설마 아직 날 주군으로 인정하지 않은 걸까?"

서로가 서로를 물끄러미 바라보았다.

그 눈동자 안에 있는 진의를 읽어 내려는 것처럼.

……이윽고 먼저 꺾인 것은 베른 쪽이었다.

"이건 어디까지나 제 사견입니다. 그냥 헛소리라고 생각하며 흘려들으십시오."

그 말에 딘은 고개를 끄덕였다.

"전하, 저는 이전에 전하께 말씀드렸습니다. '지옥을 봤다'라고."

"음, 그랬지."

"그 광경을 만들어 낸 것은 다름 아닌 귀족입니다. 전하, 과거의 귀족은 백성들을 통솔하고, 지키고, 그 책무를 다했기 때문에 '귀족'이 될 수 있었습니다. 그런데 시대의 흐름과 함께 귀족들은 그 책무를 잊고 어느샌가 백성들을 괴롭히고, 찍어 누르는 오만한 폭군으로 전락했습니다. 그 결과, 그런 일이 벌어진 것이죠."

"알고 있어. 그래서 그런 귀족들을 엄격하게 처벌하기로 결정을 내린 것 아닌가? 앞으로 똑같은 귀족이 나타나지 않도록."

베른은 그 물음에 힘없이 미소 지었다.

"……방금 말씀드렸잖습니까? 귀족의 긍지는 시대의 흐름과 함께 사라졌다고. 이번 사건도 마찬가지 아닙니까?"

"……그래. 네 말이 맞다, 베른. 그렇기 때문에 새로운 체제를 정비하는 것이 급선무지. 이 상처를 잊기 전에 보다 강력한 개혁을 통해서."

"그렇습니다. ……하지만 전하, 전 인간의 의식이 바뀌지 않으면 결국 아무것도 달라지지 않는다고 생각합니다."

"……무슨 소리지?"

"대답을 드리기 전에 전하, 한 가지 여쭤봐도 되겠습니까?"

"뭐지?"

"귀족과 백성의 차이는 무엇입니까?"

"꽤나 애매한 질문이로군. ……표면적으로 말하자면 재력과 권력일까? 그리고 그에 따른 생활 기반의 차이와 가치관의 차이?"

"저도 같은 의견입니다. ……그리고 저는 이렇게도 생각합니다. 따지고 보면 그저 그뿐이라고."

"……무슨 말이지?"

"결국 태어난 장소와 환경이 다른 것뿐입니다. 본인의 기질이나 재능과는 아무 관계없죠. 남자와 여자도 마찬가지입니다. 성별이 다른 것뿐, 본인의 기질이나 재능과는 관련이 없습니다."

베른은 담담하게 말을 이었다.

마치 자신과 마주하며 스스로의 생각을 다시 한번 정리하는 것처럼.

"신분이나 성별에 따라 태어나면서부터 레일이 깔리는 것은…… 얼핏 보기에는 효율적입니다. 누가 뭐래도 태어날 때부터 장래가 정해져 있으니까요. 본인은 그 장래를 향해 정진하기만 하면 되죠. 하지만 재능은 결코 태어날 때부터 주어지는 것이 아닙니다. 영주의 아들에게 반드시 영주의 자질이 있는 건 아니지요. 상인의 아들이 반드시 장사에 재능이 있지는 않습니다. 그나마 그 재능을 노력이라는 힘으로 메운다면 다행이지만…… 약속된 미래 앞에서 대체얼마나 많은 자가 그만한 노력을 할까요? 물론 노력하는 자가 아예 없는 것은 아닙니다만……."

딘은 베른의 말에 눈을 크게 떴다.

그 말의 진의를 이해했기 때문이다.

그것은 지독한 폭언이었다.

그러나 결코 무시할 수 없는.

"처음부터 장래가 정해져 있으면 성장할 여지가 적고, 또 본래 갖고 있을지도 모르는 재능 있는 유능한 인재를 모르는 사이에 놓치게 될지도 모릅니다. 어떠한 정치 시스템을 구축해도 폐쇄되고 제한된 환경 속에서는 이윽고 언젠가 막다른 곳에 이르기 마련이지요."

"……즉, 너는 신분 제도…… 특히 귀족이라는 존재에 의문을 품고 있단 말인가?"

"그 지옥을 만들어 낸 것은 귀족입니다. 정해진 미래에 안일하게 안주해 버린 자들이 너무 많아서 벌어진 일이죠."

기존의 신분 제도를 부정하는 듯한 말.

국가를 뿌리째 뒤엎는 듯한 난폭한 논리다.

"하지만 베른, 설령 네가 말하는 '출생이나 성별 따윈 관계없이 본인의 기질이나 재능에 의해 미래를 결정하는', 한마디로 말해서 실력주의인 사회가 된다면…… 이번에는 같은 길을 목표로 하는 자들끼리 서로의 발목을 잡아당기지 않을까?"

"네, 말씀하신 대로입니다. ……그 전에 저는 귀족 제도의 모든 것을 부정하는 것은 아닙니다. 모든 일에는 좋은 면도 있고, 나쁜 면도 있습니다. 미리 후계자가 정해져 있으면 쓸데없는 다툼 없이 원활한 상속이 이루어진다는 좋은 면이 있는 것도 사실이지요."

"……그렇다면 너는 뭘 말하고 싶은 거지?"

"'사람의 의식이 변하지 않으면 결국 아무것도 달라지지 않는다.'는 뜻입니다. 전하, 조금 전 제가 말씀드린 것은 난폭한 논리입니다. ……논의조차 되지 않죠. 그게 문제입니다."

"무슨 뜻이지?"

"지금 이 환경에는 가능성조차 없습니다. '그래야 한다'는 생각에 집착해서 선택지조차 없습니다. 왜 백성들은 국가 정책에 조금

노 관여할 수 없는 걸까요? 어째서 여성은 사회에 진출할 길이 막혀 있는 걸까요? 누님도 마찬가지입니다. 누님이 남자라면 왕국은 결코 누님을 놓치지 않겠죠. 비록 여성일지라도…… 누님이 유능한 것은 이미 아르메리아 공작령을 보면 아실 겁니다. 바다 건너 타국의 왕족과 혼인함으로써 얻을 수 있는 이익은 헤아릴 수 없이 많지만……. 개인적으로는 그와 비교해도 누님을 잃은 것이 나라에 더욱 큰 손실이라고 생각합니다. 하지만 이 나라 사람들의 상식이 그것을 허락하지 않지요. 여자는 가정을 지켜야 '한다'. 여자는 결혼해서 아이를 낳아야 '한다'. '어차피' 누군가와 혼인해야 한다면 좋은 상대다……. 그런 생각이 전제되어 있기 때문에 아무도 이의를 제기하지 않습니다. 상식이라는 우리에 갇혀서 왕국의 손실을 못 본 척하고 있는 겁니다."

"……뜨끔하군. 상식이라는 우리에 갇혀서라……."

"이야기가 잠시 빗나갔습니다만 레티시아 님, 조금 전 레티시아 님의 분하지 않느냐는 물음의 대답이 바로 그겁니다. 분하다는 감정조차 저에게는 위화감이 느껴집니다. 누님이 장자이고, 능력이 뛰어난 것은 사실. 제가 누님보다 능력이 부족한 현실은 분합니다만, 누님이 여자라서 분하다고 느껴지지는 않습니다. 그래서 저는 누님께서 이 나라에, 아르메리아 공작령의 영주로 남아 줬으면 합니다."

레티시아는 베른의 말에 만면에 미소를 지었다.

"오라버니, 제가 말씀드리고 싶은 건 방금 베른이 말한 것과 같아요."

"……뭐?"

"어머, 오라버니. 잊으셨나요? 저는 왕이 되고 싶다고 말씀드리러 온 거예요."

베른이 그 말에 경악한 듯이 눈을 동그랗게 떴다.

"……이 나라의 절반은 여성이에요. 하지만 국정에 관여할 수 있는 것은 남자들뿐……. 이래서야 모든 정책이 일방적인 시점으로 편중되기 마련이죠. 할마마마께서 여왕이셨을 때조차 결국 아바마마께서 왕위를 물려받을 때까지 임시 국왕 취급이었잖아요. 그러니까 제가 첫 여성 국왕이 되어서 새로운 시점에서 정책을 펼치고 싶어요. 그리고 이 나라 백성들에게 가능성을 얻을 기회를 열어 주고 새로운 가치관을 창출하게 만들겠어요."

레티시아는 확고한 어조로 딘에게 말했다.

"조금 전에 말씀드린 대로 오라버니는 이미 커다란 도끼로 나라의 통치 기구를 마구 베어 버렸어요. 이미 한 번 부숴 버린 상태죠. 이제부터 해야 할 일은 만들고 키워 나가는 것. 제가 그 일을 맡겠어요. 이미 실무는 오라버니가 할 일을 떠맡은 정도가 아니라 도처에 제 손길이 뻗어 있죠. 제 실무 능력은 오라버니가 누구보다도 잘 알고 있겠죠?"

딘이 그 단호한 말에 큰소리로 웃었다.

"하하하……! 설마 네 바람이 그런 것일 줄이야. 전혀 몰랐구나."

"후후후……. 잘됐다고 해야 하나요."

두 사람은 마주 보며 웃었다.

"그래, 그렇구나. 이미 실무 경험은 멍청한 대신들보다 훨씬 낫고, 능력에도 문제가 없지. 뒷배와 의논 상대가 되어 주실 할마마마도 계시고. 완전히 꿈같은 얘기는 아니로군. 알프레드 왕자와 에드워드 왕자의 신변에 무슨 일이 생기면 귀족들도 쓸데없이 입을 놀려 댈 수 없을 거야."

"그럼요, 그러니까 쿠데타인 거예요, 오라버니."

남매의 대화에 불행히도 없는 사람 취급당하게 된 베른은 새삼 난처한 표정을 지었다.

"정말 그렇군. 하지만 레티시아, 지금 너의 머릿속에 있는 생각은 어차피 꿈같은 얘기다. 이윽고 현실에 직면하고 부정당할 거야. 그래도 너는 현실 세계에 남아서 그 꿈을 키우려는 거냐?

"오라버니, 이상이 없는 건 목적지 없이 헤매는 것이나 마찬가지랍니다. 왕이 될 수만 있다면 저는 아무리 부정당해도, 뜻대로 풀리지 않아도 계속 꿈을 꿀 거예요. 앞을 바라보면서 가시밭길을 걸을 각오는 이미 되어 있답니다."

그 눈은 진지함 그 자체. 각오가 깃든 눈빛이었다.

"……그렇게까지 말한다면 레티, 내가 그 녀석에게 사용한 마지막 한 수를 알겠니?"

"네, 물론이죠."

레티시아가 딘의 귓가에 두세 마디를 속삭였다.

그리고 그는 고개를 끄덕였다.

"그러니까 오라버니는 안심하고 전장에 가세요. 뒤처리는 제가 할게요."

"……동생에게 거기까지는 바라지 않는다. 뭐…… 거기까지 알고 있다면 안심하고 북부에 갈 수 있겠구나."

"네, 무슨 일이 있어도 즉각 대응할 테니 오라버니는 전쟁에 집중하세요. ……왕도에서 오라버니의 무운을 빌게요."

가슴이 울렸다. 장엄하고 엄숙한 그 음색.

딘은 그 소리를 듣고 자리에서 일어섰다.

"다녀오마."

"디녀오세요."

"무운을 빕니다."

그리고 레티시아와 베른은 딘의 뒷모습을 바라보았다.

"……저어, 괜찮으십니까?"

딘이 실내에서 사라진 후 베른은 레티시아에게 물었다.

"괜찮다니, 뭐가요?"

"제가 이 자리에 있어도 말입니다. 아무리 생각해도 저 같은 자가 들어도 될 이야기는 아닌 것 같습니다만."

레티시아가 베른의 물음에 쓴웃음을 지었다.

"그건 그렇군요. 하지만 당신의 생각을 꼭 듣고 싶었어요. 별궁에서 처음 만났을 때부터. 무척 흥미로웠거든요."

베른은 그녀의 대답에 내심 고개를 갸웃거렸다.

그 모습에 레티시아는 터져 나오는 웃음을 참듯이 쿡쿡 웃었다.

"아까 했던 얘기, 내가 생각했던 것 이상이었어요. 고마워요, 베른."

"고맙다는 말은 필요 없습니다. 저는 그저 제 생각을 말한 것뿐입니다. 그런데…… 하나만 여쭤봐도 될까요?"

"뭐죠?"

"당신은 정말로 '왕이 되고 싶어서' 왕위를 원하는 겁니까? 아니면 그날 별궁에서 말했던 대로 '오라버니의 무거운 짐을 대신 짊어지고 싶어서', '어깨를 나란히 하고 싶어서' 왕위를 원하는 겁니까?"

레티시아가 그 물음에 더욱 짙은 미소를 지었다.

"……오라버니의 무거운 짐을 대신 짊어지고 싶다, 그런 마음이 있는 건 사실이에요. 나는 지금까지 오라버니에게 의존해서 오라버니를 힘들게 했으니까요. 보호받기만 하는 건 나의 긍지가 허락하지 않아요. 하지만 베른, 그날 그때 당신의 말이 내게 힘을 불어넣어 줬답니다."

베른이 그녀의 말에 놀란 듯이 한순간 눈을 크게 떴다.

"어렸을 때부터 내 머릿속에 어렴풋이 있던 국정과 이 나라의 상황에 대한 의문이나 생각이 당신의 말을 듣고 명확해졌어요. 그리고 나는 그걸 반드시 바꾸고 싶다는 생각도 들었죠. 그때 나는 진정한 의미로 왕위를 목표로 할 각오가 생겼어요. 그러니까 베른, 나는 나의 의지와 바람으로 왕위를 원하는 거예요."

"그렇습니까……?"

"……그러니까 베른, 될 수 있으면 당신이 함께 걸어 줬으면 해요. 당신의 생각은 내가 생각하는 이상과 가까우니까요."

"저는 전하의 부하입니다만?"

"알아요. 당신과 오라버니의 첫 대화도."

베른이 레티시아의 말에 겸연쩍은 표정을 지었다.

……그 참상을 본 후, 베른은 왕궁에서 딘을 처음으로 만났다.

『너, 에드워드에게 가지 않아도 되나?』

입을 열자마자 즐거운 듯이 묻는 딘.

『저는 지금 이 참상을 바꾸기 위해 이곳에 왔습니다. 백성들을 위해 이 몸이 부서지는 한이 있더라도 일하고 싶습니다.』

베른이 그 물음에 담담하게 대답했다.

마치 딘과 에드워드의 형제 싸움 따윈 흥미가 없는 것처럼.

딘이 그 대답에 크게 웃었다.

『호오, 그러니까 어느 쪽이든 상관없단 말인가. 너의 이상을 위해 나를 이용하겠다…….』

그리고 즐거운 듯이 중얼거렸다

『좋아. 마음껏 이용해라. 단 네가 쓸모없어지면 즉각 해고하겠다. ……그렇게 큰소리를 쳤으면 못한다고는 하지 않겠지? 그 대신 너도 나를 계속 감시해라. 내가 백성들을 소홀히 여기면 즉각 나를 떠나도 좋다.』

『……그 말씀, 명심하겠습니다. 전하께서 나라와 백성들을 위하는 한 저는 전하와 같은 길을 걷겠습니다.』

사람의 주종 관계는 그런 대화 후에 성립되었다.

"지금도 그때 그 대화를 잊은 적은 없습니다. 그건 제 자신을 향한 맹세의 말이었습니다. 그렇기 때문에 저는 지금껏 정신없이 일할 수 있었던 겁니다. ……그러니까 지금 저에게는 전하의 곁을 떠날 이유는 없습니다."

"조금 전의 얘기, 들었잖아요? 내가 왕위를 계승하면 오라버니는 자연스럽게 국정의 제1선에서 물러나야 해요. 그때 당신이 나와 함께 걸어 줬으면 해요."

"……제가 말씀드릴 수 있는 건, 설령 어떠한 상태가 된다 해도 제가 정한 지침은 변하지 않는다는 것입니다."

레티시아가 베른의 말에 생긋 웃었다.

"그래요, 지금은 그 말을 들은 것만으로도 충분하다고 생각하죠. 그런데 베른, 오라버니께서 이미 지시를 내렸겠지만…… 지금부터 오라버니 대신 내가 내정을 맡게 됐답니다. 먼저 확인하고 싶은 게 몇 가지 있으니까 내 서재로 와 줘요."

그리고 두 사람도 그 자리를 떠났다.

† † †

한편 그 무렵, 메를리스는 아르메리아 공작가의 왕도 별저에서 떠날 채비를 하고 있었다.

외투 아래 입은 것은 움직이기 편한 남성복. 허리에는 검.

머리를 아무렇게나 내려서 하나로 묶고 장식품은 일절 착용하지 않았다.

"……갈 건가?"

루이가 그 모습으로 방으로 들어온 그녀를 보고 물었다.

"네."

침묵의 장막이 방 안에 내려앉은 가운데, 두 사람은 물끄러미 서로의 눈동자를 바라보았다.

눈은 입보다 더 많은 말을 한다.

……두 사람의 눈동자에 다양한 갈등과 감정이 비치고 있는 것을 서로가 간파했다.

보내고 싶지 않다, 떨어지고 싶지 않다……. 하지만 두 사람은 그 마음을 입에 담지 않았다.

그녀가 그 마음을 전부 삼키듯 미소를 지으며 입을 열었다.

"……무서워하지 말아요. 나, 반드시 살아서 당신의 곁으로 돌아올게요. ……내가 돌아올 곳은 당신 곁밖에 없으니까요."

그 말에 루이도 미소를 지었다.

"그래. 나는 당신을 믿어. ……함께 달려갈 수는 없지만 내 마음은 당신과 함께야. 당신이 짊어져야 할 것을 함께 짊어지고, 당신의 움직임을 방해하는 모든 것으로부터 당신을 지키겠다……. 예전의 그 맹세는 지금도 변함없어. 마음껏 달리고 와."

"네…… 그래요. 다녀올게요, 여보."

그리고 메를리스는 애더슨 후작가로 향했다.

메를리스는 간단히 인사를 마친 후 곧 오라버니인 파커스 앞으로 향했다.

"……상황은 아이리스에게 들었다."

파커스가 엄숙한 어조로 입을 열었다.

"네. 오라버니, 죄송하지만……."

"……네 딸은 정말 용의주도하구나. 우리 병사가 아르메리아 공작가로 향할 대의명분을 만들어 내고, 게다가 이미 제1 왕자에게 통보했더군."

파커스는 메를리스의 말을 도중에 끊고 쓴웃음을 지으며 말했다.

"이미 병사는 소집했다. 단 많은 병사를 줄 수는 없다."

"그건 할 수 없죠. ……인원은?"

"현역 병사 100명. 예전에 너와 함께 전장을 누비던 자들이 중심이다."

"그렇다면 괜찮아요."

"하지만 나는 소집한 것뿐, 아무 명령도 내리지 않았다. 그들이 널 따를지 어떨지는 네가 하기 나름이다."

'너는 그들을 복종시킬 수 있느냐?'

……파커스가 넌지시 그렇게 묻는 것 같았다.

"충분해요. ……영주의 명령이라면 물론 복종하겠지만 그들을 이끌 사람은 어디까지나 나. 수장인 내가 그들을 따르게 만들지 못하면 전장에서 오합지졸이 되기 마련이죠……. 그걸 염려하는 거죠?"

하지만 메를리스는 아무렇지도 않게 말했다.

"……여전히 싸움에 관해서는 감이 날카롭구나."

"실례의 말씀을. 옛날에는 그랬지만…… 지금은 공작 부인으로서 남들만큼 사교계를 누빌 수 있답니다."

"그곳도 너에게는 전장이지 않니?"

"……그건 그래요."

그녀는 그의 말을 긍정하며 웃었다.

"아무튼 좋아요. 정말 고마워요. 오라버니."

"무운을 빈다."

"네."

메를리스는 기분 좋게 서재를 나와서 앤더슨 후작가 호위병들이 모여 있는 훈련장으로 향했다.

훈련장에 있는 100명가량의 병사들은 이미 정렬한 상태로 그녀를 기다리고 있었다.

그녀가 모습을 드러내자 곧 술렁거림이 일었다.

……그러나 그 술렁거림은 이윽고 자연히 가라앉았다.

딱히 무슨 말을 한 것은 아니다.

그저 그 자리에 서 있을 뿐이었다.

그러나 그 위풍당당한 모습과 분위기에 그 자리에 있던 모두가 압도당하고 말았다.

"……부대의 지휘를 맡게 된 멜이다. 처음 보는 사람도, 그렇지 않은 사람도 잘 부탁한다."

팽팽하게 당겨진 듯한 긴장감이 주위를 감싸는 가운데, 그녀의 목소리는 이 자리에 어울리지 않을 만큼 부드럽고 가벼웠다.

……그러나 다음 순간.

"우리가 향할 곳은 아르메리아 공작령. 현재 아르메리아 공작령은 정체불명의 2개 대대에 공격받고 있다. ……이들과 맞서 싸우는 것은 현재 아르메리아 공작령 경비대뿐. 숫자상으로는 우리가 합류

해도 불리하다."

메를리스의 목소리에서 억양이 사라지고, 어조도 묵직해졌다.

"그러나 나는 모두와 함께라면 온 힘을 다해 이 전황을 뒤집을 수 있을 거라고 믿는다."

그녀는 그렇게 말하며 눈앞에 선 호위병들 한 사람, 한 사람과 눈을 맞췄다.

"……맹신하는 것도, 과신하는 것도 아니다. 순수한 사실로서 나는 그렇게 믿는다."

생긋, 메를리스가 웃었다.

그러나 그 자리에 있던 자들은 마음이 오싹하게 떨리는 것을 느꼈다.

"가젤 더즈 앤더슨에게 훈련받은 용맹한 용사들이여…… 두려워할 것 없다. 우리가 길을 여는 것이다. 승리의 함성을 울리는 것이다. 두려워하지 말고 나를 따르라. 핏속에서 호흡하라. 그리고 사선 속에서 생을 발견하라."

그녀는 담담하게 말했지만 그 말에는 마치 신비한 마력이 깃들어 있는 것 같았다. 모두가 그렇게 느꼈다.

그들 모두 그녀의 등 뒤로 아직 보지 못한 전장을 본 듯한 기분마저 들었다.

"……우리는 결코 쓰러져서는 안 된다. 우리가 쓰러지고, 아르메리아 공작령이 함락되면 다음은 앤더슨 후작령. 너희의 소중한 사람들도 전화의 소용돌이에 말려 들게 된다."

그 자리에 있던 모두의 눈빛이 변했다.

생물의 본능……. 투쟁심이 그녀의 말에 의해 불타올랐다.

모두가 그녀의 색으로 물들고 있었다.

"자아…… 그들을 물리치고, 그들의 마음을 꺾어라. 두 번 다시 이 나라의 땅을 어지럽히겠다는 어리석은 생각을 하지 못하도록. 두려움과 함께 앤더슨 후작령의 이름을 새겨 줘라."

모두가 일제히 검을 들어 올렸다.

그것은 그녀가 모두의 마음을 사로잡았다는 증거였다.

그녀는 회심의 미소를 지으며 그 광경을 바라보았다.

하지만 그것도 한순간뿐.

그녀는 곧 모두에게 지시를 내려 그들을 이끌고 아르메리아 공작령으로 말을 달렸다.

훈련을 거듭한 그들조차 간신히 쫓아갈 만큼 뛰어난 마술(馬術)을 구사하며 사납게 달려 나갔다.

"……실례합니다, 대장. 각 보급이 완료됐습니다."

그들은 틈틈이 휴식 겸 보급을 거듭하며 통상 2배의 속도로 착실하게 아르메리아 공작령으로 달려갔다.

"좋아. 이제 곧 아르메리아 공작령에 도착한다. ……모두 다시 한 번 장비를 철저히 확인하도록. 앞으로 10분 후에 출발한다."

대장이라고 불리는 메를리스는 그 지위에 걸맞은 말투로 말했다.

"예!"

병사들의 긴장이 아르메리아 공작령과 가까워질수록 점점 더 높아졌다.

특히 지금까지 전장에 서 본 적 없는 자들은 그것이 더욱 여실하게 드러났다.

"그리고 슈레, 긴장으로 굳어 버린 자가 있으면 말을 걸어 줘라. 적당한 긴장감은 좋지만 과도하면 움직임이 둔해지니까."

"알겠습니다. 다만 곧 떨쳐 낼 겁니다. 당신의 싸움을 가까이에서 지켜본다면."

슈레도 평소의 가벼운 말투와 표표한 분위기는 어디로 갔는 지…… 엄숙한 분위기를 풍기고 있었다.

슈레를 비롯하여 그녀와 전장을 함께 누볐던 적이 있는 고참 멤버들은 새로운 멤버들과는 또 다른 긴장감으로 고조되어 있었다.

전자가 짓눌릴 만큼 압박감을 동반한 긴장감이라면 후자는 흥분과 고양감 같은 감정을 동반한 긴장감이라고 할까.

후자의 경우 그녀가 선두에 서 있다는 이유가 컸다.

이미 그녀의 싸우는 모습을 가까이에서 지켜본 적 있는 그들은 변함없는…… 아니, 전보다 더욱 박력 있는 그녀에게 경외의 감정을 드러내고 있었다.

조금 전 슈레처럼.

평소에는 밖에 드러내지 않는…… 그녀를 향한 숨겨진 경외의 감정이 엄숙한 어조에 묻어 나왔다.

"글쎄, 과연 어떨지. 어쨌든 부탁해요. 당신이 문제가 있다고 느끼면 보고해 줘요."

메를리스는 맹신이라고 해도 과언이 아닌 그의 태도에 쓴웃음을 지으며 무심코 평소의 말투로 대답했다.

그리고 10분 후, 문제없이 모든 지시를 완료했다는 슈레의 보고와 함께 그들은 또다시 출발했다.

25장
공작 영애와 전쟁

아르메리아 공작령 동부.

평상시에는 활기 넘치는 항구 도시인 그곳에는 지금 긴장된 공기가 감돌고 있었다.

경비대와 관청 습격, 점거.

그리고 그 후 곧 일어난 무장 집단의 항구 점거.

길을 오가는 사람이 줄고, 모두의 얼굴에서 웃음이 사라져도 이상할 게 없는 상황이었다.

그 속에서 아이리스의 지시를 받은 디더는 최소한의 인원을 관청에 남겨 두고 항구 마을을 점거한 무장 집단과 대치하고 있었다.

그 무장 집단은 모두 똑같이 아카시아 왕국의 군복으로 몸을 감싸고 있었다.

아이리스가 우려하던 일이 현실이 되어 그의 눈앞에 펼쳐지고 있었다.

……어느 정도 예측하면서도 설마 하며 인정하지 않았던 사실이 나쁜 의미로 정말 현실이 되었다.

무슨 일이 일어날지 앞일은 정말로 모르는 거로군……. 디디는 팽팽하게 긴장된 공기 속에서 식은땀을 흘리며 내심 중얼거렸다.

적은 일출과 동시에 움직이기 시작하여 마을을 침공했다.

그런 그들을 디디가 경비대와 함께 응전하여 막고 있는 상태다.

동부는 워낙 오래된 마을이다 보니 좁은 길이 많고, 복잡하게 얽혀 있는 것이 그나마 다행이었다.

길이 그 모양이다 보니 적의 인원이 아무리 많아도 결국 한 번에 이동할 수 있는 인원은 한정되어 있었다.

디디는 지형을 이용하여 부대를 배치하고, 철저하게 방어했다.

……그래 봤자 상황은 악화되고 있지만.

"디디 님! 제1대 부상률이 30퍼센트를 넘었습니다!"

"제1대를 슬슬 철수시켜라. 대신 제2대가 앞으로 이동할 것. 교대는 신속하게, 적에게 빈틈을 보이지 마라."

그의 말투는 평소의 가벼운 어조와 변함이 없었지만 실은 불안과 초조함이 마음속을 점령하고 있었다.

아직 중상자는 적지만 부상자 수는 시간이 지나면 지날수록 늘어나고 있었다.

무엇보다도 모두의 피로도가 높았다.

싸움다운 싸움을 한 적이 없는 자가 많다 보니 긴장 때문에 피로감은 더욱 커져만 갔다.

이대로는 앞으로 며칠이나 버틸 수 있을까……? 말은 하지 않았지만 디디의 머릿속은 우려로 가득 차 있었다.

이 방어선을 돌파당하면 적이 영도(領都)까지 쉽게 밀고 들어갈 수 있다.

뭐니 뭐니 해도 이 앞에는 침공을 버틸 만한 설비도, 건물도 없다.

무엇보다도 영지민들이 유린당하면…… 아이리스가 마음 아파할 것이다.

그는 그것을 용납할 수 없었다.

긁적긁적, 머리를 긁으며 주위를 둘러보았다.

부정적인 사고에 빠져서 사고가 막다른 곳에 갇혀 버린 이 상태를 조금이라도 벗어나고 싶었기 때문이다.

문득 그때, 한 무리의 남자들이 눈에 비쳤다.

그들은 후방으로 돌아온 부상자들을 업은 채 의료 구역으로 향하고 있었다.

"이봐, 저자들은 누구지? 우리 부대 병사들이 아닌 것 같은데."

그들은 경비대 제복을 입고 있지 않았다.

평범한…… 거리에서 흔히 볼 수 있는 옷차림을 하고 있었다.

그런 집단이 전장을 달리고 있는 모습을 보니 지독한 위화감이 들었다.

"아…… 네에. 이 땅에 사는 유지 집단입니다."

"……뭐라고? 이봐, 당신들! 즉각 대피해! 보다시피 여기에 있으면 위험해. 당신들에게 무슨 일이 생기면 우리가 곤란해져."

디더는 그들에게 다가가서 그렇게 외쳤다.

그의 외침에 주민들이 한순간 움찔 몸을 떨었다.

그러나 곧 디더를 노려보며 말했다.

"당신들이 목숨 걸고 싸우는데, 이곳에 사는 우리가 아무것도 하지 않을 수는 없어!"

"여긴 우리의 마을이야! 싸울 수는 없지만 하다못해 잡일이라도 하게 해 줘!"

남자들이 입을 모아 외쳤다.

디더가 그 기백에 한순간 아무 말도 하시 못했다.

"멍하니 서 있지 말고, 부상자들을 빨리 옮기세요! 그 사람은 지금 당장 처치가 필요하니까 저쪽으로! 저 사람은 이쪽에 눕히세요."

그때 뒤에서 어떤 여자가 달려 왔다.

그녀는 남자들이 옮겨 온 부상자를 보고 각각 옮길 곳을 지시했다.

"이, 이봐…… 여긴 여자와 아이들이 올 곳이 아니야."

그 모습을 멍하니 지켜보던 디더가 퍼뜩 정신을 차리고 여자의 손을 움켜잡으며 말했다.

"무슨 헛소리를 하는 거죠? 지금은 한 명이라도 더 많은 사람의 힘이 필요해요!"

그녀가 날카롭게 디더를 노려보았다.

"저는 영도에서 의료를 배우고 있어요. 제 지식은 반드시 도움이 될 거예요. 여자와 아이들이라고 하나로 묶어서 말하지 말아요!"

디더는 여자의 기백에 또다시 압도당했다.

하지만 점점 멈춰 있던 사고가 움직이기 시작하자 이런 상황에서도 웃음이 밀려왔다.

그동안에도 그녀는 척척 지시를 내리고 있었다.

"그래……. 남자도, 여자도 관계없어."

작게 중얼거렸다.

그의 머릿속에는 영도에 있는 아이리스, 그리고 타냐와 소꿉친구들이 떠올랐다.

그렇다, 자신은 알고 있다…….

그들 모두 각자 자신의 길을 찾아서 매진하고 있다.

결코 평탄하지 않은 길을 인내하고, 노력하고, 경험을 쌓으며 걸어온 그녀들의 공적을 생각하면 '남자니까', '여자니까' 라는 말로 판단하는 건 바보스러운 일이다.

그래, 계속 그렇게 생각했잖아…….

지금도 그들은 자신을 지원하기 위해 어떻게든 지혜를 쥐어짜고 있을 것이다.

……사실은 아이리스가 빨리 왕도로 피난했으면 좋겠지만.

"이봐, 당신! ……미안해. 이 녀석들을 잘 부탁해. 하지만 위험하다 싶으면 즉시 도망쳐."

디더의 말에 여자는 한순간 대담한 미소를 지었다.

"당신, 꼭 아가씨 같군."

디더는 그 웃음이 그의 주인 아이리스와 겹쳐 보여서 그렇게 말했다.

"……정말요? 저도 아이리스 님처럼 되고 싶어요!"

작은 중얼거림이었는데도 그 말을 들은 여자가 눈동자를 반짝 빛냈다.

"아이리스 님 덕분에 저는 의학을 배울 수 있었어요. 그러니까 지금 여기서 도움이 될 수 있는 거예요. 저는 저에게 기회를 주신 아이리스 님을 진심으로 경애해요. 스스로 앞장서서 이 땅을 살기 좋게 만들려고 애쓰는 그분을 동경해요. 저도 그분처럼 사회에서 활약하고 싶어요."

그녀가 부드러운 미소를 지으며 말했다.

그 눈동자에서도, 분위기에서도…… 온몸에서 감정이 흘러넘치는 것 같았다.

"죄송해요, 쓸데없는 얘길 했군요. 전 이만 실례할게요."

하지만 다음 순간, 여자는 또다시 진지한 표정을 지으며 의료 구역으로 달려갔다.

그 눈을 보며 ㄱ는 저도 모르게 미소를 지었다.

……정말로 꼭 닮았군…….

"좋아……!"

찰싹. 그는 힘껏 자신의 뺨을 때렸다.

그 눈동자에서는 좀 전의 초조함이 사라져 있었다.

"부지런히 1열을 교대해라! 그리고 당신들, 조금 협력을 받고 싶은데."

디더가 유지들을 향해 말을 건넸다.

"뭐…… 뭐지?"

"손재주 좋은 사람 몇 명이 이런 걸 만들어 줬으면 좋겠어."

슥슥 지면에 커다랗고 간단한 도형을 그렸다.

그들은 디더가 그린 도형을 보고 모두 의아한 표정을 지었다.

"음, 만들 수는 있지만…… 이런 걸 써먹을 데가 있나?"

"물론 있지. 이게 있으면 무척 편리하거든."

"그, 그래……? 이봐, 너희는 목재를 조달해라! 너희는 공구를 가져오고! 너희는 주위에서 돌을 모아라!"

결국 그들은 생글생글 웃는 디더에게 더 이상 아무것도 묻지 못하고 즉각 그의 지시대로 움직이기 시작했다.

……그날 밤.

어둠의 장막이 내려앉은 동시에 병사들도 싸움을 중단하고 진영으로 돌아왔다.

"디더 씨! 식사예요."

디더는 각 부대의 대장들로부터 보고를 들은 후 대원들을 쉬게 하고 자신은 책상에 앉아서 지도를 노려보았다.

그 지도에는 여러 가지 메모가 적혀 있었고, 위에는 장기짝도 놓여 있었다.

디더가 이것도 아니야, 이것도 아니야, 하며 고민한 흔적이 그곳에 남아 있었다.

"디더 씨, 식사는 여기 놓고 가겠습니다. 식기 전에 드세요."

"식기 전에는 무슨……. 보존식은 식고 말고 할 것도 없……."

그렇게 말하며 시선을 들자 따뜻해 보이는 식사가 쟁반에 놓여 있었다.

이번 경비대는 건빵과 병조림 같은 보존식밖에 가져오지 않았다.

아이리스가 이전부터 비축 식량 확보의 일환으로 발명한 것들 중 하나다.

별다른 수고 없이 간편하게 먹을 수 있어서 그들은 요즘 매일같이 그 보존식을 먹고 있었다.

"……대체 누가 만든 거지? 양이 상당할 텐데."

"여성 유지들입니다."

"그래……? 식재료는? 돈은 지불했나?"

"필요 없다고 합니다. 비축분이 떨어지면 아이리스 님이 나중에 어떻게든 해 주실 거라면서. 그분만 있으면 굶주리지 않을 거라고 하더군요. 그보다 이걸 먹고 힘내서 적을 쫓아 달라고 했습니다."

"맞는 말이야."

디더는 조금 전까지 마주하던 책상에 쟁반을 놓고 음식을 먹기 시작했다.

"아…… 위에 스며드는 것 같군. 여기 술만 있으면 최고일 텐데."

"……무리한 요구는 하지 마시죠."

식사를 들고 온 대원이 난처한 듯이 웃었다.

"공주님께 부탁해 볼까……?"

"네……? 디더 님, 그건 좀……."

그의 중얼거림에 눈에 띄게 당황했다.

그걸 본 디더는 큰 소리로 웃음을 터뜨렸다.

"농담이야. ……하지만 진지하게 말하자면…… 이제 곧 원군이 오지 않을까?"

"……우리만으로 앞으로 며칠이나 버틸 수 있을까요?"

"글쎄. 어떻게든 할 수밖에 없지."

그의 말은 매우 될 대로 되라는 식이었다.

"놈들은 즐기고 있어. 이대로 계속 방심하기를 빌자고."

그것은 물론 체념했기 때문은 아니다.

그의 마음속에 고여 있는 분노를 밖으로 드러내지 않는 것뿐이다.

"적이 즐기고 있다니……. 무슨 근거로 그런 말씀을 하시는 겁니까?"

"전력 차이가 이 정도나 되니깐 찔끔찔끔 공격하지 말고 단숨에 밀고 들어오면 되잖아?"

"그건 대장이 샛길을 이용해서 방어를……."

"멍청하긴. 아무리 그래도 공격해 오는 놈들이 너무 적어. 놈들은 우리가 '쓸데없는 발버둥'을 치는 게 즐거워서 견딜 수 없는 거야. 아니면…… 앞으로 영도를 공격하기 위해 병력을 보존해 두고 싶거나."

이쪽을 우습게 보고 있다…… 즉, 그런 것이다.

그래서 그는 분노하고 있었다.

어떻게 적의 빈틈을 파고들까……? 어떻게 빈틈을 파고들어서 승리를 거둘까, 두 번 다시 아르메리아 공작령의 땅을 밟지 못하게 해

줄까? 그런 생각을 하며 눈을 번득이고 있는 것이다.

　……하지만 역시 전력의 차이는 쉽게 뒤집을 수 없다.

　"……그러고 보니 디더 님, 마을 유지들에게 부탁하신 물건이 완성됐다고 합니다."

　"오, 정말?"

　디더는 마지막 한마디를 던진 후 달려 나갔다.

　세로로 긴 나무 바리케이드와 몇 개의 굵은 끈, 그리고 커다란 돌들.

　그런 물건들이 늘어서 있었다.

　"오—! 이 짧은 시간에 용케 만들었네. 정말 고마워."

　"뭘, 이걸로 도움이 된다면야."

　마을 사람들은 자랑스러운 눈치였다.

　"……이봐, 당신들 정말 괜찮아? 앞으로 안전은 보장할 수 없어. 물론 최선을 다해 마을을 지키겠지만…… 무슨 일이 일어날지 몰라. 갑자기 날아온 화살에 맞을지도 모르고, 어디선가 적이 침입할지도 몰라."

　"그래도 여긴 우리 마을이야."

　디더는 가슴을 펴고 말하는 그들을 바라보며 점점 더 혼란에 빠졌다.

　"여긴 우리의 자랑이고, 우리의 소중한 곳이야. 최근 아가씨께서 영주가 된 후로 더욱 살기 좋아졌지……. 여길 떠나는 건 생각조차 할 수 없어."

　"전에 가짜 보르틱 패밀리가 문제를 일으켰을 때, 아가씨께서 직접 이 땅에 와서 문제를 해결하려고 노력하셨던 걸 우린 알고 있어. 이 땅을 사랑하고 아끼는 아가씨는 이번에도 이곳을 지키려고 자네들을 보내 줬는데, 이대로 도망치면 무슨 면목으로 그분을 보겠나?"

"그분이 있으면 전부 괜찮다, 믿고 따르면 된다……. 그런 생각이 들어. 그러니까 우리가 지금 해야 할 일은 여길 지키기 위해 최선을 다하는 거야. 그렇지 않나?"

디더는 그들의 말에 웃었다.

디더는 예전…… 아이리스가 그를 도와줄 때까지 이 마을에 살았다.

그로부터 몇 년.

그녀가 영주 대행을 맡고 나서 영지는…… 이 마을은 무척 많이 변했다.

거리도, 제도도.

그러나 아무래도 그뿐만이 아니었던 모양이다.

사람도…… 사람들의 생각도 많이 달라졌다.

"그렇군……. 참고로 공주님은 영주가 아니야. 어디까지나 대행이야, 대행."

"어라…… 정말인가?"

"그럼 언젠가 영주 자리에서 물러나는 건가?"

모두가 디더의 핀잔에 불안과 불만을 쏟아 냈다.

그 모습에 디더는 진심으로 웃었다.

……정말 많은 사랑을 받고 있군.

"좋아……. 미안하지만 모두에게 부탁해도 될까? 이 높은 방패는 각각 전선 제일 앞에 놓아 줘. 그리고 돌은 각 부대에 배치하도록 해."

"이 끈은?"

디더의 의뢰에 유지들이 고개를 끄덕이고 있을 때, 그중 한 사람이 의문을 표했다.

"끈은 돌과 세트야. 적에게 던지는 데 사용할 거야."

"호오……."

"그럼 부탁해."

"좋았어."

"아…… 그리고 이 중에서 저기와 저기에 사는 사람 있나?"

"집은 아니지만 우리가 사용하는 곳인데?"

"그럼…… 부탁이 있어."

디더는 앞으로 나선 그들에게 작은 목소리로 부탁했다.

"그, 그거야 상관없지만……."

디더가 당황하며 고개를 끄덕이는 그들을 향해 미소를 지었다.

"고마워. 흠집이 날지도 모르지만 그건 내가 공주님께 부탁해서 수리비를 달라고 할게."

디더는 한동안 그들이 일하는 모습을 지켜본 후 자리로 돌아갔다.

"어떻게 싸우려는 겁니까?"

조금 전까지 디더와 이야기를 나누던 대원이 지나가던 길에 그 모습을 보고 물었다.

"못된 장난을 치려고. 아주 성대하게."

조금 전까지의 밝은 미소는 어디로 간 걸까……? 디더는 대원이 저도 모르게 조금 뒷걸음질할 만큼 투지를 드러내며 단순 명쾌하게 대답했다.

……그리고 다음 날, 디더는 해가 뜨기 전에 각 부대의 대장을 호출했다.

"어제 유지들이 만들어 준 나무 방패를 각지에 배치했다."

"아, 예에……. 그런데 그 나무 방패로 대체 뭘 어쩌실 겁니까?"

나무 방패 따윈 검으로 내리치면 곧 박살 날 텐데…….

질문을 던진 자도, 그렇지 않은 자도 얼굴에 의문을 떠올리고 있었다.

"그건 그냥 내버려 두면 돼. ……먼저 적이 가까이 오지 못하게 할 거야."

"가까이 오지 못하게?"

"그래. 저 집과 저 집 위층에 1개 부대를 대기시키도록 해. 그리고 창문으로 활을 사정없이 쏘는 거야."

"아하, 그렇군요……."

디더가 가리킨 집은 항구 쪽에 위치한 가옥이었다.

3층짜리 건물에는 항구를 향해 창문이 잔뜩 뚫려 있었다.

"우리는 기사가 아니야. 기사도를 지키며 정정당당하게 싸우는 건 엿이나 먹으라지. ……우리는 지켜야 할 것을 지키면 그걸로 충분해. ……그렇지 않나?"

디더의 물음에 아무도 입을 열지 않았다.

하지만 모두 그 눈동자에 결의를 담고 있었다.

"그러기 위한 책략이야. 앞으로 원군이 올 때까지 최대한 직접 검을 부딪치지 않고 최대한 적의 전력을 소모시키는 데 주력한다."

"예."

해가 뜨자 적병들이 움직이기 시작했다.

그들은 어제까지와 마찬가지로 몇 부대로 나뉘어서 거리로 침입을 시도했다.

그 부대를 건물 안에서 대기하던 대원이 공격했다.

위에서 쏜 화살은 중력에 따라 가속하며 날아갔다.

수많은 화살이 적병을 가차 없이 덮쳤다.

"저, 저기에!"

"위다! 방패로 몸을 지켜라!"

그래도 방패를 들고 진군하려는 그들을 향해 뒤쪽에서 투석기로 돌을 던졌다.

화살과 마찬가지로 중력이 더해진 무거운 돌을 버티지 못하고 많은 적병이 뒤로 날아갔다.

동시에 위로 방패를 들어 올린 그들을 향해 지상에서도 화살이 날아왔다.

적의 대열이 두 방향에서 날아오는 화살과 돌을 버티지 못하고 흐트러졌다.

"좋아. 계속해라. ……하지만 다들 앞으로 나가지 못하게 철저하게 주의를 시켜라."

"알겠습니다."

각 부대에서 보고를 받으며 각각 상황을 머릿속에 떠올렸다.

그리고 때때로 수정이 필요하면 추가로 지시를 내렸다.

"……실례합니다. 원군이 도착했습니다."

그때 기다리고 기다리던 길보가 전해졌다.

"기다리게 해서 미안하다."

전령과 함께 나타난 것은 그의 파트너 라일이었다.

"정말 그렇군. ……뭐, 생각했던 것보다 빨리 왔지만."

그의 등장에 디더는 미소를 지었다.

"미안하다. ……그런데 상황은? 뭔가 재미있는 일이 벌어지고 있는 것 같은데?"

디더는 지도를 가져오라고 지시한 후 라일에게 그것을 보여 줬다.

"여기와 여기, 그리고 여기……. 항구에서 마을에 도착하는 주요한 길은 전부 봉쇄했어. 그리고 그다음은 보다시피. 최대한 적의 전력을 소모시키며 방어하는 데 주력을 기울이고 있지."

"공격적인 방어로군. ……관청 쪽은?"

"최소한의 인원밖에 배치하지 못했어. 아무래도 인원이 너무 부족해서."

"흠. 그렇군. ……하지만 위험한걸."

"그래. 놈들이 움직이면 이쪽은 협공을 받게 되니까. 아직은 움직임이 없지만 언제 그렇게 될지……."

"그러면 내가 데려온 자들을 투입해서 그쪽부터 제압할까?"

"아니, 솔직히 그러면 이쪽이 불안해. 아직 적들은 선발대를 보내서 상태를 살피고 있는 상황……. 우리와 대치한 후에 이쪽의 사정을 알고 여유를 부리며 놀고 있는 상태야. 놈들이 본격적으로 움직이면 당장에라도 이 방어진은 무너지고 말 거야."

"본격적인 행군은 이제부터인가. 게다가 네 장난이 효과를 거두고 있고 말이야."

"……그런 거지."

"하지만 이렇게 적들 사이에 낀 상태로는……."

"관청 쪽은 이쪽에 맡겨 주지 않겠나?"

라일이 눈썹을 찡그렸을 때, 제3자의 목소리가 두 사람의 대화에 끼어들었다.

이러시면 곤란합니다, 라는 경비대의 저지를 뿌리치고 다가온 것은 최근 디더가 접촉했던 남자…… 글라우스였다.

"글라우스, 대체 무슨 바람이 분 거지?"

그가 이 자리에 어떻게 나타났는지는 새삼 물을 것도 없다.

누가 뭐래도 그는 동부에서 압도적인 영향력을 행사하는 보르틱 패밀리의 보스다.

애초에 이곳의 지리는 그들이 훨씬 잘 알고 있으니 이곳에 숨어들어 오는 것도 간단할 것이다.

굳이 숨어들어 오지 않더라도 그 정도 영향력을 지닌 자라면 정면 돌파도 가능할지 모른다.

"뭐…… 보르틱 패밀리의 이름을 사칭한 놈들에게 따끔하게 본때를 보여 주려고. 아무래도 지난번에 너무 미적지근하게 처단을 내렸던 모양이야……. 보르틱 패밀리의 이름을 사칭하면 어떻게 되는지 본보기를 보여 줘야지."

글라우스가 디더의 물음에 어깨를 으쓱하며 아무렇지도 않게 대답했다.

"그리고 지난번 사건에서 아가씨께 큰 빚을 졌으니까. 슬슬 갚지 않으면 이자가 눈덩이처럼 불어날 것 같아서 말이야."

붉적붉적 뺨을 붉적이며 말하는 모습은 누가 봐도 쑥스러움을 감추는 태도였다.

"……그런데 괜찮겠나? 관청을 점거한 놈들은 평범한 폭도가 아니야……. 아카시아 왕국의 선발대다."

라일은 그에게 충고의 뜻을 담아 말했다.

"뭐, 우리에게는 우리 나름대로 싸우는 방법이 있으니까 너희는 걱정 말고 마을을 지켜 줘. ……정면 승부는 아무래도 우리에겐 무리니까."

라일과 디더가 살펴보듯 글라우스를 물끄러미 바라보았다.

글라우스는 그 날카로운 시선에도 눈을 피하지 않고 오히려 사나운 미소마저 지었다.

"솔직히 지나가는 어린애라도 붙잡아 도와 달라고 부탁하고 싶을 정도야……. 맡겨도 될까?"

"어린애보다는 쓸모 있을 걸. 이해가 일지하는 지금에 한해서 말이다만."

라일의 말에 글라우스는 가벼운 어조로 대답했다.

두 사람이 그 말에 고개를 끄덕였다.

"부탁한다."

"그래, 맡겨다오. 우리도 너희에게 마을을 부탁한다."

"그래."

그리고 이야기가 정리되자 글라우스는 곧바로 그 자리를 떠났다.

두 사람은 그가 떠난 후 곧 또다시 지도를 펼치고 계획을 세웠다.

"……이러면 되겠지?"

오랜 시간 대화를 나누고 의견이 정리됐을 때, 디더가 물었다.

"그래."

그 말에 라일이 힘차게 고개를 끄덕였다.

"좋아, 그럼 이걸로 간다."

두 사람도 곧 그 자리를 떠났다.

글라우스와의 약속을 지키기 위해서.

뒤에 버티고 있는 용감한 영지민들을 지키기 위해서.

……무엇보다도 그들의 주인, 아이리스의 신념을 지키기 위해서.

두 사람은 조용히 투지를 불태우며 발을 내디뎠다.

† † †

"현장에서 약품이 부족하다는 보고가 들어왔어! 비축분을 있는 대로 꺼내. 그리고 상회에서도 긁어모으도록 해."

아르메리아 공작령 영도는 그 어느 때보다 소란스럽고 바쁜 나날을 보내고 있었다.

……내게는 책임이 있다.

동부에 사는 백성들을 지켜야 할 책임이. 동시에 라일과 디더, 그리고 경비대 대원들을 전장으로 보낸 책임이.

하지만 내게는 직접 싸워서 영지를 지킬 힘은 없다.

그러니까 나는 최선을 다해서 나밖에 할 수 없는 일을 하지 않으면 안 된다. 솔직히 말하면 아직도 현장으로 달려가고 싶어서 초조함에 시달리고 있다.

지시를 내려야 하는 입장인 내가 어째서 이런 안전한 후방에 있는 걸까.

현장에 있으면 보다 빠르게 정보를 입수해서 사람들을 움직일 수 있을 텐데……!

하지만 반대로 위에 선 입장이기 때문에 절대로 쓰러져서는 안 된다.

무력한 내가 전장에 가 봤자 나를 호위하기 위해 인원을 할애하게 될 것이다. ……결국 현장의 일만 늘어날 뿐이다.

그 정도는 알고 있다.

알고 있지만 마음이 술렁거려서 견딜 수 없다.

시시각각 움직이는 상황, 그리고 대처.

지금은 부상자의 수를 보고받고 감상에 젖을 시간조차 아깝다.

다시 마음을 다 잡으며 손에 든 자료를 바라보았다.

책상 위에는 아르메리아 공작령의 지도와 몇 개의 장기짝.

"경비대 배치는 다시 재검토 중인가?"

현장의 일은 라일과 디더에게 맡길 수밖에 없다.

전화처럼 순식간에 정보를 전달할 수 있는 도구가 없는 이상, 괜히 내가 참견해서 쓸데없는 혼란을 초래하는 건 어리석은 짓이나.

물론 정기적인 보고는 받고 있지만.

현장에 있는 자들은 그곳의 상황을 주시하고 있으니 내가 해야 할 일은 전체를 보고 사람과 물자를 움직이는 것이다.

아르메리아 공작령의 경비대 중에서 공작령 북쪽에 배치된 경비대 외에는 필요 최소한의 인원을 남기고 동부로 보냈다.

"네, 네에. 북부를 남겨 놓고 서부, 남부에서 순차적으로 인원을 움직이고 있습니다. 앞으로 며칠 안에 동부에 도착할 겁니다."

라일과 디더…… 나는 그들의 힘을 믿고 있다.

그러나 한편으로는 만에 하나 그들이 후퇴하게 될 경우도 생각하지 않으면 안 된다.

적은 어떻게 침공해 올까?

후속 병력이 있을 경우 어떻게 대응할까?

영지민들의 피난 경로는?

그리고 경비대는 어떻게 배치할까?

그것들을 염두에 두고 머릿속으로 생각을 정리했다.

"좋아. 그리고 주민들의 피난 상황은? 지난번에 보고했을 때보다 얼마나 진척된 거지? 그리고 피난처의 식량 배급은 늦지 않게 이루어지고 있어?"

차례차례 올라오는 보고를 듣고 영지 관리들에게 지시를 내렸다.

그들도 관계 각소에 전달해서 지시 사항을 실행하기 위해 뛰어다니고 있다.

"보고 드립니다. 피난 상황은 지난번에 보고 드렸을 때와 거의 변화가 없다고 합니다."

"어째서……? 무슨 문제라도 있나?"

"아뇨, 그게······."

한순간 보고하러 온 관리가 말꼬리를 흐렸다.

대체 뭘까? 그렇게 생각하며 눈을 가늘게 뜨고 그를 응시하자 그는 엄숙하게 입을 열었다.

" '우리의 마을이다. 우리도 이 마을을 지키기 위해 일하고 싶다.' 라고 합니다. '보호받기만 하지 말고 조금이라도 아가씨의 힘이 되어드리고 싶다.' 라고······. 남은 사람들은 그렇게 말하며 현지에서 일하고 있습니다. 젊은 남자들은 경비대 잡역과 운반을 돕고, 여자들은 음식을 만들어 경비대에 나눠 준다고······."

나는 그 말에 뭐라 말할 수 없는 충격을 받았다.

"거짓말······."

저도 모르게 중얼거린 말은 내가 생각했던 것보다 훨씬 가냘프고 알아듣기 어려웠다.

감동하고 있을 때가 아닌데······. 하지만 마음이 환희로 떨렸다.

"사실입니다······!"

보아하니 그의 입가도 떨리고 있었다.

그렇구나. 아까 말꼬리를 흐린 건····· 그도 감정이 폭발할 것 같았기 때문이었구나.

······지금 나처럼.

분명 그도 나와 똑같은 생각을 하고 있을 것이다.

백성들은 보호받아야 하는 존재.

권력과 폭력······. 그런 힘에 대항할 방법이 그들에게는 없으니까.

지난번 재해가 좋은 예다.

그들은 갑자기 닥쳐 온 재해에 아무것도 하지 않고 도망쳤다.

······우리 영지로.

그긴 비난받을 일이 아니다. 약하기 때문에, 아무 힘도 없는 상태로 몸을 지키기 위해 최선의 선택을 한 것뿐이다.

……그런데.

이번에 그 마을에 사는 사람들은 싸우는 길을 선택했단 말인가.

포기하고 도망치지 않고, 힘 있는 자들을 순순히 따르지 않고, 맞서 싸우는 길을.

그만큼 그 마을이…… 이 영지가…… 소중한 걸까?

우리가 지금까지 걸어온 길이 옳다고 말해 주는 걸까?

그 결의에, 그 마음에…… 가슴이 떨렸다.

"실례합니다, 아가씨."

잠시 침묵하고 있을 때, 타냐가 등장했다.

"한 가지 보고를 드려도 될까요?"

"……으, 으응."

가슴에 뜨거운 것이 치밀어 올라 나는 한순간 아무 말도 하지 못했다.

"디더의 보고입니다만. ……관청을 탈환하기 위해 보르틱 패밀리가 협력해 주기로 했다고 합니다."

그녀는 다른 사람들에게 들리지 않도록 내 귓가에 속삭였다.

"……무, 무슨 소리야?"

"이름을 사칭당한 대가를 치르게 해 주겠다더군요. 그리고 지난번 사건 때 아가씨께 진 빚을 갚기 위해서라고 합니다. 대체 뭐가 구실이고, 뭐가 진짜 목적인지……."

타냐는 그렇게 말하며 미소를 지었다.

좀 전의 충격이 가시기도 전에 새로운 충격을 받은 듯한 기분이었다.

예전에 만났던 글라우스를 떠올렸다.

과연……. 웃음을 터뜨리고 싶은 심정이었다.

무서운 눈빛을 지닌 남자였다.

하지만 이야기를 나눠 보면 시원시원한 형님 같은 사람.

마을을 사랑하고, 마을 사람들에게 사랑받는 그들이기에 할 수 있는 행동이다.

이제 두 번 다시 길이 교차될 일은 없을 거라고 생각했는데, 설마이런 형태로 그와 또다시 공동 전선을 펼치게 될 줄이야.

"실례합니다. 조금 전의 의약품 말입니다만, 상업 길드에서 원조해 주기로 했습니다. 여기 친서입니다."

"의료 길드에서 유지 의사들이 속속 모여서 동부를 향해 출발하고있다는 보고가 들어왔습니다. 동부에서 자신들을 받아들이도록 손을 써 달라고 부탁하고 있습니다."

타냐의 뒤를 잇듯이 차례차례 보고가 들어왔다.

그 하나하나가 내 가슴을 쳤다.

『영주의 일이란 긍지를 갖게 해 주는 것. 백성을 지키고, 아끼고, 그리고 풍요롭게 발전시키는 것. 백성들의 생활을 보장하여 영지에귀속 의식을 갖게 하고, 영지민들을 통합하는 것……. 난 그것이 영주의 역할이라고 생각해요.』

언젠가 관리들의 앞에서 했던 말이 머릿속에 떠올랐다.

내가 걸어온 길. ……언제나 틀리지는 않을까, 틀린 것은 아닐까, 개혁 자체가 필요 없는 것은 아닐까, 고민하며 걸어왔다.

답이 없기에 앞으로 나아갈 수밖에 없다고 스스로를 납득시켰다.

하지만 지금 이렇게 영지민들이…… 모두가 그 답을 가르쳐 주고있다.

니와 직접 관련된 사람들뿐만 아니라 엉시민를 한 사람 한 사람이.

감동에 그렁그렁 눈물이 고였지만…… 절대 흘리지 않도록 눈꺼풀에 힘을 줬다.

지금은 감동에 젖어 있을 때가 아니다.

"……당장 의약품과 의사를 받아들일 준비를! 의료 장소는 좀 더 넓은 곳이 필요할 것 같으니까 후보지를 몇 군데 알아봐 줘. 그리고 경비대를 붙여서 영지 관리 몇 명을 현지로 파견하도록 해! 당장 지원자를 모집해 줘. 동부 마을에 머무는 사람들은 당번제로 일하도록 지시해 줘. 절대 무리하지 않도록."

관리들의 보고에 곧바로 빠르게 지시를 내렸다.

"영지민들이 응답해 준 거야. ……이 영지와 이 땅에 사는 백성들을 지킬 수 있도록 우린 이곳에서 직무를 다하자!"

그 말에 관리들이 "네!" 하고 기합이 잔뜩 들어간 목소리로 대답했다.

† † †

"그렇군. 라일과 디더는 이렇게 진을 전개했나……."

메를리스는 슈레의 보고를 듣고 씨익 웃었다.

"아마 내일이라도 공세에 접어들 생각인가 보군. ……그럼 우리도 나서야지."

그녀의 말에 그 자리에 있던 사람들이 마른침을 꿀꺽 삼켰다.

"구체적으로 어떻게 움직이려는 겁니까?"

"우리는 먼저 머리를 노린다."

그녀는 그렇게 말하며 미소를 지었다.

그 말의 의미를 이해한 사람들은 너무나도 가벼운 어조로 어려운 일을 아무렇지도 않게 말하는 그녀의 태도에 한순간 굳어 버렸다.

"……머리, 말입니까?"

그 자리에 있던 한 사람이 저도 모르게 확인하듯 물었다.

그 물음에 그녀의 웃음이 더욱 짙어졌다.

오싹. 그 자리에 있던 모든 이가 소름이 끼치는 것을 느꼈다.

아름다운 얼굴에 떠오른 것은 요염한 미소.

그러나 결코 그 아름다움에 넋을 잃는 사람은 없었다.

오히려 열어서는 안 되는 판도라의 상자를 연 듯한 착각을 느꼈다.

"그래, 적장의 목. 상대는 먼 땅에서 온 자들……. 머리가 사라지면 한순간 혼란에 빠지겠지. 혼란만 만들면 라일과 디더도 공격하기 쉬워질 거야. 그렇지 않아?"

"……그렇군요."

이 자리에 있는 누구보다도 그녀를 잘 아는 슈레가 겨우 중얼거렸다.

"그렇지만 구체적으로는 어떻게 하실 겁니까?"

"공교롭게도 항구로 통하는 모든 길에 아르메리아 공작가 측의 진영이 있어. 그러니까 먼저 부대를 넷으로 나눠서 소대 단위로 신속하게 그 진영을 돌파한다. 그리고 양쪽 부대가 움직이기 시작하기 전에 돌격하는 거야. 여기에 올 때처럼 각 부대가 전속력으로 아르메리아 공작 측의 진영을 돌파하도록 해. 그리고 돌파한 후에는 재빨리 내 밑으로 모일 것. 그 후에는 내 뒤를 따르도록 해. ……길은 내가 열 테니까."

"예!"

그들은 전율하며 날카로운 목소리로 대답했다.

"당신과 당신 부대는 여기, 그리고 덩신들 부내는 어기부터……."

그녀가 차례차례 망설임 없이 지도를 가리키며 지시를 내렸다.

담담하고 간결하게 이어지는 지시에 그들은 고개를 끄덕였다.

"……질문은 없나? 없으면 이상, 해산."

메를리스가 호령하자 모두 그녀의 명령에 따라 움직였다.

"……당신은? 슈레."

"파커스 님의 전언입니다."

메를리스는 슈레의 말에 고개를 갸웃거렸다.

"대장…… 당신께는 본래의 입장이 있습니다. 그러니까 전투를 시작하기 전에 이걸 건네라고 하시더군요."

슈레가 내민 것은 눈가를 가리는 마스크였다.

검은 천으로 만든 마스크는 얼굴에 딱 달라붙어서 움직여도 쉽게 벗겨지지 않도록 만들어져 있었다.

"……그분은 여전히 많은 생각을 하는군."

그녀는 그것을 받아 들고 착용감을 확인하듯 썼다가 벗었다가 했다.

……마스크 때문에 방해가 될 줄 알았지만 시야는 착용하기 전과 변함이 없었다.

"그런데 어째서 직접 건네지 않은 걸까?"

"앤더슨 후작가에 도착하자마자 곧 출발하시지 않았습니까? 건 넬 틈도 없이 출발할 것 같다면서 파커스 님께서 제게 사전에 맡기 셨습니다."

"……그렇군."

메를리스는 그렇게 말하며 쓴웃음을 지었다.

확실히 앤더슨 후작가를 떠나기 전에는 그럴 겨를이 없었다.

한시라도 빨리 아르메리아 공작령으로.

그러기 위해서는 자신이 이끌 부대를 빨리 장악해야 한다.

……파커스와 이야기하는 내내 그런 생각을 했고, 그 때문에 초조했다.

그러니 그가 틀림없이 얘기를 꺼내도 자신은 제대로 듣지 않고 흘려 넘겼을 것이다.

"고마워. 잘 받을게."

"감사합니다. ……그럼 이만 실례하겠습니다."

그는 전할 말을 모두 전했다는 듯이 곧 그녀의 앞에서 떠났다. 메를리스는 그런 그의 뒷모습을 바라본 후 허리에 찬 검을 손에 들었다.

그리고 저택에서 했던 것처럼 칼날을 이마에 댔다.

다음으로 눈을 떴을 때, 메를리스의 눈동자에 비친 것은 결의의 빛. 그리고 각오.

그리고 그녀는 고개를 돌려…… 한동안 바다를 노려보듯 바라보았다.

적당히 팽팽한 긴장감이 감도는 밤을 보냈다……. 그리고 그다음 날.

아침 해가 뜨기 전에 메를리스와 그녀를 따르는 대원들은 말에 올라탔다.

물론 그녀의 얼굴에는 어제 슈레가 건네준 마스크가 씌어져 있었다.

"……때가 왔다. 자아…… 승리의 함성을 울리러 가자!"

그녀는 그렇게 외치며 앞으로 돌진했다.

병사들이 그 뒤를 따랐다.

"우오!"

"대, 대체 뭐지?"

도중에 아르메리아 공작령의 병사들이 느닷없이 나타난 그들을 보고 놀란 표정을 지었지만…… 영문도 모른 채 다치지 않도록 길을 비켜 줬다.

아르메리아 공작령 진영을 빠져나간 직후, 그녀는 검을 뽑았다.

그리고 근처에 있던 적병을 망설임 없이 단칼에 베며 맹렬하게 달려갔다.

적병들은 느닷없는 사태에 제대로 반응조차 못했다.

메를리스가 그 틈을 타고 가차 없이 공격하여 방어선을 돌파한 후 점점 깊숙이 진격했다.

혼란스러운 와중에 차츰 적들도 사태를 파악하기 시작했다.

"포위해라!"

"더 이상의 진입을 허락하지 마라!"

뒤따라 나타난 메를리스의 부하들이 그녀를 포위하고 죽이려는 자들을 베어 버렸다.

도중에 합류한 슈레는 적병들을 베면서도 메를리스가 싸우는 모습을 황홀한 눈으로 바라보았다.

그녀가 있는 그곳만이 마치 별세계 같았다.

같은 공간인데도 다른 시간이 흐르는 곳.

실제로 그녀는 달려드는 적병들을 차례차례 가차 없이 베어 버리고 있는데도…… 그 속도는 아르메리아 공작령을 향해 달려갈 때와 변함없이 빨랐다.

마치 적의 존재가 장해물조차 되지 않는 것처럼.

압도적인 전력 차를 개인의 힘으로 뒤엎어 버리는 그 광경에는 이제 웃음밖에 나오지 않았다.

마치 동화속의 영웅담을 실제로 지켜보는 듯한 기분마저 들었다.

피바람이 춤을 췄다.

그 비릿한 붉은 광경이 그녀를 채색하기 위한 것이라는 생각조차 들었다.

장절하고, 그래서 더더욱 아름다운.

그런 그녀의 모습에 뒤에서 달려오는 자들은 압도당하고…… 그리고 고무되었다.

피가 들끓었다. 스스로도 어쩔 수 없을 만큼.

잘 연마된 송곳니를 날카롭게 빛내며 목구멍이 찢어질듯 본능이 외쳤다.

그녀에게 뒤처지지 말라고…….

『……다만 곧 날아갈 겁니다. 그녀의 싸움을 가까이에서 보면.』

이미 이곳에 있는 대원들은 고참도, 신참도 상관없이 모두 같은 마음이었다.

그들 모두 그저 그녀의 싸우는 모습에 숨을 삼키고, 애태우고, 그리고 뒤를 따르는 것을 자랑스럽게 느꼈다.

달릴수록 점차 부상자가 늘어났다.

그러나 발을 멈추는 자는 없었다.

그들은 마치 이 상황에 취한 것처럼 아픔을 잊은 채 그저 그녀의 뒤를 따랐다.

"전진하라! 대장에게 뒤처지지 마라! 대원들은 하나로 뭉쳐서 서로를 보호해라!"

슈레가 도중에 외쳤다.

그 호령에 "우오!"라는 굵은 외침 소리가 여기저기에서 들려왔다.

그녀와 뒤를 따르는 자들의 기백에 적병들마저 압도당했다.

다리를 움직이려고 해도 마치 그 자리에 못 박힌 것처럼 움직일 수 없었다.

마치 수라가 이끄는 악귀 군단 같군······. 적병 중 한 사람이 작게 중얼거렸다.

그만큼 그들의 존재는 강렬하고 무시무시했다.

······그렇게 달려간 끝에는 넓게 트인 공간이 있었다.

그곳에는 이 상황에 어울리지 않는 화려한 융단이 깔려 있고, 그 위에 호화로운 의자가 놓여 있었다.

······신분이 높은 자를 위한 자리라는 것은 한눈에 알 수 있었다.

그 자리에 있던 자들은 피에 젖은 모습으로 나타난 메를리스를 보고 비명을 질렀다.

그녀는 그 반응에 눈썹 하나 꿈쩍하지 않았다.

담담하게 한가운데로 가서 도중에 가로막는 자들을 가차 없이 베어 버리고, 중앙의 호화로운 의자에 앉은 남자 앞에 섰다.

뒤룩뒤룩 살찐 남자는 움직일 기색을 보이지 않았다.

아니, 움직일 수 없는 듯했다. ······사신처럼 검을 휘두르며 죽음을 흩뿌리는 그녀의 무시무시함에.

다음 순간, 메를리스와 남자 사이로 검이 날아왔다.

그러나 그녀는 딱히 놀라지 않았다.

"······늦었군."

대신 그렇게 한마디를 중얼거렸다.

······물론 그것은 눈앞에 있는 적을 향한 말은 아니었다.

"죄송합니다."

그녀의 눈앞에 있는 적장에게 검을 겨누고 있는 라일을 향한 말이었다.

라일의 뒤⋯⋯ 그녀가 돌입해 온 방향과는 다른 쪽에 그가 이끌고 온 아르메리아 공작령의 경비대가 서 있었다.

"하지만 그쪽이 너무 빠른 겁니다. 솔직히 시간을 맞출 수 있을지 조마조마했습니다."

"⋯⋯하지만 덕분에 수월하지 않았어?"

"뭐, 그렇죠. 다른 방향에서 동시에 2개 부대가 돌입하면 혼란은 더욱 커지기 마련이니까요. 그건 그렇고 용케 아셨군요. 제가 저쪽으로 올 예정이었다는 걸."

"배치를 보고 대충 알았어. 우리가 온 방향에 비해 그쪽에서 돌입하는 방향은 배치된 인원이 적었으니까."

메를리스는 그들의 움직임을 예측하고 지원하기 위해 움직였다.

그들의 돌입 타이밍에 맞춰서 그들과는 다른 방향으로 돌입⋯⋯ 그래서 적의 혼란을 심화시키는 것이 목적이었다.

"뭐, 너희라면 올 거라고 생각했어. ⋯⋯오지 않으면 오지 않는 대로 내가 목을 치려고 했지만."

어디까지나 주도권은 디터와 라일이 이끄는 아르메리아 공작령 경비대에게 넘겨 줄 것.

그녀도 영지에서 일어난 일은 최대한 영지 사람들이 해결하는 게 바람직하다고 생각하고 있었던 것이다.

⋯⋯하지만 만약 라일의 도착이 늦었더라면 가차 없이 자신이 처리할 생각이었다.

공명심 때문이 아니라 조기 해결이 최우선이라고 생각했기 때문이다.

적의 원군이 오면 전력 차이는 더욱 커진다.

그래서는 아무리 그녀와 앤더슨 후작가 호위병 개개인의 힘이 다른 자들을 압도한다 해도 전황을 뒤엎기 어렵다……. 그렇게 생각했기 때문이었다.

"……일단 질문부터 해 볼까?"

스윽. 라일이 적의 대장으로 추정되는 인물에게 날카로운 시선을 향했다.

그것만으로도 남자는 "히이익……." 하고 소리를 질렀다.

"너는 누구냐?"

남자는 좌우로 시선을 방황했다.

그러나 그를 도우려고 움직이는 자는 없었다.

그럴 만한 기골이 있는 자는 이미 메를리스와 라일이 베어 버렸기 때문이다.

남은 자들은 어색한 듯이 시선을 방황하며 고집스럽게 눈을 맞추려 하지 않았다.

애초에 라일이 인질을 위협하는 것처럼 검을 겨누고 있는 이 상황에서는 어쩔 수가 없지만.

라일은 손에 든 검을 적의 목에 더 가까이 댔다.

주륵……. 적의 목에서 붉은 피 한 줄기가 흘러내렸다.

『네놈은 어디의 누구냐고 물었다. 솔직하게 대답해라.』

옆에서 메를리스가 다른 언어로 물었다.

그 말에 남자가 따지고 들었다.

『너, 너…… 아카시아 왕국어를 할 줄 아나!』

『조금은. 아무튼 너의 정체는?』

『나, 나는 아카시아 왕국 제1 왕자 잘라르 벤트 아카시아다!』

"뭐⋯⋯. 이 남자가 제1 왕자?"

메를리스의 중얼거림과 통역을 통해 대화를 듣고 있던 라일의 중얼거림이 신기하게도 동시에 울려 퍼졌다.

두 사람은 노골적으로 당혹스러운 표정을 지었다.

"거짓말 아닐까요? 보통 제1 왕자라면 나름대로 호위가 붙을 텐데. 적어도 왕자 혼자 보낼 리가 없습니다."

"애초에 제1 왕자가 선봉에 서서 다른 나라를 침략하다니⋯⋯. 들어 본 적도 없는 얘기네."

⋯⋯그렇게 따지면 공작 부인이 선두에 서서 전장을 누비는 얘기도 들어 본 적이 없습니다만⋯⋯. 라일은 한순간 마음속으로 쓴웃음을 지었다.

그리고 곧 눈앞의 상황에 의식을 집중했다.

『너희⋯⋯ 나한테 상처라도 입히면 어떻게 될지 알고 있겠지?』

말을 하다 보니 대담해진 걸까. 자칭 제1 왕자라는 남자는 조금 전까지 비명을 질렀던 것도 잊고 거만한 미소를 짓기 시작했다.

『⋯⋯왜 이 땅을 공격한 거지?』

『폐하께서 트와일국과 손을 잡았다. 전쟁 후 아르메리아 공삭령과 그 주변의 땅은 아카시아 왕국이, 그 이외의 땅은 트와일국이 갖기로. 우리는 그 협력의 증거로 전쟁에 앞장선 것이다.』

역시 그랬군⋯⋯. 라일은 얼굴을 일그러뜨렸다.

그의 주인인 아이리스가 가장 우려하고 두려워했던 사태.

그게 현실이 된 것이다.

앞일을 생각하면 벌써부터 머리가 아팠다.

『아, 그래?』

그러나 라일 옆에 있는 메를리스는 아무렇지도 않게 중얼거렸다.

늦고 싶은 얘기는 들었다, 이제는 쓸모 없다, 그렇게 말하는 듯한 반응이었다.

"라일, 진위는 어쨌든 이 남자가 왕족의 일원이라는 건 틀림없어. 일단 목을 베는 건 보류하고 데리고 돌아가지. 앞으로 그 애가 교섭을 할 때 필요할지도 모르니까."

라일이 그 말에 빠르게 반응했다.

남자에게 검을 휘둘러 다리의 힘줄을 자른 것이다.

동시에 짐승 같은 비명 소리가 울려 퍼졌다.

"……설마 이런 짓을 해 놓고 멀쩡하게 돌아갈 수 있을 줄 알았나? 조금은 타인의 아픔을 알도록 해라."

라일이 남자의 모습을 보고 작게 중얼거렸다.

그 말에 메를리스가 즐거운 듯이 웃었다.

그녀는 눈물을 흘리며 고통에 신음하는 남자를 내려다보며 입을 열었다.

『그렇다는군. 안심해. 죽이지는 않을 테니까. 그 고귀한 신분에 감사하도록 해라. 최대한 이 땅에 도움이 되도록 잘 써먹어 주마.』

라일이 남자의 입에 천을 밀어 넣고 포박한 후 그의 몸을 어깨에 짊어졌다.

"뭐, 이자에게 스스로 죽음을 택할 만한 기개는 없을 것 같습니다만."

"하긴. 그래도 잘했어. 시끄러웠거든."

그녀는 아무렇지도 않게 대답했다.

"그런데 어떻게…… 이자가 왕족이란 걸 아셨습니까?"

"그의 오른손 가운뎃손가락에 낀 반지. 그 나라 왕족들에게는 각각 심벌이 있어. 그리고 그 문양이 새겨진 장식품을 착용하고 다니지. 저 문양, 예전에 본 적이 있어. 설마 전장에서도 착용하고 있을 줄이야."

메를리스의 말대로 남자의 가운뎃손가락에는 금색 반지가 끼워져 있었다.

중앙에는 보석 대신 수소 문양이 새겨져 있었다.

"흐음, 그렇군요. ……그런데 멜 님, 돌아가는 길은 이쪽에서 맡아도 되겠습니까?"

"응, 물론이지. 우린 철저히 지원만 할 거야. ……나도 아직 더 날뛰고 싶으니까."

라일은 작게 중얼거린 그녀의 마지막 말에 쓴웃음을 지었다.

하지만 곧 표정을 다잡으며 입을 열었다.

"지금부터 이곳에 있는 자들을 소탕한다! 머리를 잃은 적은 오합지졸이다!"

제1 왕자라는 머리를 빼앗긴 적들은 혼란의 와중에 또다시 타격을 받았다.

라일이 이끄는 아르메리아 공작령 경비대는 착실하게 적을 차례차례 베어 나갔다.

안정적으로, 군더더기 없이.

그리고 그 뒤에서는 메를리스가 이끄는 앤더슨 후작가의 사병들이 수라처럼 적을 덮쳤다.

특히 메를리스는 적의 전선을 뚫을 땐 본격적으로 싸웠던 게 아니었나…… 싶을 만큼 대단한 기세였다. 아르메리아 공작령 경비대마저 놀랄 정도였다.

피 보라 속에서 춤추며 그저 상대를 '파괴하는' 것에만 특화된 것처럼.

그에 뒤쳐질세라 앤더슨 후작가의 사병들이 더욱 거칠게 날뛴 결과, 그 자리에 있던 자들은 대부분 저항다운 저항도 하지 못한 채 눈깜짝할 사이에 쓰러졌다.

물론 그들이 먼저 우두머리를 제압했기 때문이기도 하지만.

동시에 철저하게 방어에 전념하던 디더도 전선에 참가했다.

……그리하여 아르메리아 공작령에서 일어난 싸움은 막을 내렸다.

† † †

나는 기도하는 듯한 심정으로 서류를 마주했다.

자금을 조달하고, 그걸 밑천으로 각지에서 필요한 물자를 조달하고, 보급하고, 인원을 배치하고, 분배하고.

문자로 표현하자면 그저 그뿐이지만── 그것들이 각각 제대로 이루어지기 위해서는 영지 전체를 살펴보고, 온갖 가능성을 상정하고, 그에 관한 대책을 구축하지 않으면 안 된다.

즉 무슨 말을 하고 싶은가 하면, 또다시 나를 포함한 영지 관리들은 쉴 틈 없이 일하고 있다는 뜻이다.

그러나 아무도 약한 소리를 내뱉지 않았다.

우리가 어떻게 일하느냐에 따라 우군이 움직일 수 있는 범위가 변한다.

무엇보다도 영지민들 모두가 각각 자신이 할 수 있는 일을 하며 싸우고 있다.

그런데 우리가 약한 소리를 할 수는 없지 않은가.

……어차피 너무너무 걱정돼서 도저히 쉴 마음조차 들지 않지만.

전선에서 싸우는 그들의 안위.

마을에 남은 주민들의 안위.

싸움의 상황.

생각하면 생각할수록 사고가 나쁜 방향으로 굴러가고.

끊임없는 걱정과 불안만이 가슴을 점령한다.

휩쓸려서는 안 된다.

그토록 마음속으로 맹세했건만 앞이 보이지 않는 길은 어둡고 지독히 두렵다.

방심하면 그런 부정적인 감정에 이끌려 가라앉아 버릴 만큼.

머리로는 냉정하게 대처하지 않으면 안 되는 일들을 떠올리며 어떻게 처리해야 할지 방법을 생각하고 있다.

그러나 한편으로는 마음이 머리를 따라잡지 못하고 있다.

앞이 보이지 않는 어두운 길, 사람들의 생명을 짊어진 책임의 무게에 앞으로 나아가는 것이 두렵다.

이대로 눈을 감고, 귀를 막고, 주저앉으면 얼마나 편할까?

하지만 그렇게 생각할 때마다 고개를 돌려 지금까지 걸어온 길을 봤다.

결코 평탄한 길은 아니었다.

즐거운 일들만 있었던 것도 아니다.

멈춰 서고, 고민하고, 울고, 분노하고.

그렇기에…… 기쁘고 행복할 때가 한층 빛났다.

이곳에 멈춰 서면 그 모든 것이 물거품이 된다.

그렇게 생각하면 힘을 내서 다리를 앞으로 움직이게 된다.

서류를 마주하며 때때로 기도하는 마음으로 허공에 시선을 던졌다.

부디 모두 무사하기를.

부디 평온한 나날을 되찾을 수 있기를.

누구에게 기도하는지 스스로도 알 수 없지만.

그래도 기도하지 않을 수 없었다.

"실례합니다, 아가씨……!"

타냐가 보기 드물게 허둥지둥 방 안으로 뛰어들었다.

"타냐, 무슨 일이야?"

"그들이 해냈습니다. 멋지게 아카시아 왕국군을 격파, 제1 왕자를 필두로 포로를 다수 생포했다고 합니다. 동시에 보르틱 패밀리가 멋지게 관청을 해방했습니다."

타냐의 보고에 내 머릿속은 한순간 새하얗게 되었다. 방심하면 쓰러져 버릴 것만 같았다.

"아가씨!"

타냐가 재빨리 움직여서 내 몸을 부축해 줬다.

그 팔의 따뜻함과 몸에 전해지는 충격이 이게 꿈이 아니라는 사실을 가르쳐 줬다.

폐에 고여 있던 숨을 내뱉는 동시에 시야가 일그러졌다.

"다행이다……. 정말 다행이다……."

"네, 정말로……. 아가씨, 정말 수고하셨습니다."

타냐의 부드러운 미소에 나의 시야는 더욱 일그러졌다.

"고마워, 타냐."

책상에 살짝 손을 얹으며 자리에서 일어섰다.

"날 따라 주는 너희에게…… 그리고 이 땅에 사는 백성들에게 난 아무리 감사해도 부족할 지경이야."

그 중얼거림에 타냐가 기쁜 듯이 미소를 지었다.

"포로를 수감할 곳을 확보해야겠군. 그리고 여러모로 사후 처리도 필요해."

나는 필요해질 것 같은 일들을 하나하나 열거하며 중얼거렸다.

"아가씨, 오늘 하루는 조금 쉬셔도⋯⋯."

타냐가 그런 나를 바라보며 난처한 표정을 지었다.

"타냐, 무슨 소리야? 기쁨은 다 함께 나눠야 하는 거야. 그들이⋯⋯ 우리 영지의 영웅들이 돌아온 후에 함께 기쁨을 나누자. 그리고 저버린 생명을 추모해야지."

솔직한 마음을 전하자 그녀가 알겠다는 듯이 고개를 끄덕이며 미소를 지었다.

그리고 사후 처리를 하며 그들의 귀환을 기다리기를 며칠.

무사히 아카시아 왕국군을 격퇴하고 관청을 해방시켰다는 보고를 받은 후, 긴장감으로 팽팽하게 곤두섰던 저택의 분위기도 한층 부드러워졌다.

⋯⋯하지만 나라는 아직도 트와일국과 전쟁 중.

예전처럼 숨 막히는 분위기까지는 아니었지만 주요 업무를 맡은 영지 관리들은 여전히 긴장한 채 나날을 보내고 있다.

나도 마찬가지.

만에 하나라도 타스멜리아 왕국이 패배하게 되면 차마 눈뜨고 볼 수 없는 참상이 벌어질 것이다.

그런 사태에 빠지면 틀림없이 아카시아 왕국은 또다시 움직이기 시작할 것이다.

"⋯⋯그래서 타냐, 전황은?"

"전하께서 구 먼로 백작의 영지에서 지휘를 맡고 있습니다. 백성들의 타스멜리아 왕국에 대한 불신감이 너무 뿌리 깊어서 고전하고 있는 모양입니다."

그 말에 나는 무의식적으로 손을 멈췄다.

"난 몰랐어, 타냐."

그만 원망스러운 어조가 튀어나왔다.

"죄송합니다. 아카시아 왕국과의 문제가 더 시급하다고 판단해서 제가 보고를 막았습니다."

"······아니야. 나야말로 미안해. ······그래, 그때 얘기해 봤자 제대로 듣지도 못했을지 몰라. 하지만 타냐, 될 수 있으면 북부 소식은 아무리 바빠도 알고 싶어."

감정적으로 군 것은 나도 반성한다.

전하라는 말에 반응하다니, 나도 아직 멀었나 보다.

"그건 그렇고 고전이라. ······확실히 적과 싸워서 이기면 전부 끝나는 건 아니지."

"네. 백성들이 트와일국을 따르는 이상 무리하게 싸우면 더욱 큰 불신감을 품게 될지도 모르니까요."

설마 그가 전장에 갈 줄이야······.

무사할까······? 제발 무사했으면.

멀리 떨어져 있어서 지금 그의 상황을 곧바로 알 수 없는 것이 안타깝다.

불안과 초조가 가슴을 태웠다.

곁에 있고 싶어.

도움이 되고 싶어.

마음 깊은 곳에서 감정이 그렇게 외치고 있다.

그런 충동의 목소리를 이성이 나무란다.

나는 그 목소리를 떨쳐 버리듯 억지로 사고를 전환했다.

"……아카시아 왕국을 조사하러 보낸 자들에게서 뭔가 보고는 없어?"

"국민들에게는 이번 아르메리아 공작령 습격 얘기가 알려지지 않은 것 같습니다. 왕국군도 아직 큰 움직임은 없는 모양입니다."

"그래? 대체 저쪽 왕은 무슨 생각을 하고 있는 걸까?"

생각하면 생각할수록 화가 난다.

왕이 아닌 왕자의 짓이라 해도 청혼해 놓고 공격하다니, 대체 무슨 생각일까?

오른손으로 우호의 악수를 청해 놓고, 왼손에 든 나이프로 공격하는 것이나 다름없다.

"하지만 왕국군이 큰 움직임을 보이지 않는 건 다행이야."

확실히 일국의 군대를 상대로 싸움을 계속할 수는 없다.

인원도, 물자도 모든 것이 부족하다.

그건 아르메리아 공작령뿐만 아니라 이 타스멜리아 왕국도 마찬가지다.

"그렇군요."

타냐도 씁쓸한 표정을 지으며 동의했다.

"……왕족들의 관계에 대해 조사는 했어?"

"일부다처제이기 때문에 비가 5명, 왕자가 6명, 공주가 10명 있습니다. 지난번 아가씨께 청혼했던 자는 제3 왕자 카딜입니다. 그 나라에서는 현재 왕이 고령이기 때문에 물밑에서 차기 국왕 자리를 놓고 싸움이 벌어지는 중이라고 합니다. 다만 소문에 의하면 카딜은 국정에 흥미가 없어서 아무런 움직임도 보이지 않고 있다고 하더군요. 병약한 탓에 왕위 계승권을 포기한 제2 왕자를 제외하고 제3 왕자이면서도 왕위에서 가장 먼 인물이라는 소문입니다."

"이느 나라나 왕위 생발전이 심각하네."

그만 비꼬는 듯한 말이 입에서 튀어나왔다.

"그건 그렇고 그가 가장 왕위에서 먼 인물이라……. 전혀 그렇지 않은 것 같은데?"

"글쎄요. 어째서 그렇게 생각하시나요?"

"그와 만나고 나서 느낀 감상이야."

"즉 직감이란 말씀인가요?"

"……조금 달라. 그 사람, 전에 아르메리아 공작령에 왔을 때 나라의 이름을 짊어지고 왔잖아. 타냐 얘기랑 그 사실을 생각하면 아무래도 좀……."

내 말에 타냐도 뭔가를 깨달았는지 한순간 앗, 하고 표정을 바꿨다.

……한 나라의 사자라는 것은 그 나라의 간판을 짊어지고 있다는 뜻.

국정에 전혀 관여하지 않는 자를 선발하는 경우는 없다.

무슨 짓을 저지르기라도 하면 나라의 명예에 흠집이 나기 때문이다.

제3 왕자라는 신분을 생각하면 단지 사절단에 무게를 더하기 위해서 합류하는 경우도 있지만, 그때는 단체로 방문한 것도 아니었거니와 옆에서 대신 실무를 처리하는 자도 없었다.

"국정에 흥미가 없어? 전혀 움직임을 보이지 않는다고? ……그건 표면적인 거겠지. 표면적인 평판이 그렇고, 그런데도 사자로 방문하거나 정무를 수행하고 있는 걸 생각해 보면 그는 상당히 우수한 수하를 거느리고 있는 게 분명해. 그가 움직이는 데 협력을 아끼지 않는, 그의 움직임이 표면에 드러나지 않도록 교묘하게 숨겨 주는 그런 수하가."

정말이지 어딘가의 누구와 꼭 닮았다고, 나는 내심 쓴웃음을 지었다.

그 사람도 한때는 표면에 나서서 움직이지 않고 착실하게 기반을 닦았다.

우리 나라의 그 누군가는 어머니의 신분 때문에.

그리고 아마도 카딜 님은 제3 왕자이기 때문에.

지나치게 두드러지면 견제를 당하기 마련……. 그렇게 되지 않도록 발톱을 숨긴 채 힘을 기르고 있는 것이다.

"그러니까 내 생각엔 그가 왕위를 노리고 있을 가능성이 높다고 봐."

거기까지 생각했을 때 문득 또 다른 생각이 들었다.

그에게 나와의 결혼은 별로 메리트가 없지 않을까?

아무래도 자국의 유력한 가문의 여인을 맞이하는 편이 기반을 다지기에 좋을 테니까.

반대로 나와의 사이에 아이가 태어나면 타스멜리아 왕국의 피를 이은 자가 왕위 계승권을 갖게 된다. ……그렇게 되면 유력한 가문에서 반발할지도 모른다.

아니면 나를 이름뿐인 비로 삼고 아이는 다른 비와의 사이에서 낳을 생각일까?

거기까지 생각했을 때 문득 지금 그런 생각을 해 봤자 소용없다는 것을 깨닫고 내심 쓴웃음을 지었다.

"……앞으로 그의 움직임을 주시하도록 해."

"알겠습니다."

마침 그때 노크 소리와 함께 세바스가 들어왔다.

"아가씨, 동부에 갔던 라일과 디더가 귀환했습니다."

"디 헹이다. ……피곤할 텐데 미안하지만 잠시 들러서 보고만 해 달라고 부탁해 줄래?"

"경비대에 사후 처리를 지시하는 대로 이쪽에 오기로 했습니다."

"그래? 알았어. 고마워."

그로부터 십수 분 후, 또다시 노크 소리가 들려왔다.

들어오라고 대답하자 라일과 디더, 그리고 어머님이 안으로 들어왔다.

"어머님?!"

"오랜만이구나, 아이리스."

나는 생각지도 못했던 인물의 등장에 그만 큰소리를 내고 말았다.

뭐, 이 자리에는 우리밖에 없으니까 별문제는 없지만.

"왜 이곳에?"

……그러고 보니 새삼 떠올렸다.

어머님이 앤더슨 후작가 호위병을 이끌고 온 것은 십수 일 전.

그 후 어머님의 동향을 나는 전혀 모른다.

거기까지 생각이 미치지 않았다는 표현이 적절하려나.

"혹시 어머님……. 앤더슨 후작가 호위병분들과 함께 동부로 가셨나요?"

내가 생각해도 엉뚱한 질문이다.

하지만 문득 떠오른 것은 어머님의 말.

꼭 이 어미를 부르렴. 그렇게 말씀하셨지…….

"함께 간 게 아니야. 내가 그들을 이끌고 동부로 간 거란다."

역시 그랬구나……! 나는 내심 당황했다.

설마, 설마 어머님이 전장에 직접 가실 줄이야. 누가 상상이나 했을까?

"다, 다친 곳은……? 그보다 왜 어머님이……."

디더가 당황하는 내 모습에 폭소를 터뜨렸다.

옆에서는 라일과 타냐마저 웃고 있었다.

왜 다들 이 타이밍에 웃음을 터뜨리는 건지 도통 알 수가 없었다.

"공주님, 마님의 검술은 정말 굉장해. 우리보다 훨씬 강해서."

"……뭐?"

디더의 말에 무슨 농담인가, 하고 생각했다.

"분하지만 정말 그렇습니다. 그리고 병사들을 통솔하는 능력도 훌륭하시지요."

하지만 뒤이어 라일이 던진 말에 한순간 사고가 정지했다.

"옛날에 배운 솜씨란다. 아이리스, 전에 말했잖니? 난 군인이 꿈이었다고. 그래서 아버님 밑에서 군인들과 함께 훈련을 받은 적도 있고, 마침 잠깐 전장에 선 경험도 있는 것뿐이야."

생글 웃으며 던진 어머님의 말이 내게는 오히려 결정타에 가까웠다.

잠깐 전장에 서셨다니, 대체 어떤 상황일까?

차례차례 의문이 떠올랐다. 도무지 생각이 정리되지 않아서 머릿속이 혼란에 빠졌다.

하지만 어머님의 웃는 얼굴을 보자 머릿속에 떠올랐던 생각들 따윈 아무래도 상관없다는 기분이 들었다. 나는 차츰 침착함을 되찾았다.

"……그렇군요. 어머님과 앤더슨 후작가분들, 이번에 아르메리아 공작령의 영지민들을 지키는 데 힘을 빌려주셔서 진심으로 감사드립니다."

"아이리스, 나한테 인사는 필요 없단다. 나도 아르메리아 공작가의 일원인셸. ……하지만 그래. 그 말, 꼭 앤더슨 후작이 사람들에게 전해 주마."

"잘 부탁드립니다."

어머님에게 또다시 머리를 숙인 후 라일과 디더에게 시선을 향했다.

"두 사람, 그리고 동부로 향했던 경비대도 모두 고마워. 무사히 돌아와 줘서…… 정말 다행이야."

승리를 거둔 것도, 그들이 무사하다는 것도 소식을 들어 알고 있었다.

하지만 실제 눈으로 보자 그 사실이 더더욱 실감돼서 무심코 눈물이 고였다.

"너희가 있어 줘서 정말 다행이야……. 내 곁에서 내 힘이 되어 줘서 고마워. 아무리 감사해도 부족할 정도야."

전하고 싶은 마음이 가슴 깊은 곳에서 마구 흘러나와 차마 말을 할 수가 없었다.

이 마음을 잘 표현할 수 없어서 답답함마저 느껴졌다.

"과분한 말씀입니다."

라일이 그런 내게 부드럽게 웃으며 말했다.

"공주님의 그 말이 우리에겐 무엇보다도 큰 상이야."

디더의 가벼운 어조에 나도 무심코 웃었다.

"고마워. ……쌓인 얘기는 많지만 일단 보고를 듣고 싶어."

그 후로 적의 포로 숫자, 그리고 부상당한 우리 군의 숫자 등등을 보고받았다.

사전에 파발로 보고를 받고 미리 시설과 물자를 준비해 두었다. 혹시 부족하지는 않을까 생각하며 난 그들의 보고에 귀를 기울였다.

"……그리고 아가씨, 이번에 동부를 침략한 적의 수장을 포로로 생포했습니다."

"그 수장이란 바로 아카시아 왕국의 제1 왕자란다."

어머님의 말에 나는 내심 충격을 받았다.

"설마…… 제1 왕자가 최전선에?"

솔직히…… 설마 하는 마음이 컸다.

어머님의 말을 의심하는 것 같지만 지금까지 알고 지낸 상식이라는 것 때문에 그 말을 당장 긍정할 수가 없었다.

왜 타국을 침략하는 선봉대에 왕족이, 그것도 제1 왕자가 섞여 있는 걸까?

하지만 문득 말을 하는 동안 어떤 생각이 떠올랐다.

"아…… 혹시."

"……뭔가 깨달았니?"

어머님이 내 중얼거림에 반응했다.

"조금 떠오르는 게 있어요."

"가르쳐 주렴, 아이리스. 조금이라도 이번 일에 관련된 건 서로 의견을 말해서 공유하는 편이 좋지 않겠니?"

"그렇군요. ……저한테 청혼한 카딜 님은 제3 왕자예요. 그리고 현재 아카시아 왕국에서는 얼마 전 우리 나라처럼 수면 아래에서 왕위 다툼이 벌어지고 있다더군요. 아마 그도 그 다툼의 한복판에 서 있을 거예요."

"용케 아카시아 왕국의 내정을 조사했구나. 그런데 그게 왜?"

"제2 왕자는 몸이 약해서 왕위 계승권을 포기했다더군요. ……즉, 제1 왕자에게 무슨 일이 생기면 왕위 계승권 1위는 그가 되겠죠."

"아가씨, 그러니까 이번 일은 카딜이 꾸민 거라는 말씀인가요?"

타냐의 물음에 나는 고개를 저었다.

"거기까진 나도 몰라. 실제로 트와일국과 공모한 게 현왕인지, 아니면 카딜 님인지. 하지만 이것만은 확실해. 그는 이번 일을 이용해서 아카시아 왕국의 차기 왕…… 또는 당장에라도 왕좌를 차지하려 하고 있어."

"제1 왕자의 말로는 현왕이 트와일국과 공모한 것 같더구나."

어머님이 재빨리 말했다.

"그렇군요. 차라리 카딜 님이 왕위를 찬탈하는 게 그나마 대화의 여지가 있을지도 모르겠네요."

"……하지만 아가씨, 아가씨께 청혼한 것도 그렇고, 그는 이 땅을 몹시 탐내고 있지 않을까요? 그렇다면 차기 왕좌를 차지할 경우 군대를 이끌고 또다시 침공해 올 가능성도……."

"현왕은 어쨌든 내가 카딜 님의 입장이라면 그렇게 하지 않을 거야."

"……어째서인가요?"

"타스멜리아 왕국이 이기건, 트와일국이 이기건…… 아르메리아 공작령을 손에 넣어 봤자 통치를 유지하기가 어려워. 주위가 적국 또는 타국에 둘러싸이게 될 테니까. 트와일국과는 뭔가 밀약을 나눴겠지만 지리적 요인을 생각하면 어차피 곧 깨지겠지. ……아카시아 왕국은 바다 건너에 위치하고 있잖아? 다른 나라가 공격해 오면 곧바로 대처할 수 없는 데다 자원이나 인재를 보내려면 코스트가 지나치게 들어. 그렇게 해서 얻을 수 있는 건 아주 적지. 오히려 타국이자 좋은 무역 상대로 남는 편이 훨씬 이득이지……. 내 생각엔 그래."

"그렇구나. 그가 그렇게 생각하고 있을지 어떨지는 둘째 치고 확실히 네 생각이 맞아, 아이리스. 안타깝게도 현왕은 트와일국의 말에 넘어가고 말았지만 카딜이라는 남자의 생각은 어떤지 알 수 없지. 하지만 이렇게까지 용의주도하게 왕위를 손에 넣으려고 하는 남자라면 교섭의 여지가 있지 않을까? 이쪽에서 이익을 제시하면 말이야."

"맞아요, 어머님."

"그렇구나. ……어쨌든 나와 앤더슨 후작가에서 이끌고 온 호위병들은 당분간 이곳에 머물 거야. 그들의 부상도 치료해야 하고, 잠시 상태를 살펴봐야 하니까. 무슨 일이 있으면 움직일 테니까 망설이지 말고 나한테 말하렴."

어머님의 제안에 나는 즉각 고개를 끄덕였다.

솔직히 어머님과 그들의 존재는 몹시 든든했다.

"……타냐, 제1 왕자를 심문할 준비를 해 줘."

"알겠습니다."

† † †

아르메리아 공작가가 무사히 아카시아 왕국군을 격퇴했다는 소식은 눈 깜짝할 사이에 퍼져서 왕도에도 도착했다.

"……일단 안심이군요. 그렇죠, 베른?"

복도를 걷던 레티시아는 반걸음 뒤를 걷는 베른의 표정을 훔쳐보았다.

"네, 정말로. 하지만 또다시 공격해 올 가능성이 있는 동안에는 아직 예측할 수 없죠."

"그렇군요. 트와일국과의 전선에 결판이 나지 않는 이상 국가 입장에서는 군을 움직이는 것도, 물자를 지급하는 것도 힘드니까요. 만약 또다시 공격해 올 경우, 아르메리아 공작가가 어디까지 버틸 수 있을지…… . 그걸 전제로 생각하지 않으면 안 될 만큼 힘겨운 우리 나라의 처지가 한탄스럽네요."

후우. 레티시아는 무거운 한숨을 쉬었다.

그 옆에서 베른은 심각한 표정을 짓고 있었다.

"……역시 힘겨운 상황입니까?"

"그래요. 무엇보다도 물자 문제가 심각해요. 오라버니가 조달한 물자를 각지에 분배해서 어떻게든 고비는 넘겼지만 여분은 거의 없는 상태죠. 전쟁에는 막대한 돈이 필요하고 물자 소비도 엄청나요. 인원은 어떻게든 할 수 있어도 현재 두 방면에 군을 전개하기에는 물자와 자금이 충분하지 않답니다."

베른도 무거운 한숨을 쉬었다.

……그는 아르메리아 공작가의 일원이지만 동시에 국정의 일익을 담당하는 자.

자신의 가문이 어려운 처지에 놓였다고 해서 돌아갈 수 없는 처지이며, 그렇다고 왕도에서 그 직무 때문에 아르메리아 공작가를 제일 우선해서 움직일 수도 없다.

다른 가문에 모범이 되지 않기 때문이다.

그래서 그는 지금 이 순간에도 정공법으로 어떻게든 나라를 움직일 수 없을까 궁리하고 있지만…… 현실은 어렵다.

"반대로 생각하면 아르메리아 공작가는 정말 굉장하네요. 지난번 재해 소동 때 에드워드 오라버니의 징수를 버틴 데다 이주해 온 사람들을 지원하고, 게다가 이번 일까지 이겨 낸 거니까요."

"네, 정말로…… 누님과 그 곁에 있는 자들에게는 감탄할 따름입니다.”

“그렇군요……. 아르메리아 공작가의 여러분이 어떻게 생각하고 있을지는 모르지만 국가로서는 물자와 인재를 볼 때 조기 해결이 바람직하죠. 어떻게든 교섭해서 결론을 내리고 싶지만.”

“……누님도 조기 해결을 바라고 있습니다. 어떻게든 아카시아 왕국과의 연줄을 활용해서 교섭의 자리를 준비하고 싶다더군요.”

“어머나……. 역시 아이리스 님이네요. 루디는 어떻게 생각하나요?”

“……글쎄요. 아카시아 왕국과의 교섭을 어떻게 끌고 나갈지, 그리고 누가 그 자리에 나설지, 그리고 정전으로 끌고 가려면 어떤 교섭을 해야 할지 궁금합니다.”

“전례를 볼 때 외무부나 법무부에서 선발해서 팀을 꾸려 교섭을 하게 되지 않을까요? 교섭 내용은…… 아카시아 왕국의 내정을 알지 못하는 지금, 그걸 조사하는 것부터 시작해야 할 것 같습니다만…….”

“어렵군요. 실제로 그 나라는 재해 문제도, 트와일국과의 전쟁도 알고 있습니다. 따라서 어느 정도 우리 나라의 내정을 파악하고 있을 터……. 이쪽의 약점을 파고들 가능성이 매우 높습니다.”

“하긴…… 그렇군요.”

레티시아가 두 사람의 진지한 대화에 끼어들듯 입을 열었다.

“두 사람에게 미리 말해 두지만…… 나는 이 문제를 아르메리아 공작가에 일임할 생각이에요. 물론 정식 서한을 작성하기 전에 오라버니께 의논, 아니, 보고는 해야겠지만.”

“……하지만 국가 간의 교섭입니다. 그걸 일개 공작가가……. 다른 가문의 반발도 클 겁니다.”

베른이 레티시아의 말에 경악을 숨기지 않았다.

"교섭 테이블에 앉히려면 나라의 이름이 중요하지 않을까요? 무엇보다도 교섭을 잘 끌고 나가려면 우수한 첩보원을 보내서 실정을 조사해야 합니다."

루디우스도 레티시아의 제안에는 반대인 모양이었다.

"아이리스 님만큼 적합한 분은 없을 것 같은데요? 첫째, 그녀는 아카시아 왕국의 왕족과 접촉한 적이 있고 게다가 청혼까지 받았어요. 그 연줄을 이용하면 그들을 교섭 테이블에 앉힐 수 있을 거예요. 둘째, 아르메리아 공작가는 아카시아 왕국과의 교역으로 막대한 이익을 얻고 있죠. 아카시아 왕국은 아르메리아 공작가를 입국에 필적할 만큼 정중하게 대우할 수밖에 없어요. 셋째, 마일로에게 들었는데 아이리스 님은 개인적으로 유능한 첩보원을 거느리고 있다더군요. 그가 그렇게 말하는 걸 보면 실력이 상당하겠죠. 틀림없이 아이리스 님의 지시로 이미 아카시아 왕국의 내정을 조사하고 있을 거예요. 어쩌면 이 소동이 일어나기 전에 청혼을 받고 나서 이미 조사를 시작했을지도 모르죠. 이제 와서 조사를 시작하는 저보다 빨리 회담의 자리에 나설 수 있을 거예요. 넷째…… 이게 제일 중요하지만, 이제 와서 국가가 나서 봤자 뭘 어쩌겠어요? 국가에서 아무 방책도 세우지 않고 손 놓고 있는 동안 아르메리아 공작가가 자력으로 해결한 거나 마찬가지잖아요? 그런데 아무 준비도 없이 현장의 상황도 모르는 이쪽이 개입해 봤자 공연히 혼란만 불러일으킬 뿐……. 아르메리아 공작가와 영지민들이 반발할 것은 상상하기 어렵지 않죠. 이상의 이유로 보다 빠른 해결을 위해서는 아르메리아 공작가에 일임하는 편이 좋다고 봐요."

두 사람은 술술 대답하는 레티시아의 말에 입을 다문 채 '하긴……' 하고 고개를 끄덕였다. 두 사람의 마음은 찬성으로 기울기 시작했다.

"그리고 다른 가문의 반발이라……. 이제 와서 무슨 말을 할 수 있 겠어요? 강대한 재력과 유능한 인재를 소유하고 있을뿐더러 아무 리 선봉대라지만 한 나라의 군대를 물리칠 만한 군사력을 소유하고 있는데."

레티시아는 그렇게 말하며 한숨을 쉬었다.

"베른도, 루디도 아르메리아 공작가의 핏줄이지만…… 당신들을 믿고 말하자면, 솔직히 왕족은 아르메리아 공작가가 지닌 강대한 힘을 우려하고 있답니다."

움찔. 두 사람은 작게 반응을 보였다.

"본래 태후마마…… 할마마마께서 통치하실 무렵부터 아르메리 아 공작가는 귀족들 중에서도 월등하게 뛰어난 힘을 지니고 있었 죠. 왕족들은 그 사실을 우려했어요. ……하지만 동시에 아르메리 아 공작가는 귀족들 중에서도 가장 귀족다운 가문. 귀족의 책무를 이해하고, 국가에 다대한 공헌을 해 왔죠. 그 때문에 지금까지 아르 메리아 공작가를 내버려 두고 있었지만……."

"……저를 상대로 말씀하시기 어렵겠지만 부디 들려주시겠습니 까? 설마 앞으로…… 아르메리아 공작가의 힘을 약화시키기 위해 어떠한 조치를 취하실 예정이십니까?"

베른의 물음에 레티시아가 쓴웃음을 지었다.

"그럴 리가요. 그 반대겠죠. 아르메리아 공작가는 지나치게 강대 해졌죠. ……그러니까 왕족은 앞으로 아르메리아 공작가의 편의를 봐주지 않으면 안 돼요. 이 나라에서 독립하지 않도록 막기 위해서."

생각지도 못한 대답에 베른도, 루디우스도 조금 놀란 듯이 눈을 크게 떴다.

"이미 아르메리아 공작가는 에드워드 오라버니와 엘리아가 저지른 정책 때문에 심한 고초를 겪었죠. 영지를 보호해 주기는커녕 오히려 눈엣가시처럼 취급하고, 물자를 징수할 때에는 무리한 요구를 하고……. 솔직히 내가 아이리스 님이었다면 피해만 주는 이런 나라는 진작에 버렸을 거예요. 아르메리아 공작가는 재력과 사회 기반, 장래성이 일개 국가보다 나으면 나았지 못하지 않은 힘을 갖고 있으니까요. 국가는 아르메리아 공작가가 없으면 곤란하고, 아르메리아 공작가는 국가가 없어도 별로 곤란하지 않은…… 그런 관계잖아요? 그런데 아직 그걸 이해하지 못하는 귀족이 많은 게 문제죠."

"레티시아 님…… 아르메리아 공작가는 맹세코 왕국에 반기를 들 생각이 없습니다."

"알아요, 베른. 나는 당신과 루이 공의 공적을 알고 있어요. 당신들은 진정으로 이 나라에 모든 걸 바쳐서 일하는 모습을 보여 줬으니까요. 그러니까 아르메리아 공작가를 의심하는 건 아니에요. ……그저 순수한 힘 관계가 그렇다는 말이죠."

베른도, 루디우스도 뭐라 말할 수 없는 표정을 짓고 있었다.

"억지로 억누르고 나라에 옭아매서 현재의 상태를 망가뜨리면 국가는 확실하고 안정된 세수입원을 줄이게 되고, 영지를 해체하거나 아르메리아 공작가의 힘을 약화시키는 것 또한 당치도 않은 일. 그런 짓을 하면 그토록 단결되어 있는 아르메리아 공작령의 영지민들이 일제히 봉기하겠죠. 양날의 검이라는 건 알지만 아르메리아 공작가는 다른 영지…… 아니, 왕도와 비교해도 발달된 법 체제와 세금 제도, 생활 수준을 지니고 있어요. 앞으로 왕도에 모든 걸 집중시키면서 곧바로 아르메리아 공작령과 같은 수준으로 레벨을 올릴 수 있다면 좋겠지만 현실적으로는 아무래도 어렵죠. 섣불리 수준을 낮추는 것보다는 특구로서 어느 정도 자유재량을 주는 편이 국가로서도 이익이 될 거라고 생각해요."

두 사람은 더 이상 반론하지 않았다.

"⋯⋯자, 슬슬 도착이군요."

"⋯⋯그런데 지금 우리는 왜 탑으로 향하고 있는 겁니까?"

레티시아가 루디우스의 물음에 생긋 미소 지었다.

"이 이야기의 하나의 종착점을 보기 위해서. 승자에게 유리하게 전개되도록 확실하게 결말을 맺고, 만약 뭔가 문제가 생겨서 판도가 뒤집힐 것 같으면 얼른 궤도를 수정하지 않으면 안 되니까요."

레티시아의 중얼거림에 루디우스와 베른이 고개를 갸웃거렸다.

"루디, 오라버니가 당신에게 이곳에 남으라고 한 건 그만큼 중요한 이유가 있기 때문이랍니다. 각오는 되어 있나요?"

조용히 미소 지으며 묻는 레티시아.

하지만 두 사람은 그녀에게서 깊이를 알 수 없는 기백을 느꼈다.

레티시아의 말대로 본래 측근 겸 호위인 루디우스는 딘이 출진할 때 당연히 그를 따라가야 한다. 하지만 딘은 느닷없이 그에게 왕도에서 대기하라는 명령을 내렸다.

루디우스가 아무리 청원해도 그는 명령을 거두지 않았다.

『때가 되면 알 거야. 너를 정말로 믿기 때문에 네가 남아 줬으면 해.』라는 말과 함께.

"원래 각오는 되어 있었습니다. 이 검은 결코 장식이 아니라 각오와 함께 지니고 있는 것이니까요."

"그렇군요. ⋯⋯베른, 앞으로 눈앞에서 일어나는 일에 절대 참견하면 안 돼요. 알겠죠?"

"……알겠습니다."

레티시아는 두 사람을 거느리고 어느 방으로 들어갔다.

그곳은 벽 한 면에 책장이 설치되어 있을 뿐 아무 특색도 없는 방이었다.

"왕궁에는 도처에 여러 가지 장치가 설치되어 있죠. 이것도 그중 하나에요. 이번에는 필요해서 밝히지만 다른 사람에게 말하면 안돼요."

레티시아의 말에 두 사람은 고개를 끄덕였다.

그 모습을 바라본 후 그녀는 책 한 권을 뽑아서 그 뒤에 숨겨져 있는 툭 튀어나온 부분을 눌렀다.

그러자 책장 한 곳이 마치 문처럼 열렸다.

"자, 갈까요?"

레티시아는 망설임 없는 걸음걸이로 지하로 향하는 어두운 계단을 내려갔다.

"긴 역사 속에서 떳떳하지 못한 짓을 한 왕족은 아주 많아요. 그들은 사람들의 눈을 피하기 위해 이런 장치를 해서 사람들이 접근하지 않는 장소를 드나들었죠. 우리가 향하는 곳은 바로 그런 곳이에요."

통로로 나와 또다시 일직선으로 걸었다.

그리고 길지 않은 그 길의 끝에는 또다시 위로 올라가는 계단이 있었다.

계단을 끝까지 오르자 그곳은 막다른 곳이었다.

"오른쪽에서 세 번째 커다란 돌을 위를 향해 눌러 보세요."

루디우스가 레티시아와 장소를 바꿔 그녀의 지시대로 돌을 눌렀다.

순간 위에서 빛이 새어 들었다.

루디우스가 그 문을 통해 지성으로 나오사 그곳은 놀로 만든 좁은 공간이었다.

그곳에 있는 것은 튼튼해 보이는 문과 좁고 긴 나선형 계단 뿐.

"자, 조금 더 계단을 올라가 볼까요?"

레티시아가 또다시 앞장서서 계단을 오르기 시작했다.

"설마…… 여기는 탑 안입니까?"

도중에 베른이 무겁게 입을 열었다.

"네, 맞아요. 여긴 신분이 높은 자가 죄를 저질렀을 때 유폐하기 위한 탑이에요. ……본래 용도를 생각하면 입구 이외에 문이 있어서는 안 되지만……. 뭐, 아까 말했다시피 원래 그 이외의 목적으로 사람들의 눈에 띄지 않는 곳을 오가기 위해 아까 본 장치를 만들었을 테니까요."

레티시아가 쓴웃음을 지으며 말했다.

긴 계단을 오르고 있기 때문인지 그녀의 안색은 살짝 지쳐 보였다.

계단을 끝까지 오르자 그곳에 작은 공간이 있었다.

레티시아의 지시로 벽의 일부 돌을 빼내자 벽 너머를 살펴볼 수 있었다.

세 사람은 몸을 맞대고 그곳에서 풍경을 엿보았다.

벽 너머에 있는 것은 철창에 둘러싸인 방.

그리고 그 음울한 분위기가 떠도는 그곳에 유리 노이어가 있었다.

"……레티시아 님, 이건……."

당혹감을 감추지 못하고 작은 목소리로 묻는 루디우스에게 레티시아가 "쉿."하고 손가락을 입에 댔다.

잠시 세 사람이 말없이 그 공간을 바라보고 있을 때, 주위가 조금 소란스러워졌다.

그리고 그 소음과 함께 나타난 것은 다른 곳에 유폐되어 있어야 할 에드워드 왕자였다.

"유리! 구하러 왔어."

사랑스럽다는 듯이 이름을 부르며 철창으로 다가오는 그를 그녀는 멍하니 바라보았다.

"……어떻게 여기에?"

그에 비해 유리는 담담하게 그에게 물었다.

"이자가 나를 풀어 줬어. ……기다려, 지금 당장 널 자유롭게 해 줄 테니까."

에드워드의 뒤에는 고급스러운 복장을 한 남자가 서 있었다.

낯익은 그 남자의 모습에 베른과 루디우스는 눈을 크게 떴다.

그는 제2 왕자파에 속해 있었지만 위조 금화 사건에 관여하지 않았던 덕분에 가주 교대와 칩거 처분이라는 비교적 가벼운 처벌을 받았던 자였다.

그리고 그 뒤에는 탑의 입구를 경호하고 있어야 할 기사 두 사람.

"……그만해요."

그녀는 철창을 열기 위해 허리를 굽힌 에드워드를 내려다보며 차가운 목소리로 말했다.

이미 문을 연 에드워드가 그녀를 올려다보았다.

"왜 그래? 유리. 무서워하지 마. 여기서 도망친 후에는 이자와 이자의 동지가 우릴 숨겨 주기로 했어. 당분간 몸을 숨기고 때가 오면 정당한 왕위 승자로서 다시 왕좌를 되찾을 거야."

웃으며 말하는 그에 비해 그녀의 안색은 어두웠다.

그녀는 오히려 어이없다는 듯이 코웃음을 쳤다.

"당신, 아직도 몰라? 저 사람은 나를 구해 줄 생각 따윈 요만큼도 없어."

"당장은 믿을 수 없을지도 모르지만 유리, 먼저 여길 나가서……."

"여길 나가면 나는 아무도 모르게 살해당할 거야. 저자와 저자의 동료들에게."

"유리, 그렇지 않아! 이들은 우리에게 협력해 주는 사람들이야. 어쨌든 나가자. 나를 믿어."

"그들에게 당신은 필요한 존재야. 왜냐하면 당신은 이용할 수 있으니까. 자신들이 권세를 되찾기 위해서는 당신을 왕으로 추대하지 않으면 안 되니까. 하지만 난 그렇지 않아. 오히려 그들에게도 나는 방해물일 뿐이야. '저 유리라는 여자가 아직 표면에 드러나지 않은 자신들과 트와일국의 관계를 폭로하면 어떻게 하지?'라고 우려하고 있을 게 뻔해. 게다가 만약 당신이 왕위에 오를 때 내가 옆에 있으면 딸을 정비로 들여 보낼 수 없으니까."

"유리, 그건 모순이야. 만에 하나…… 억에 하나 너를 방해물이라고 생각한다면 지금 위험을 무릅쓰면서까지 널 구하러 올 필요가 없잖아."

"지금밖에 기회가 없으니까. 알프레드 왕자의 수하에게 뭔가 털어놓을지도 모르는 불안의 싹을 잘라 버리려면 당신이 왕위에 오르기 전에 없애고 싶겠지. 그들을 의지해서 몸을 숨기고 있는 동안이 절호의 기회잖아?"

유리는 냉소하며 망설임 없는 어조로 말했다.

"……애초에 나는 끝이 가까워진 이 나라 사람에게 도움을 받을 필요 따위 없어. 당신 말고도 나를 구해 줄 기사가 있으니까."

생긋 웃으며 던진 말에 에드워드의 뒤에 서 있던 남자가 큰 소리로 웃음을 터뜨렸다.

"들으셨습니까? 에드워드 전하, 저는 사실 당신이 사랑하는 분을 구해 드리고 싶다고 생각했습니다만…… 역시 그녀는 트와일국과 연결되어 있는 모양이군요. 전하께는 어울리지 않는 여자입니다."

"그렇지 않아! ……그래. 그녀는 이런 곳에 갇혀 있다 보니 정서가 불안해진 것뿐이야. 유리, 약속했잖아. 나는 무슨 일이 있어도, 누구에게서도 너를 지켜 줄 거라고."

에드워드의 물음에도 유리는 아무런 대답도 하지 않았다.

그저 차가운 시선을 던질 뿐.

"에드워드 님! 당신은 속고 계십니다. 본래 당신은 이런 꼴을 당하지 않고 왕위에 오를 수 있었건만, 전부 이 여자의 함정에 빠져서 이렇게 된 겁니다. 지금 전하의 눈을 뜨게 해 드리겠습니다."

그렇게 말한 순간, 뒤에 서 있던 기사 한 명이 검을 뽑아 들고 유리에게 다가왔다.

또 한 명의 기사는 에드워드가 그녀를 감싸지 못하도록 그를 찍어 눌렀다.

유리는 그 광경을 차가운 눈으로 그저 멍하니 바라보고 있었다.

"안 돼!"

그 검이 그녀에게 닿은 순간…… 에드워드가 기사의 손을 뿌리치고 검과 그녀 사이로 뛰어 들었다.

……그것은 한순간에 일어난 일이었다.

둔탁한 소리와 함께 에드워드가 그 검에 꿰뚫렸다.

마치 시간이 멈춘 것처럼 정적이 그 자리를 지배했다.

검을 들고 있던 기사는 노골적으로 동요를 드러내며 이윽고 떨리는 손에서 검을 놓쳤다.

챙그렁. 검이 떨어지는 소리가 울려 퍼졌다.

동시에 붉게 물든 에드워드가 그 자리에 쓰러졌다.

놀란 듯이 자신의 몸에 흐르는 피를 보던 그는 다음 순간 미소를 지으며 유리를 올려다보았다.

"……유리……."

쓰러진 에드워드가 그래도 유리의 곁에 있기 위해 손을 뻗었다.

그 광경에 조금 전까지 어딘가 멍했던 유리의 눈동자에 빛이 돌아왔다.

"어째서…… 어째서 날 감싼 거야?"

그녀는 절규하듯 물었다.

"당신에게도 나는 이제 짐일 뿐인데! 그들처럼 방해꾼은 없애야지……. 그게 귀족이잖아? 그런데 어째서!"

그 물음에 그는 입에서 피를 토하며 웃었다.

"……약속, 했잖아?"

『무슨 일이 있어도, 누구에게서도 너를 지켜 주겠다.』

……그 말대로 그는 자신의 몸을 던져 그녀를 구한 것이다.

애초에 에드워드가 그들과 함께 오지 않았더라면 이런 사태는 벌어지지 않았겠지만…… 그래도.

그래도 그는, 그만은 진심으로 그녀를 지켜 주려 한 것이다.

경위는 어쨌든 그의 그런 마음이 그녀를 뒤흔들었다.

아무도 도와주지 않았다.

지켜 주려는 사람도 없었다.

그녀의 어머니는 잃어버린 사랑을 한탄하고, 자신의 처지를 원망하느라 유리를 봐주지 않았다.

그녀의 아버지는 너무나도 간단하게 한때 사랑했던 아내와 딸을 버렸고, 이용할 수 있을 때만 다가왔다.

디반은…… 살아갈 방법과 여러 가지 지식을 가르쳐 줬지만, 그 또한 그녀를 이용하려고 접근한 사람 중 하나일 뿐.

하지만 에드워드는…… 그만은 이렇게 된 후에도 그녀를 버리지 않고 지켜 주려고 한 것이다.

대체 어째서일까? 그건 어리석은 질문이다.

그는 몇 번이나 말했다. '사랑한다'고. 그래서 '함께 살아가고 싶다'고. 그리고 그러기 위해 그녀를 '지켜 주겠다'라고.

그녀는 그 말을 들을 때마다 내심 냉소했다.

'어차피 거추장스러워지면 버릴 거면서'라고.

하지만 그렇지 않았다.

그는 진정으로 목숨을 걸고 그렇게 했다.

그 사실을 깨달은 순간, 가슴속으로 뭔가 따뜻한 것이 흘러들어 오는 것 같았다.

"바보…… 당신은 정말 바보야."

그녀는 그렇게 말하며 웃었다.

하지만 그 눈동자에서는 커다란 눈물방울이 흐르고 있었다.

그녀는 몸을 굽히고 쓰러져 있는 그의 손을 움켜잡았다.

"그, 래."

그는 끊어질 듯 숨을 내쉬며 그렇게 중얼거리며 어딘가 기쁜 듯이 미소 지었다……. 그리고 힘을 잃었다.

"……정말 바보야."

그녀는 무겁게 축 늘어진 손을 그저 꼬옥 움켜쥔 채 중얼거렸다.

……그리고 그 타이밍에 사태를 지켜보던 레티시아가 뛰쳐나갔다.

문도 아무것도 없는, 돌 벽에서 느닷없이 나타난 것처럼 보이는 그녀의 모습에 두 기사와 그들 앞에 선 고급스러운 복장을 한 초로의 남성은 놀라움을 드러냈다.

　"안녕하세요, 유리 노이어."

　레티시아는 그런 그들의 존재를 무시하고 유리에게 말을 건넸다.

　하지만 유리는 반응다운 반응을 보이지 않고 줄곧 에드워드의 손을 움켜쥔 채 시선조차 던지지 않았다.

　레티시아는 그런 유리의 태도에 난처한 미소를 지으며 에드워드와 함께 온 세 남자를 돌아보았다.

　"……유폐되어 있었다지만 에드워드는 아직 어엿한 왕족. 왕족에게 위해를 가한 당신들의 죄는 말할 수 없이 무겁답니다. 설마 도망칠 수 있을 거라고는 생각하지 않겠죠?"

　생긋. 레티시아는 이 자리에 어울리지 않는 미소를 지었다.

　그 미소에 세 남자의 안색은 창백해졌다.

　"나, 나는 그저 의뢰를 받은 것뿐이야……!"

　"나, 나도……!"

　두 기사가 앞다퉈서 도망치려고 달리기 시작했다.

　하지만 그들이 달리는 방향에 루디우스가 앞질러 가서 도망칠 길을 가로막고 있었다.

　"비켜……!"

　그들이 자신들의 길을 막는 루디우스에게 검을 향했다.

　루디우스도 조용히 검을 뽑았다.

　"……레티시아 님."

　뜻을 살피는 듯한, 주어도 아무것도 없는 그의 말.

　그래도 레티시아는 모든 걸 이해하는 것처럼 미소를 지으며 고개를 끄덕였다.

"알겠습니다."

순간 루디우스는 그들을 향해 한 걸음 앞으로 내디뎠다.

그리고 그들을 각각 단칼에 처치했다.

……허무한 결과였다.

압도적인 힘의 차이를 보여 주는 듯한 그런 결말.

레티시아는 표정조차 변하지 않고 그 모습을 지켜보았다.

베른은 살짝 안색이 창백해졌지만 그저 그뿐이었다.

유리는 무관심.

그리고 그 자리에서 가장 큰 반응을 보인 인간…… 그것은 조금 전까지 에드워드를 따르던 초로의 남자였다.

그는 한눈에 알 수 있을 만큼 몸을 떨며 그 자리에 납작 엎드렸다.

"어, 어째서…… 당신이…….."

"어머, 나는 당신이 칩거 처분을 받은 후에 모습을 드러냈는데…… 당신은 내가 누군지 아나 보네요."

쿡쿡. 그녀는 짓궂은 어린아이 같은 미소를 지었다.

"농담이에요. 어째서…… 그래요. 나는 오늘 당신이 이곳에 올 걸 알고 있었답니다."

"무슨……!"

남자가 경악하는 표정을 지었다.

"당신들의 움직임은 진작에 알고 있었어요. 하지만 일부러 방치해 둔 것뿐이에요."

"그럼 당신은…… 이렇게 될 걸 예견하고 있었던 겁니까?"

"그럴 리가요. 에드워드 오라버니가 유리를 감싸리란 것까지는 생각 못 했어요. 뭐…… 덕분에 수고를 덜었지만. 루디, 이자를 체포해서 데려가세요."

"……하지만……."

"내 호위는 괜찮아요. 지금 이 자리에는 우리밖에 없으니까요. 감옥에 가두고 날 데리러 와 줘요."

"알겠습니다."

루디우스는 담담하게 엎드려 있는 남자를 일으켜 세운 후 그대로 탑에서 데리고 나갔다.

남겨진 것은 죽은 에드워드와 그의 곁에 주저앉아 있는 유리.

그리고 당혹스러운 표정을 짓고 있는 베른과 무표정하게 그 자리에 서 있는 레티시아뿐이었다.

"……아까."

유리가 작은 목소리로 중얼거렸다.

"아까 당신, 수고를 덜었다고 했지. 설마 원래 에드 님을 죽일 생각이었어?"

"……어머. 당신은 에드워드 오라버니를 이용하기만 할뿐 어떻게 되든 상관없는 존재라고 생각하지 않았나요?"

"……!"

레티시아의 물음에 유리의 얼굴이 일그러졌다.

"됐으니까 대답해……!"

"……내가 손을 쓰지 않아도 늦건 빠르건 처형당했을걸요? 하지만…… 그래요. 나는 저자들에게 손쉽게 죄를 뒤집어씌우고 에드워드 오라버니를 이 자리에서 처벌할 생각이었어요."

레티시아의 냉혹한 말에 유리는 물론 베른까지도 놀란 표정을 지었다.

"……어째서! 그는 당신의 오라버니잖아요?"

"얼굴 한 번 본 적 없고, 말 한마디 나눠 보지 못했지만…… 그렇긴 하죠."

"그런데 어째서……!"

"필요하니까요."

격앙된 유리에 비해 레티시아는 담담하고 냉정하게 말을 이었다.

"에드워드 오라버니를 살려 두면 훗날 화근이 남으니까요. 좀 전의 남자처럼 에드워드 오라버니를 추대하려는 자가 나타나겠죠. ……하지만 지금 이 나라는 내란을 견딜 만한 여력이 없어요. 유리, 당신은 이 나라 따윈 멸망해도 좋다고 생각하지 않았나요? 당신도 얼마나 피가 흐르건 자신의 목적을 달성하려고 했잖아요."

"……당신과 난 전혀 달라! 당신은 자신과 피가 이어진 사람까지 희생시킨 거야."

"그래요. 하지만…… 나는 이 나라의 왕족이에요. 나라를 지키기 위해 필요하다면 때로는 마음을 독하게 먹어야 하는 법이죠."

"……!"

"레티시아 님, 기다리셨지요."

마침 그때 루디우스가 돌아왔다.

그의 뒤에는 기사 몇 명이 함께 있었다.

"어머, 빨리 왔네요."

"위병에게 넘기고 돌아왔습니다."

"……그렇군요. 당신들은 유리를 감옥으로 돌려보내세요. 그리고 에드워드 오라버니를 옮겨 줘요."

"알겠습니다."

"……베른, 루디. 그만 돌아가죠. 잘 지내요, 유리."

유리는 뭔가를 외치고 있었다.

하지만 레티시아는 그 소리를 듣기 전에 그녀에게 등을 돌리고 그 자리를 떠났다.

베른과 루디우스는 곧 그 뒤를 쫓았다.

뚜벅뚜벅. 탑의 계단을 내려가는 소리가 울려 퍼졌다.

이곳에 올 때와는 달리 아무도 입을 열지 않았다.

"……레티시아 님."

베른이 결심한 듯이 말을 건넸다.

"뭐죠, 베른?"

"알프레드 전하는 이렇게 될 걸 알고 이번 일을 당신께 전부 맡기신 겁니까?"

"그렇기도 하고 아니기도 해요."

레티시아의 대답에 베른은 의아한 표정을 지었다.

"오라버니는 그들을 색출해 내기를 바라고 있었어요. 자신이 돌아오면 처벌할 생각이었죠. 그들을 체포하는 것 이상은 바라지 않았어요. 에드워드 오라버니를 처벌한 건 내 독단이에요. 오라버니가 전장에 있는 지금, 만약의 경우를 위해 리스크를 줄이고 싶었거든요."

"어째서입니까?"

베른의 물음에 레티시아는 난처한 듯이 미소 지었다.

"당신도 어째서냐고 묻는군요. ……내가 무섭나요?"

계단을 내려가서 왔을 때와는 다른 지상의 정식 문을 통해 탑 밖으로 나왔다.

조금 전까지의 음울한 분위기와는 전혀 다르게 밖은 눈부실 만큼 밝고 화창했다.

그러나 그들의 분위기는 탑 안에 있을 때 그대로였다.

"저는 그저 알고 싶습니다. 그렇게…… 피가 흐를 만큼 손을 움켜쥐면서까지 결단을 내린 이유를."

그의 말에 그녀는 걸음을 멈추고 놀란 듯이 자신의 손을 바라보았다.

스스로도 깨닫지 못했던 모양이다.

베른의 지적대로 레티시아의 손바닥에서는 피가 주르륵 흘러내리고 있었다.

루디우스가 놀란 표정을 지으며 허둥지둥 허리띠를 자른 후 지혈하듯 그 천으로 레티시아의 손을 묶었다.

"그렇게 괴로워하면서까지, 어째서입니까?"

레티시아는 베른의 꿰뚫어 보는 듯한 시선에 잠시 입을 다물고 있었다.

하지만 이윽고 자조와 함께 떨리는 입술을 열었다.

"……괴로워하는 것 따윈 허락되지 않아요."

그녀가 작게 중얼거린 말은 그 자리에 울려 퍼졌다.

"내가 그렇게 결심하고 행동했으니까요. 모든 건 내 책임. 내가 짊어져야 할 것. ……괴롭다고 생각하는 건 내가 짊어져야 할 책임과 비난으로부터 눈을 돌리는 거나 마찬가지예요."

"……당신은 그래도 선택한 겁니까? 그리고 앞으로도 계속 선택할 겁니까?"

"그래요. 이젠 멈춰 설 수 없으니까요. 난 가시밭길을 걸어갈 거예요. 하지만……."

한순간 그녀는 입을 다물었다.

"……될 수 있으면 이게 마지막이었으면 좋겠네요. 어쩔 수 없다, 이 길밖에 없다── 라는 상황에 처하는 건. 후회하진 않지만요."

그리고 슬픈 듯이 미소 지으며 말했다.

"……루디, 에드워드 오라버니를 잘 묻어 줘요."

"그래도 괜찮습니까?"

"굳이 드러낼 필요는 없잖아요. 그 남자의 증언으로 오라버니가 죽었다는 건 확실하게 알릴 수 있으니까요. ……단순한 자기만족이지만."

"아닙니다. ……만약 이 이상 에드워드 님에게 가혹한 처벌을 내릴 경우, 모두 당신을 두려워할 겁니다. 그러니까 잘하셨습니다. 너무 무를지도 모르지만 저는 레티시아 님이 그렇게 지시를 내리셔서 안심했습니다."

"그래요? ……그럼 부탁해요."

"알겠습니다."

레티시아의 방에 도착하자 루디우스는 곧 그녀의 지시를 실행하기 위해 그 자리를 떠났다.

그녀는 지친 듯이 의자에 앉았다.

"뭐라도 가져올까요?"

그런 레티시아를 배려해서 베른이 말했다.

"아뇨. 지금은 필요 없어요."

하지만 그녀는 거절하며 후우 무거운 한숨을 쉬었다.

"……당신에게는 대답하기 어려운 질문을 할게요. 대답하고 싶지 않으면 그렇다고 말해도 돼요. 당신은 에드워드 오라버니의 죽음을 어떻게 생각하나요?"

한순간 베른은 허를 찔린 듯이 눈을 크게 떴다.

"여러 가지로 생각하는 점은 있습니다. 오랫동안…… 아니, 지금 생각하면 짧은 것처럼 느껴지기도 하지만, 어쨌든 함께 시간을 보낸 사이니까요."

그러나 그는 말을 흐리지 않고 자신의 생각을 말했다.

"조금 전 당신은 이렇게 말씀하셨지요. 그 길밖에 없는 상황이 되는 건 이게 마지막이었으면 좋겠다고. 본래 그건 제가 해야 할 말입니다. 그 무렵…… 뭔가 달랐더라면, 바꿀 수 있었더라면 지금 상황은 달랐을 테니까요."

그는 그렇게 말하며 자조했다.

"저와 그분은 결국 서로 다른 길을 걷게 됐습니다. 하지만 그건 제가 선택한 게 아니라…… 그저 제가 운이 좋았기 때문입니다. 가족들이…… 주위에 있는 사람들이 제게 넓은 세계를 보여 준 덕분이죠. 그렇지 않으면 저도 같은 처지였을 겁니다."

"……그렇군요."

"동정은 합니다. 후회도 하고 있습니다. 하지만 저 또한 멈춰 서는 것은 저 자신이 용서할 수 없습니다. 행운을 그저 감수하는 것은 스스로 자신의 죄에서 눈을 돌리는 거니까요. 제 존재의 의미는 이 나라를 위해 헌신하는 것밖에 없으니까요."

눈을 감고 진지하게 그의 말에 귀를 기울이던 그녀가 입을 열었다.

"굳이 다시 한번 묻도록 하죠. 나와 당신은 같은 길을 걸어갈 수 있지 않을까요?"

"굳이 다시 한번 대답하겠습니다. 당신이 진실로 이 나라를 위한 길을 걸으신다면."

그 대답에 그녀는 엷게 웃었다.

"그렇군요. ……자, 먼저 다시 정무를 시작할까요?"

26장
공작 영애, 결판을 내다

"에드 님이 죽었다고······?"

나도 모르게 멍하니 중얼거렸다.

에드 님은 전쟁에 패했다······. 언젠가는 처형당할 거라고 생각했다.

하지만 그 갑작스러운 소식에 놀라지 않을 수 없었다.

순간 내 머릿속에 그와의 추억이 떠올랐다.

그에 대해서는 미움과 골치 아픔 같은 부정적인 감정이 내 마음을 점령하고 있었는데······ 어째서일까?

"어째서 지금 떠오르는 건 그 사람과의 좋은 추억일까······?"

"그게 고인을 그리는 마음 아닐까?"

자조 섞인 어조로 중얼거린 말에 반응한 것은 메리다였다.

지금 내가 있는 곳은 테라스.

세바스가 정무를 보던 내게 잠시 휴식 시간을 가지라며 반쯤 강제로 나를 책상에서 떼어 냈다.

그리고 메리다가 신작 디저트를 갖고 왔을 때 타냐를 통해 그 소식을 들었다.

"설령 진심으로 미워하던 상대라 해도 그 사람이 죽어 버리면 그 원한을 쏟아 낼 수 없게 되지. 쏟아 내지 못한 그 마음을 괴로워하며 끌어안고 있는 것보다는 좋은 추억으로 바꾸는 편이 남아 있는 사람에겐 훨씬 낫거든."

"그래. ……그런 거겠지."

메리다의 말은 당황하는 내 마음속에 깊이 울려 퍼졌다.

나는 과거에는 분명 그를 사랑하고 있었다.

주위가 보이지 않을 만큼.

그리고 그 때문에 미워했다.

모든 것이 손가락 사이로 빠져나갔을 때에는 공허함을 느꼈다.

그리고 모든 게 아무래도 상관없게 느껴졌다.

때때로 가슴이 아픈 적은 있지만 자신의 일만으로도 너무 벅차서 그럴 정신이 없었던 게 큰 이유였을 것이다.

어느 정도 차분하게 주위를 살펴볼 수 있게 됐을 때에는 그는 단순히 성가신 장애물이었다.

나를 적대시하고 일방적으로 공격해 오는 방해꾼.

그 사실에 분노를 느낀 적은 있지만 그의 존재 자체는 정말로 아무래도 상관없었다.

그 사실에 연민의 감정마저 품었다.

그는 나를 적대시했지만 나 자신은 그가 아무래도 상관없다고 생각한 것은…… 과거의 미움이 풍화되었기 때문이 아니다.

그가 사방팔방에서 멋대로 굴리는 꼭두각시로 보였기 때문이다.

하지만 이제는…… 모두 먼 옛날 일.

과거는 미화된다고 하던가……. 확실히 그럴지도 모른다.

감정이 빛바랜 결과, 지금은 그저 모든 것이 그립다.

"아가씨, 한 가지 더 보고가 있습니다만…… 괜찮으시겠습니까?"

감상에 젖어 있을 때 타냐가 조심스럽게 말을 건넸다.

"아, 으응. 미안해……. 계속해 줘."

"레티시아 제1 왕녀로부터 편지가 도착했습니다."

"어머나, 레티시아 님에게서?"

살며시 건네준 편지를 받아 들고 나는 곧바로 안을 확인했다.

반듯하고 아름다운 서체였다.

문득 거리에서 우연히 만났던 그녀를 떠올렸다.

딘과 꼭 닮은, 페리도트 같은 신록의 색을 지닌 눈동자와 눈부신 금발.

햇살이 잘 어울리는, 정말로 동화 속 공주님 같은 사람.

하지만 그 인상과는 몹시 다른…… 지독히 현실적인 그 편지의 내용에 나는 읽는 동안 무심코 미간에 주름을 새겼다.

"……왜 그러시나요?"

"이번 아카시아 왕국과의 문제는 나한테 일임하겠다는군."

타냐도, 메리다도 놀란 듯이 눈을 크게 떴다.

그도 그렇다.

이번 일은 일개 영주 대행이 맡기에는 지나치게 큰일이다.

그야말로 국가 레벨의 문제니까.

"이미 국내의 각 영주에게는 손을 써서 국가 방침으로 정리했다는군. ……레티시아 님이 알프레드 전하의 보좌로서 정무를 맡고 있다는 얘기는 들었지만 이미 보좌 수준이 아니야. 알프레드 전하 대신 완전히 국정을 맡고 있어."

"……그만큼 레티시아 님이 유능하다는 걸까요? 그렇지 않다면 영주들도 따르지 않을 테니까요."

"그렇지. 꽤나 귀족들을…… 국정을 장악하고 있는 모양이야."

"하지만 잘된 일 아닌가요? 마침 카딜이 실권을 쥔 지금…… 교섭을 하기에는 아가씨만 한 적임은 없을 것 같습니다만."

"날 너무 과대평가하네."

그로부터 얼마 후, 타냐를 통해 갑작스럽게 서거한 왕을 대신하여 카딜 님이 정무를 맡게 됐다는 보고를 들었다.

그의 행동은 예상대로였다. 단 시기만은 예상보다 좀 빠른 편이랄까.

나라 안팎으로는 병으로 갑작스럽게 세상을 떠났다고 발표했지만…… 마치 노린 듯한 타이밍에 자연히 그렇게 됐을 리는 물론 없다.

제1 왕자가 포로로 잡힌 때를 노려 카딜 님이 선왕을 암살한 것이다.

정말로 어느 나라든 상층부는 분쟁이 끊이지 않는 모양이다. 생각하면 웃음이 밀려온다.

문화나 풍습은 달라도 인간의 근간과 근원은 그렇게 다르지 않다고 말하는 듯한 기분이 들기 때문이다.

"하지만 그래. 내게 맡겨 준 이상 영지를 위해 최대한 노력해야지."

"아가씨는 정말 흔들림이 없네. 어디까지나 영지를 위해서란 말이지?"

메리다가 즐거운 듯이 웃으며 물었다.

"응, 맞아. 내 행동은 전부 어디까지나 영지를 위해서야. 나라를 위해서가 아니야. 뭐, 나라도…… 아니, 레티시아 님도 그 점은 잘 이해하고 있는 것 같지만."

"……무슨 소리지?"

"내가 영지를 위해서 한 일은 돌고 돌아서 왕국을 위한 일이 될 것이다. 그러니까 자유롭게 움직여라…… 라고 편지에 적혀 있었어."

"호오……. 아가씨의 힘을 그 사람도 인정한다는 뜻인가?"

"글쎄? 내 힘이라기보다는 아르메리아 공작령 자체의 힘을 인정한다는 뜻 아닐까?"

어느 정도의 재량을 줄 테니까 이상한 마음은 먹지 마라…….

그런 의도가 투명하게 보였다.

"뭐, 좋아. 카딜 님과의 회담은 잘 조정하고 있어?"

"네."

"고마워. 계속해서 무슨 일이 있으면 보고해 줘."

"알겠습니다."

"보고하니까 말인데…… 트와일국과의 싸움은 어때?"

"알프레드 전하가 전선으로 향한 후 극적으로 변화했다고 합니다. 그중 가장 크게 '변화' 한 것은 구 먼로 백작령의 영지민들이라고 하더군요."

"어머……. 설마 영지민들이 타스멜리아 왕국 편으로 돌아왔단 말이야?"

"네. 알프레드 전하의 연설이 훌륭하기도 했고, 힘을 과시하기 위해 물자를 보급한 것도 좋은 평판을 얻었다고 합니다. 그리고 트와일국 병사들을 공격할 때 보여 준 치밀한 군사 전략까지……. 그런 것들이 절묘하게 어우러져서 복잡하게 얽혀 있던 영지민들의 마음을 움직이고 전국을 해결했다고 합니다."

"굉장한 찬사네."

"저는 현지인의 보고를 전해 드린 것뿐입니다. 실제로 저에게 온 보고문은 온통 그를 칭송하는 내용뿐……. 한순간 그자가 절 배신하고 전하의 산하로 들어가서 그쪽에 유리한 정보를 흘리는 건 아닐까 생각했을 정도입니다."

"어머나……! 후후후, 하지만 그렇지는 않았던 모양이네."

"네. 실제로 전황은 그의 말대로 이쪽에 우세해졌으니까요."

"그렇군. 그는 정무뿐만 아니라 군사적으로도 재능이 있는 걸까. ……대체 어떤 연설을 했는지 궁금하네."

"열심히 듣기는 했지만 자세히는 기억하지 못하는 것 같더군요……. 죄송합니다."

"괜찮아. 그냥 궁금한 것뿐이니까. 하지만…… 그래. 이걸로 트와일국과의 전쟁도 승리를 거뒀으면 좋겠네."

"그러게요……."

"고마워, 타냐."

"아닙니다."

그 후 타냐는 곧 다른 고용인의 부름을 받고 자리를 떠났다.

얘기가 일단락됐을 때 나는 메리다가 가져다준 과자를 집어 먹었다.

"어머나……. 이거 맛있다."

은은하고 부드러운 달콤한 맛이 입 안에 퍼졌다.

"다행이다……. 이거 이번에 전선에서 싸웠던 경비대와 동부 유지들 중 일하는 사람들에게 나눠 주려고 만든 거야."

"흐음……?"

"원가를 최대한 낮추고 오래 보존할 수 있도록 만들었어. 뭐, 사람이란…… 필요 최소한의 것들만 있으면 살아갈 수 있지만 그것만으로는 활력이 생기지 않잖아? 자그마한 포상, 자그마한 위로, 자그마한 즐거움……. 그런 것들이 있으면 내일도 힘내자, 나쁜 일만 있는 건 아니다, 라는 생각이 들지 않을까 해서."

"그렇군. ……이거 메리다가 생각한 거야?"

"아니……. 레시피는 나 혼자 생각했지만 콘셉트는 세이랑 같이 만들었어."

"좋아. 어서 아즈타 상회의 자금을 사용해서 만들어 봐."

"……놀라워. 꽤나 즉각으로 결정하네."

"응. 이건 영주 대행으로서 뿐만이 아니라 경영자로서도 좋다고 생각하니까. 경영은 이미 안정되어 있으니까 이젠 사회에 공헌해야지. 그러면 상회의 이미지도 좋아지고, 또 직접적으로는 아무 이익이 없더라도…… 돌고 돌아서 뭔가가 결실을 맺을지도 모르잖아?"

"돌고 돌아서라……. 그래, 그럴지도 모르지."

메리다는 마음속에 새기듯이 그렇게 중얼거린 후…… 나를 향해 환하고 멋진 미소를 지었다.

나도 그녀에게 이끌려 미소를 지었다.

"그러니까 메리다, 이 일은 메리다한테 맡길게. 마음대로 해."

"알았어."

일 얘기를 나누며 오후의 즐거운 한때를 보냈다.

이번 일의 피해자 지원, 그리고 부상자 치료, 그것들에 따른 자금 융통과 비축 조정 등등……. 할 일은 아주 많지만 점차 전망은 잡혀가고 있다.

각 관련 부서에서 올라온 보고서를 대조해 보고, 조정하고, 채결하고, 시침을 결정하고.

거기까지는 이미 끝났다.

지금은 그걸 각각 실행한 후 과정이나 결과를 보고 조정하는 단계. 앞으로 개최될 아카시아 왕국과의 교섭이라는, 가장 중요하고 책임이 막중한 일을 앞두고 잠시 이렇게 기운을 비축하는 것도 중요할지 모른다.

반강제였지만 세바스에게 고마워해야겠네……. 그렇게 생각하고 있을 때였다.

"쉬시는데 죄송합니다. 속히 보고드릴 것이 있습니다."

타냐가 안색을 바꾸며 돌아왔다.

그녀의 모습에 불길한 예감이 소용돌이쳤다.

설마 또 뭔가 아카시아 왕국에 움직임이 있는 걸까……? 아니면 트와일국과의 전선에서 안 좋은 일이 벌어진 걸까?

"……무슨 일이야?"

"트와일국과의 전쟁에서 승리를 거뒀다고 합니다."

"뭐……! 정말 잘됐네."

그 기쁜 소식과는 달리 그녀의 안색은 좋지 못했다.

오히려 딱딱하게 굳어 있다고 해도 좋을 정도다.

"네. 하지만 딘이…… 딘이…….''

그녀는 입에 담는 것도 무서운 듯한 태도로 중얼거렸다.

"……딘이 전사했다는 소식도 동시에 들어왔습니다.''

순간 나의 세계는 캄캄해졌다.

"……뭐?"

의미를 알 수 없었다.

죽었다……. 죽었다는 건 어떤 뜻일까?

이해하는 것을 머리가…… 마음이 거부한다.

하지만 그녀의 말이 그런 내 머릿속에서 반복하고 또 반복하여 울려 퍼졌다.

"……타냐, 무슨 말인지 잘 모르겠는데…… 딘이 어쨌다고?"

타냐가 내 물음에 한순간 얼굴을 일그러뜨렸지만…… 곧 표정을 지우며 입을 열었다.

"화살을 맞고 숨을 거뒀다고 합니다."

"그게…… 확실해?"

두근. 불길한 심장 소리가 몸 안에서 울려 퍼졌다.

그녀의 대답을 듣는 게 무섭다.

"……네. 각 방면에 잠입시켜 뒀던 모든 부하에게서 같은 보고가 들어왔습니다."

그리고 그 대답에 내 심장은 갈기갈기 찢어졌다.

"……농담이지? 이겼다면서? 타스멜리아 왕국이 이겼다고 했잖아……! 그런데 어째서……."

나는 냉정함을 잃고 일어서서 있는 힘껏 외쳤다.

"……어째서……!"

그러나 격정은 그리 오래 계속되지 않았다.

타냐가 거짓말이라고 말해 주길 바랐다.

잘못된 정보라고 부정해 주길 바랐다.

그러나 그녀의 표정을 보면 알 수 있었다.

이런 그녀를 보는 것은 처음이니까.

입술을 떨며 애처롭다는 듯이 나를 바라보는 눈빛.

……그 눈빛이 틀림없는 사실이라는 것을 무엇보다도 확실하게 말해 주고 있었다.

그 순간, 상실감과 허무함이 나를 괴롭혔다.

그 감정과 함께 힘이 빠져나가서 나는 그 자리에 쓰러질 뻔했다.

재빨리 책상에 매달리듯 웅크렸다.

동시에 책상에 놓여 있던 서류가 허공에서 춤을 췄다.

"……아가씨……."

타냐가 멍하니 굳어 버린 내게 한 걸음씩 다가왔다.

멈춰, 다가오지 마.

내게 더 이상 그 사실을 들이대지 마.

마음이 비명을 지르고 몸이 뒷걸음질을 치려고 했다.

하지만 나는 달라붙은 것처럼 그 자리에서 움직일 수 없었다.

"미안해. ……잠시만 혼자 있게 해 줘."

쥐어짜는 듯한 목소리로 말했다.

그 말에 타냐도, 메리다도 얼굴을 일그러뜨렸다.

아아……. 그런 얼굴 하지 마. 난 괜찮으니까. 그렇게 말해 주고 싶지만 그 말을 입에 담을 여유는 없었다.

나는 말없이 일어서서 그대로 내 방으로 돌아가기 위해 걸음을 옮겼다.

……세상이 흐릿하다.

흐릿하고, 일그러지고, 내가 걷고 있는 길이 올바른 길인지 그것조차 알 수 없었다.

모든 것이 퇴색했다. 모든 것이 눈에 비치고 있는데도 인식할 수가 없었다.

위도 아래도 구분이 가지 않고 마치 허공에 떠 있는 듯한 감각마저 들었다.

벽을 짚으며 걸어서 간신히 방으로 돌아왔다.

문을 열고 안으로 들어간 순간, 힘이 빠져서 그 자리에 주르륵 쓰러졌다.

"……딘."

그의 이름을 중얼거리는 동시에 내 눈에서 눈물이 흘러내렸다.

얼마나 그렇게 있었을까.

나는 그 자리에 멍하니 주저앉아 있었다.

정신을 차렸을 때에는 창문에서 석양이 새어 들어오고 있었다.

……잠시 쉴 생각이었는데.

아, 다시 일하러 가야 되는데……. 문득 그런 생각이 떠올랐다.

하지만 몸이 도저히 움직이지 않았다.

일어서려고 줬던 힘이 단숨에 빠져나가 그 자리에 다시 털썩 주저앉았다.

그러고 보니 처음 쓰러졌을 때…… 제일 먼저 걱정했던 건 일이었지.

그때는 딘이 자신의 일을 제쳐 두고서 도와준 덕분에 어떻게든 됐었던 추억이 머릿속에 떠올랐다.

"……도와줘, 딘……. 그때처럼."

그때와 꼭 닮은 상황.

그렇다면 그는 불쑥 모습을 나타낼지도 모른다는 엷은 기대를 품었지만…… 그 희망을 내 마음속의 냉정한 부분이 스스로 지워 버렸다.

같은 상황이지만 딘은 오지 않는다.

……타냐가 그랬잖아.

딘은 죽었다고.

화살을 맞고 목숨을 잃었다고.

죽었다……. 그는 이제 이 세상에 없나.

어딜 찾아도, 어딜 봐도.

이젠 그를 볼 수도, 그와 이야기를 나눌 수도…… 없다.

거기까지 생각했을 때, 나는 마음속에 고인 시커먼 감정을 토해 내듯 오열했다.

"아아아아아아……."

그리고 동시에 눈물이 흘러내렸다.

싫어, 싫어, 싫어…….

그 사람이 이제 이 세상에 없다니 믿을 수 없어. 믿고 싶지 않아.

……이겼잖아.

에드 님에게도, 트와일국에도. 그런데 어째서……!

머리카락을 쥐어뜯으며 있는 힘껏 소리를 질렀다.

이제 다시는 그 목소리를 들을 수 없어.

이제 다시는 그 웃는 얼굴을 볼 수 없어.

이제 그 사람은 없어……!

세계가 캄캄해졌다.

슬픔, 안타까움, 괴로움…….

그런 감정들이 차례차례 나를 괴롭히고 아프게 했다.

가슴이 아팠다. 아무리 쥐어뜯어도 그 감정이 가슴속 깊이 뿌리내려 어쩔 수가 없었다.

찰랑. 가슴에 걸린 회중시계가 흔들렸다.

나는 옷 아래에 걸려 있는 회중시계를 꺼내서 어루만졌다.

『……주제넘는 부탁이지만…… 제 시계의 다른 한쪽은 당신이 갖고 있어 주십시오.』

그가 이 회중시계를 건넬 때 했던 말이 떠올랐다.

따뜻하고 아름다운 추억.

"어째서…… 어째서……!"

몸의 절반을 잃어버린 듯한 끔찍한 절망.

꼬옥. 손안의 회중시계를 움켜쥐었다.

괴롭고, 인정하고 싶지 않아서, 잃어버린 그것을 추구하듯 아무것도 없는 허공으로 손을 뻗었다.

하지만 당연히 내 손은 아무것도 움켜쥐지 못했다.

그저 허공을 향해 있을 뿐.

그 현실에 괴로움은 더욱 커졌다.

나는 그대로 감정에 몸을 맡긴 채 울부짖었다.

그리고 체력이 다해서 정신을 차리고 보니 그 자리에 웅크리듯 쓰러져 있었다.

몸을 일으키자 또다시 두 눈에서 눈물이 흘러내렸다.

꿈이 아니다.

시야에 비친 광경이 의식을 잃기 전까지의 광경 그대로였으니까.

"딘…… 어디 있는, 거야……?"

세상을 원망했다. 이런 마음이 들 정도면 차라리 다시 태어나지 않았으면 좋았을 텐데.

시커먼 감정이 심장을 갉아먹고 그 아픔에 또다시 눈물이 흘러내렸다.

문득 고개를 들자 어느새 밖은 어두워져 있었다.

……마치 내 마음을 비추는 것처럼.

흐린 하늘에는 별빛마저 없었다.

……이대로 아침 따위 오지 않았으면.

내일 따위 오지 않았으면.

……그는 이제 없으니까.

그가 없는데 나만 흘러가는 시간 속에서 살아가야 하다니…… 견딜 수 없다.

이 상실감을 품은 채 그래도 계속 걸어가야 하다니.

나는 계속 울부짖다가 또다시 쓰러졌다.

† † †

"……타냐, 아이리스는……."

타냐가 메를리스의 물음에 고개를 저었다.

그녀의 표정은 비탄을 넘어 아프기 그지없었다.

"그렇구나……."

메를리스 또한 비통한 표정을 짓고 있었다.

"차마 볼 수가 없어요. 저렇게 괴로운 듯이 울부짖다니……. 지금은 주무시고 계시지만 실은 단순히 기절한 것뿐이에요. 식사도 별로 하지 않으시고……. 더 이상 이런 상태가 계속되면 아가씨는 쓰러지시고 말 거예요."

"그래. 내버려 두려고 했지만…… 더 이상은 위험해."

"저 때문이에요. 딘이 죽었다는 정보는 전하지 말았어야 하는데……. 후회가 돼서 견딜 수 없어요."

타냐의 말에 이번에는 메를리스가 고개를 저었다.

"아니야. 어차피 언젠가는 알게 됐을 거야. ……무엇보다도 그는 이 나라의 제1 왕자니까."

휴우. 메를리스는 한숨을 내쉬었다.

"하지만…… 좀 더 타이밍을 살폈어야 했어요. 피곤하실 텐데 가까운 사람이 죽었다는 보고를 드리다니. 게다가 아가씨께서 저런 상태인데도 저는 위로조차 할 수 없군요…….”

“괴롭겠지. 나도 상상할 수가 없어서 어떻게 위로해야 좋을지 모르겠어. 사랑하는 사람을 잃어버리다니.”

“……사랑?”

타냐가 놀란 듯이 눈을 크게 뜨며 물었다.

그 반응에 한순간 메를리스도 놀란 표정을 지었지만…… 다음 순간 곧 슬픈 미소를 지었다.

“어머나, 눈치채지 못했어? 아이리스의 저 반응을 보면 나는 그렇게밖에 생각할 수 없는데.”

“……그런가요? 아뇨, 그렇군요.”

“타냐, 넌 그만 쉬렴.”

메를리스의 말에 타냐는 고개를 저었다.

“아뇨……! 아가씨께서 저런 상태인데 제가 쉴 수는 없습니다……!”

“그러니까 더더욱 쉬어야 되는 거야, 타냐. 너까지 쓰러지면 아이리스가 정신을 차렸을 때 더욱 걱정할 거 아니겠어?”

“하지만…….”

“너야말로 당장에라도 쓰러질 것 같아. 이건 명령이야. 쉬도록 해.”

그 단호한 말에 타냐는 마지못해 고개를 끄덕였다.

“……지금 고아원 아이들이 와 있어.”

그런 그녀에게 메를리스가 짐짓 상냥한 목소리로 말했다.

“고아원이라면 미나 씨와 아이들 말인가요?”

“응, 그래. ……아무래도 아이리스의 상태가 저렇다 보니 돌아가 달라고 부탁했지만. 하지만 그 아이를 걱정해서 회복을 기다리는 사람들이 잔뜩 있지. ……너를 포함해서."

후후후……. 웃는 메를리스에게 타냐도 어색하긴 하지만 미소를 지었다.

"다음에 그 아이가 눈을 뜨면 얘기해 볼 거야. 이제 슬슬 슬픔에 잠겨 지내는 시간은 막을 내리지 않으면 안 되니까."

그 말에 타냐는 안도의 숨을 내쉬었다.

† † †

……얼마나 그렇게 지냈을까.

이젠 알 수 없다.

기억 한구석으로는 몇 번인가 아침 해를 본 듯한 기분이 든다.

하지만 기억이 애매해서 그게 사실인지 아닌지 그것조차 알 수 없다.

그 대신 그와의 추억이 떠올랐다가 사라지고 떠올랐다가 사라지기를 되풀이하고 있다.

함께 고아원에 갔던 기억, 함께 일했을 때의 일, 다릴교와 싸울 때 도와줬던 일, 동부로 시찰을 갔던 기억…….

잔뜩, 잔뜩 있었다. 그와 시간을 함께하고 공유한 추억은.

그것들을 전부 떠올리고, 추억에 잠기고, 그리고 눈물을 흘렸다.

짧은 것 같으면서도 긴 것 같은…… 혹은 그 반대일까?

어쨌든 많은 시간을 함께 보냈다.

돌이켜 보면 모두 다정하고 사랑스러운 기억.

『아가씨는 이대로, 평소의 당신답게 원하는 대로 나아가십시오.

제가 당신을 그 어떤 이들로부터도 지키겠습니다. 그러니까 아가씨. ……당신의 몸을 제게 맡겨 주십시오.』

문득 동부 거리를 함께 달렸을 때, 그가 했던 말이 떠올랐다.

"……거짓말쟁이. 정말 미워."

그리고 무심코 그렇게 중얼거리며 자조했다.

괜히 그를 비난하기는.

"……거짓말. 사랑해."

우는 것처럼 떨리는 목소리로 들려오는, 사랑한다는 말.

그것이 내 마음에 무겁게 울려 퍼졌다.

……그래서 이제는 전부 아무래도 상관없었다.

이토록 괴로운데, 그래도 세상은 아무 일 없이 돌아가고 있다.

그를 내버려 두고.

우리는 이 얼마나 하찮은 존재인가?

그렇다면 우리가 존재하는 의미는, 그리고 하고 있는 일에는 무슨 의미가 있는가?

이제는 다 말라 버렸다고 생각했는데 또다시 눈물이 흘러내렸다.

……문득 일어서서 비틀비틀 발코니로 나갔다.

예전에 그와 많은 이야기를 나눴던 곳.

가족들에 대한 마음, 영지의 미래, 그리고 과거 이야기.

집무실 발코니와 내 방의 발코니에서 보이는 풍경은 조금 다르지만…… 그래도 지금은 그저 그립기만 하다.

강한 햇살에 눈을 가늘게 뜨며 빛을 가리듯 이마에 손을 댔다.

계속 눈물을 흘렸던 눈에는 그 빛이 지독히 시리게 느껴졌다.

"……님—!"

문득 어린아이들의 목소리가 들려왔다.

귀까지 이상해진 걸까……? 그렇게 자조했지만 분명히 목소리를 들은 듯한 기분이 들었다. 나는 계단 아래에 펼쳐진 정원을 바라보았다.

그리고 그곳에서 미나와 고아원 아이들의 모습을 발견했다.

정말로 작게 보여서 확실하진 않지만…… 그 모습에 확신할 수 있었다.

어째서 저들이 이곳에……?

떠오르는 것은 순수한 의문.

"설마 날 걱정해서……?"

그 중얼거림에 대답해 주는 사람은 없었다.

그러나 그 대답은 곧 알 수 있었다.

"아이리스 님—! 빨리 나으세요—!"

그런 외침이 그들이 있는 곳에서 들려왔기 때문이다.

소리치다가 미나에게 야단을 맞는지 목소리는 곧 멈췄지만.

……허리에 손을 얹고 화내는 미나의 모습에 무심코 웃음이 흘러내렸다.

"나, 웃을 수 있구나……."

스스로 나 자신에게 놀랐다.

괴롭고, 아프고, 슬프고.

트와일국을 원망하고, 이 나라를 저주하고, 모든 것을 미워했는데.

그래도 나는 지금 분명히 웃었다.

가슴에 따뜻한 것이 스쳐 지나간 듯한 기분마저 들었다.

『당신은 나라의 톱니바퀴. 그리고 나도. 하지만 결코 맞물릴 수 없는 건 아니야. 길이 갈라졌다 해도 계속 같은 방향을 바라보고 있어.

그렇다면 나는 어디든지 갈 수 있어. 뭐든지 힐 수 있어.」

예전에 했던 말이 문득 떠올랐다.

그와 동시에 나는 나 자신에게 물었다.

모든 걸 잃었다고? ……정말로?

내 존재에 의미가 없다고? ……정말로?

거기까지 생각한 후 나는 자연스럽게 모든 걸 부정했다.

그리고 그 순간, 그때까지 나와 세계를 격리시켰던 껍질이 파스스 깨지는 듯한 기분이 들었다.

내 존재 의미 따위 아무래도 좋다.

나 자신이 걸어온 결과가…… 눈앞의 광경이다.

그들과 이곳에 사는 백성들을 아끼고, 지키고, 미래를 쌓아 올리는 것.

그걸 목표 삼아 걸어온 과거의 나를, 나를 따라와 준 모두를, 나를 믿어 준 영지민들을, 그리고 조금 전의 아이들을…… 그 모든 것을 부정하는 것이 된다.

잃어버린 것은 분명 크다.

마음이 아픈 것은 변함이 없다.

하지만 나는 모든 것을 잃은 건 아니다.

내게는 내가 걸어가야 할 길이 있고, 그 여정에는 수많은 백성의 생활과 생명이 있으니까.

무엇보다도 함께 걷고 힘이 되어 준 모두가 있으니까.

"……아이리스, 잠시 실례하마."

내가 발코니에서 방으로 돌아왔을 때, 마침 어머님이 방으로 들어왔다.

"어머나……. 보아하니 이제 괜찮은 것 같구나."

생긋. 어머님이 나를 보고 웃으며 말했다.

"네, 걱정 끼쳐서 정말 죄송해요."

"괜찮아. ……그렇게 흐트러질 만큼 그를 사랑했구나?"

어머님의 지적에 한순간 얼굴이 달아올랐지만…… 곧 식었다.

"네, 그래요. ……어머님, 저는 정말 바보예요."

"어머나, 무슨 말이니?"

"잃어버리고 나서야 비로소 그가 얼마나 소중한 존재였는지……
뼈저리게 깨달았어요."

어머님은 진지한 표정으로 내 말에 귀를 기울여 줬다.

"그와는 한 번 결별했어요. 하지만 그래도 마음은 결코 사라지지
않았어요. 그와 내가 다른 걸 걷는다 해도 그가 존재해 준다면 그
걸로 좋았어요."

"……그게 사랑 아닐까?"

어머님의 말에 나는 솔직하게 고개를 갸웃거렸다.

"설령 상대가 자신과 같은 길을 걷지 않는다 해도…… 계속 믿고
소중하게 생각할 수 있다. 상대의 존재 자체가 사랑스럽다. 그런 뜻
이잖니?"

어머님의 말에 나는 쓴웃음을 지었다.

"그래요. 저는 그를 사랑하고 있어요."

……그 마음을 전하지 못한 것이 슬프다.

분명 계속 후회할 것이다.

"하지만…… 저는 달리 사랑하는 게 있어요."

뒤이어 흘러나온 내 말에 이번에는 어머님이 고개를 갸웃거렸다.

"……그게 뭐지?"

"이 영지와 이곳에 사는 사람들. 잃는 것의 괴로움을 알면서도 저

는 그 슬픔에 잠겨 있을 뿐, 또 하나의 사랑하는 것은 아무래도 좋다고 생각했어요. 분명 그것마저 잃어버리면 이번에야말로 아무리 후회해도 모자랄 텐데."

결코 저울질할 수 없을 만큼…… 둘 다 내게는 필요 불가결한 존재.

양쪽 다 잃어버리면 그것은 내게 세계가 결여된 것이나 마찬가지.

"무엇보다도 그와 함께했던 내가 용서하지 않을 거예요. 백성들을 소홀히 여기는 건. 그와 함께였던 내게 부끄럽지 않은, 그런 내가 되고 싶어요."

"……훌륭하구나."

어머님이 작게 중얼거렸다.

"지금의 아이리스 넌 정말 훌륭해. ……난 말이지, 아이리스. 여전히 훌쩍훌쩍 울면서 너를 소중하게 생각하는 사람들을 소홀히 여긴다면, 야단치려고 여기 왔단다."

어머님의 말에 소름이 오싹 돋았다.

그만큼 어머님에게서 엄청난 박력이 뿜어 나왔기 때문이다. 대체 어떻게 야단을 치려고 했던 걸까, 하고 온몸이 떨릴 만큼.

"하지만 기우였던 모양이네. 너는 소중한 게 뭔지 잘 알고 있구나. 너 자신이 소중하게 생각하는 것도, 너를 소중하게 생각하는 것도."

"……고맙습니다."

"……분명 너는 앞으로 몇 번이나 문득 슬프고 괴로워질 거야. 하지만 잊지 말렴. 슬퍼하고 괴로워하는 것도 때로는 중요하지만 거기에 사로잡히면 안 돼. ……너는 지금 살아 있으니까."

어머님이 살며시 내 손을 잡았다.

"예전에 내가 산적들의 손에 어머님을 잃었다는 얘기 했었지?"

그 물음에 나는 고개를 끄덕였다.

잊었을 리 없다. 내가 고민하고 있을 때 들려줬던 어머님의 과거를.

내가 앞으로 나아갈 방침을 정하는 계기가 되어 준 이야기를.

"난 말이지, 그 후 어머님을 잃은 슬픔에 사로잡혀서…… 미래를 보지 못했단다. 오직 어머님을 죽인 산적들을 죽이기 위해서, 복수를 위해서 훈련만 하며 살았지……. 잃어버린 것만 생각하느라 그때 내게 소중한 것들을 간과했어. 그 결과, 나는 나의 소중한 사람들에게 걱정을 잔뜩 끼쳤단다……. 그때 오라버니가 이렇게 말하더구나. '너는 지금 살아 있어!' 라고."

아까 어머님이 내게 들려 준 말과 어머님이 들었던 말이 겹쳤다.

"나뿐만이 아니었는데……. 괴로워하는 건, 슬퍼하는 건 나뿐만이 아니었는데. 나는 세상에서 내가 제일 슬프고 괴롭다고 멋대로 생각했단다. 하지만 그건 내 착각이었어."

"……어머님."

"잃어버린 걸 되찾을 수는 없어. 그러니까 슬퍼하는 건 당연해. 하지만 거기에 사로잡혀서 주위를 소홀히 하면 안 돼. 현재에서 눈을 돌리고 과거만 바라봐서는 안 돼. 그럼 죽은 사람도 성불할 수 없을 거야. 그리고 만약 또다시 소중한 사람이 죽으면…… 분명 더욱 후회하게 될 거야. 그때 이랬으면 좋았을 거라고. 상실의 괴로움을 알면서 아무것도 배우지 못했다고. ……인간은 언젠가 소중한 사람을 잃기 마련이란다. 그건 생명이 유한한 이상 어쩔 수 없는 일이야. 함께 있을 수 있는 시간 또한 한정되어 있지. 하지만 그렇기 때문에 인간은 더욱 타인을 생각할 수 있단다. 한정된 시간을 힘껏 후회 없이 만들기 위해서. 그리고 아이리스, 내 말대로…… 소중한 사람인 만큼 그 사람에게 부끄럽지 않은 네가 되렴."

나는 어머님의 말을 마음속에 새기듯이 곱씹었다.

"……고맙습니다, 어머님."

그렇게 말한 순간, 어머님이 나를 살포시 끌어안았다.

"애썼구나, 아이리스. 장하다, 정말로……. 너는 스스로 자신의 소중한 걸 떠올린 거야."

"……읏!"

그 체온에, 그 말에.

나는 또다시 눈물을 흘렸다.

……그다음 날부터 나는 다시 업무에 복귀했다.

타냐는 눈물을 흘리며 많이 걱정했다고 말했다. 메리다도 마찬가지였다.

다른 측근들은 자세한 얘기는 모르지만 내가 쓰러진 건 마음고생이 겹쳤기 때문이라며 역시 날 걱정하고 마음을 써 줬다.

그리고 영지 관리들은 내 복귀를 눈물을 흘리며 기뻐했다.

나는 미안함과 몸 둘 바를 모르는 기분을 느끼면서도 내가 해야 할 일을 하며 하루하루를 보냈다.

마음의 상처는 아물지 않고 그의 존재도 잊어버릴 수 없다.

아무리 업무에 파묻혀 있어도…… 아니, 그렇기에 더더욱.

이 저택에서 함께 시간을 보냈다.

서로 일을 파묻혀도 미래의 꿈을 이야기했다.

새로운 아이디어가 떠오르면 둘이서 기뻐했다.

벽에 부딪혔을 때에는 둘이서 머리를 감싸 쥐었다.

그를 과거의 존재라고 선을 긋기에는 이 저택에서 그와 함께했던 추억이 너무 많다.

그러니까 할 수 없다.

그리고 어쩔 수 없다.

그래도 여전히…… 사랑스럽다고 생각하니까.

나는 그런 것들을 머릿속 한구석으로 생각하며 밀린 일을 처리했다.

그리고 하루하루가 흘러 차츰 쓰러지기 이전의 감을 되찾았을 무렵.

내게 맡겨진 중대한 임무, 즉 아카시아 왕국과 회담을 나눌 날이 다가왔다.

내 뒤에는 타냐. 옆에는 어머님.

두 사람 모두 얼핏 보기에는 평소와 똑같은 복장이었지만 확실하게 무장을 하고 있었다.

무슨 일이 있으면 당장 움직일 거라고 들었다.

두 사람이 옆에 있기 때문에 이번에는 라일과 디더에게 실내 경호가 아닌 저택 경호를 부탁했다.

화평 교섭인데 노골적으로 호위를 곁에 두면 좋지 않을 것 같아서 선택한 조치였다.

"괜찮아. 걱정할 건 아무것도 없어. 너라면 할 수 있어."

주먹을 이마에 대며 중얼거렸다.

"……왜 그러니, 아이리스?"

나는 어머님의 물음에 쓴웃음을 지었다.

"의식이에요. 용기를 내기 위한 의식."

그렇게 말한 순간 타냐가 살며시 내게 다가왔다.

"……아가씨, 도착했습니다."

타냐의 말에 나는 다시 한번 마음을 다잡았다.

"잘 오셨습니다, 카딜 님."

나는 안으로 들어온 남자를 미소로 맞이했다.

아카시아 왕국의 정장을 입은 카딜 님도 부드러운 미소를 짓고 있었다.

……내가 생각해도 수상한 미소 같지만 어차피 카딜 님도 마찬가지다.

"그대를 만나게 돼서 진심으로 기쁘오."

카딜 님은 그렇게 말하며 내 손을 잡고 입을 맞췄다.

연극배우 같은 그 동작에 나는 쓴웃음을 지었다.

"처음 뵙겠습니다, 카딜 님."

나의 그 말에 카딜 님도 쓴웃음을 지었다.

……첫 번째 싸움은 당신이 원하는 대로 해 줬으니 이제부터는 조금 양보해 주겠죠? 그런 내 마음이 전해진 것처럼.

그의 입장에서는 지난번 하피즈라는 이름으로 이곳에 온 것은 없었던 일로 해 두고 싶을 것이다.

그 마음을 읽고 내가 먼저 '처음 뵙겠습니다'라고 강조해 준 것이다.

"자, 카딜 님. 저쪽에 앉으시지요."

그에게 자리를 권한 후 나도 그 정면에 앉았다.

그를 물끄러미 응시했다.

……오만한 미소. 단정한 얼굴과 어우러져 우아하면서도 엄숙한 분위기를 풍겼다.

제왕이란 이래야 한다고 말하는 듯한 관록마저 느껴졌다.

"……여기는 좋은 영지로군. 영지민들도 풍족하고, 정치적인 불안도 없고."

"어머나……. 감사합니다."

천연덕스럽기는. 분노의 감정이 마음속을 스치고 지나갔다.

물론 그 감정을 밖으로 드러내지는 않았지만.

"하지만 바로 최근까지 이 영지는 아주 무서운 사태에 직면했답니다."

눈을 내리깔며 일부러 슬픈 목소리로 말했다.

"호오……."

번뜩. 그의 눈이 빛난 듯한 기분이 들었다.

"타국의 병사들이 우리 영지를 습격했지요."

"그건 참으로…… 안타까운 일이군."

"네, 무척 안타까운 일이죠. 설마 청혼한 나라에서 습격해 올 줄이야."

한순간 정적이 찾아왔다.

나는 나대로 그가 어떻게 나올지 살펴보고 있었고, 그 또한 다음에 어떻게 이야기를 꺼낼지 생각하고 있을 것이다.

"변명하게 해 준다면…… 그건 선왕이 트와일국과 밀약을 나눴기 때문이지. 내 의사가 아니야."

순순히 인정하기로 했나. 나는 한숨을 쉬었다.

"당신의 의사가 아니다…… 라는 말씀이지요. 하지만 아카시아 왕국이 우리 영지를 습격한 것은 틀림없는 사실. 아카시아 왕국에서는 어떻게 책임을 져 주실 건가요?"

그는 웃었다. ……책임을 추궁당하는 이 와중에.

그 사실에 한순간 소름이 돋았다.

"……실례. 변명한 건 개인적인 감정 때문이오. ……그대에게 미움받고 싶지 않아서 말이야. 확실히 내 의사이건 그렇지 않건 국왕으로서 먼저 국가의 견해를 말할 필요가 있겠지. ……이번 일은 선왕과 일부 인간들의 폭주에 의한 것. 우리 왕국에서도 귀공의 영지를 습격할 의사는 없었소."

"어머나……. 그저 돌려 말하는 것일 뿐, 조금 전과 내용은 변함이 없군요."

"신랄하군."

카딜 님은 그렇게 말하며 쓴웃음을 지었다.

"아무래도 제가 좀 흥분한 모양이군요. ……저의 소중한 영지민들이 공격당해서 그만."

"……무섭군."

"어머나……. 제가 그렇게 무서운 얼굴을 하고 있나요?"

"아니, 그렇지 않아. 표정에 드러나지 않기 때문에 더욱 무서운 것이지. 그대는 감정에 휩쓸리지 않아. 그런 사람에겐 방심하면 눈 깜짝할 사이에 말려들기 마련이거든."

나는 그 말에 아무 반응도 하지 않았지만 마음속으로 혀를 찼다.

정말 상대하기 힘들군…….

"어쨌든 우리 왕국은 이번 소동의 보상으로 비행을 당한 사람들을 위해 그에 상응하는 보상금을 준비했소. 내용은 그 친서에 적혀 있지. ……남은 건 그대가 그곳에 사인하는 것뿐이야."

카딜 님 뒤에 서 있던 초로의 남성이 정중하게 서류를 내밀었다.

나는 그것을 받아 들고 안을 살펴보았다.

"……부족하군요."

나는 대충 그것을 훑어보며 작게 중얼거렸다.

"······호오?"

카딜 님이 눈을 가늘게 뜨며 나를 노려보았다.

그 분위기에 맞춰 지금까지의 어느 회담보다도 긴장감이 들었다.

"카딜 님······. 실은 우리에게는 귀국의 제1 왕자인 잘라르 님이 보호를 요청하여 머물고 계시답니다."

그 말에 그가 점점 위압감을 풍겼다.

나는 내심 식은땀을 흘렸다.

"그대는 귀국을 공격한 자를 보호하고 있단 말이오?"

"처음에는 물론 포로로 잡고 있었죠. 우리 영지를 습격한 자니까요. ······하지만 당신이 왕이 됐을 때 그 사실을 말해 주자······ 한동안 난동을 부렸지만 곧 자신의 입장을 이해했는지 진심으로 사죄하며 우리를 전면적으로 의지하고 계신답니다."

"그대의 사람을 끌어들이는 매력은 무서울 정도로군."

"별말씀을. ······조금 전, 당신은 아카시아 왕국의 왕이라고 말씀하셨지만······ 무슨 이유로 왕이라고 하시는 건가요? 왕위 계승자는 아직 살아 있는데."

그 말에 처음으로 카딜의 안색이 변했다.

"······더 이상은 그만두는 편이 좋을 텐데. 내정 간섭으로 간주하고 국가적으로 대응할 수도 있다는 걸 명심하시오."

"어머나······."

나는 더욱 짙은 미소를 지었다.

겨우 그가 반응다운 반응을 보이는 바람에 그만 즐거워지고 말았다.

"당신이야말로 무섭군요. ······그런 식으로 툭하면 힘에 호소하는 건가요? 조금 전의 말씀도······."

일부러 도중에 말을 멈췄다.

하지만 상대에게는 그 뜻이 전해진 모양이다.

좀 전의 말…… '아르메리아 공작령을 공격한 건 내 의지가 아니다.' 라는 말도 믿을 수 없다──는 뜻을.

하지만 나는 직접적으로 말하지는 않았다. 그러니까 더 이상 추궁할 수는 없을 것이다.

"전 단순히 의문을 말씀드린 것뿐이랍니다. ……하지만 그렇군요. 전 솔직히 귀국의 수장이 어느 쪽이든 아무래도 상관없어요. 당신이 수장이든, 저를 은인이라고 칭하는 제1 왕자가 수장이든. 바다 건너 나라가 어떻게 되든 솔직히 아무래도 상관없죠. 지금 전 당신이 군을 움직이기 전에 그럴 수 없는 상황을 만들어 낼 수 있답니다. 준비는 이미 되어 있으니까요."

뒤에 서 있던 초로의 남자가 살짝 움직였다.

그 움직임에 무표정하던 타냐의 얼굴이 굳었다.

옆에 있는 어머님은 여전히 아름다운 미소를 짓고 있었지만.

다음에 어떤 말을 꺼낼지 물끄러미 그를 살펴보자 그가 느닷없이 큰소리로 웃음을 터뜨렸다.

"……아, 역시 무섭군."

그리고 손을 움직여 초로의 남자의 움직임을 멈췄다.

"솔직히 말해서 그대는 내가 왕이라 다행이지 않나? ……그래서 뭘 원하지?"

"……제시한 금액의 1.5배의 배상금. 이 나라, 타스멜리아 왕국과의 불가침 조약과 통상 조약."

"금액은 받아들이지. ……잘도 조사했군."

이번 동부 항구를 점거한 자들을 조사해 보자 그들 가문은 우리 나라로 따지자면 제2 왕자파 귀족 가문의 자들과 비슷했다. ……그들이 맞이한 결말도.

즉, 좋은 집안 출신이긴 하지만 이번 소동으로 지금까지 저질렀던 악행이 폭로되고, 그로 인해 재산을 몰수당한 것이다.

그는 그 재산으로 이쪽에 배상금을 지불할 생각이지만…… 물론 몰수한 재산의 금액 전부는 아니다. 40퍼센트 정도다.

1.5배란 타냐의 부하들이 조사한 아카시아 왕국의 재정 사정을 통해 만약 내가 그의 입장이었다면 허용할 수 있는 범위를 계산한 것이다.

그의 반응을 보니 그 예측은 정답이었던 모양이다.

"그리고 국가 간의 불가침 조약과 통상 조약이라……. 실례지만 일개 영주인 그대에게 그걸 결정할 권한이 있단 말인가?"

"정확하게는 영주 대행이죠."

"……실례. 그래서? 그대에게 그 권한이 있다고?"

"있다면 당장 사인해 주시겠어요?"

"……글쎄. 나로서도 전쟁은 바라지 않아. 내용에 따라서는 사인을 해도 좋겠지."

"그럼 확인 부탁드려요."

내가 그렇게 말하자 동시에 타냐가 세 장의 친서를 꺼냈다.

첫 번째는 딘과 레티시아 님 두 사람의 사인이 들어 있는, 틀림없는 이 나라의 친서. 내게 아카시아 왕국과의 대화에 전권을 맡기겠다는 친서다.

그리고 두 번째와 세 번째는 완전히 똑같은 내용으로 이쪽에서 작성한 불가침 조약과 통상 조약에 대해 기재된 문서였다.

"……놀랍군. 설마 국가 문서까지 확보해 뒀을 줄이야."

그는 짙게 웃었다. 그다지 동요는 보이지 않았다.

"네. 카딜 님과의 교섭이니까요⋯⋯. 실례가 있어서는 안 되지요."

"하하하⋯⋯. 한 방 먹었군. 하지만 좀 전의 말은 진심이야. 지금 이 자리에서 조항을 확인하고 문제가 없으면 사인을 해 주지."

그는 곧 그 친서를 처음부터 끝까지 읽고 문제가 없었는지 사인을 해 줬다.

"⋯⋯빠르군요."

"타당하니까. ⋯⋯이상한 내용이 들어 있었더라면 즉시 말했을 거야. 잘 작성했군."

"감사합니다."

나도 그가 사인한 모든 서류에 사인했다.

그리고 나와 카딜 님 양쪽의 사인이 들어간 서류 중 한 장을 카딜 님에게 넘기고, 한 장은 이쪽에서 보관하기 위해 타냐에게 건넸다.

"자, 그럼 잘라르를 넘겨주실까?"

"어머나⋯⋯. 아직 제가 원하는 걸 전부 말씀드리지 않았는데요."

그 말에 카딜 님은 한순간 멍한 표정을 지었다. ⋯⋯그리고 한숨을 내쉬었다.

"꽤나 빈틈없군. 그래서? 전부 말해 봐."

"남은 바람은 하나. ⋯⋯마지막으로 우리 영지와의 사이에서 귀국의 관세를 5% 인하해 주셨으면 해요. 품목은 그쪽에 적혀 있답니다."

"이거 참⋯⋯. 꽤나 비싼 요구로군."

"그런가요? 아카시아 왕국에서 동의해 주신다면 이쪽은 다음 품목의 관세를 인하하겠어요."

카딜 님이 입을 다물고 눈을 감았다.

한순간 침묵이 찾아왔다.

그의 생각을 방해하지 않도록 이 자리에 있는 누구도 입을 열지 않았다.

"……좋아. 이것도 배상금의 일부라고 생각하지."

이윽고 한숨과 함께 그가 입을 열었다.

저도 모르게 안도의 한숨이 흘러나올 뻔했지만 몰래 참았다.

곧 타냐가 또 두 장의 서류를 건네고 나와 그는 각각 그 서류에 사인했다.

"장기적으로 보면 양쪽 모두에게 이익이 되는 결정이라고 생각하지 않으시나요?"

"그렇군. 하지만…… 이번 품목에는 수출 제한을 염두에 두고 관세를 책정한 것까지 들어 있던데?"

"그렇다고 아카시아 왕국이 곤란해지는 건 아니잖아요?"

"그야, 뭐……. 하지만 당했군. 그대와 결혼할 때 제한을 풀려고 생각했던 것까지 들어 있다니 말이야. 이게 그대의 대답인가?"

"네. 죄송하지만 청혼은 거절하겠어요."

"……이유를 물어봐도 될까?"

"첫째, 저에게 당신의 왕비 자리는 짐이 너무 무거워요. 그 이유는 저보다 당신들이 더 잘 알고 계시겠죠?"

카딜 님은 왕위를 손에 넣었지만 아직 기반이 탄탄하지 않다.

우리 나라와는 달리 제1 왕자가 결정적으로 실책을 저지른 것이 아니기 때문에 아직 그의 세력이 남아 있기 때문이다.

타국…… 아르메리아 공작령에서 시집온 신부는 자국의 발전에는 도움이 되지만 그 이상으로 지금 그에게 필요한 것은 국내의 시급한 융화.

그것들은 타냐의 정보를 토대로 한 나의 추측이지만…… 완전히 틀리지는 않을 것이다.

그걸 입에 담는 것은 그야말로 내정 간섭이기 때문에 삼갔지만.

"그래, 알고 있지. 알고 있지만 그래도 나는 그대를 원해. 그대를 손에 넣기 위해서라면 그 정도 고생은 상관없어."

그의 눈이 나를 꿰뚫었다.

그 눈빛을 본 순간, 그가 진실로 나를 원하고 있다는 사실을 깨달았다.

나를 사랑하기 때문인지, 아니면 그저 편리한 여자라서 원하는 것인지, 그건 알 수 없지만.

다만 그가 나를 원하고 있다는 것만은 사실이다.

누가 뭐래도 청혼했을 때 그는 이미 왕위를 손에 넣기로 결의하고 있었으니까.

그리고 지금의 상황도 이미 예견하고 있었을 것이다.

그래도 내게 정식으로 청혼한 것은 그가 나를 원하고 있다는 증거…….

그래서 솔직히 그와 만나는 것이 두려웠다.

"그렇다 해도……. 둘째, 이번 조약을 맺게 되면서 혼인에 의해 양쪽이 얻을 이익이 그다지 없습니다. 우리는 이 이상은 어렵고…….
물론 혼인하면서 아카시아 왕국이 우리 영지에 뭔가 이익을 준다면 얘기는 다르겠지만."

카딜 님은 쓴웃음을 짓고 있었다.

대체 얼마나 비싼 값을 부르려는 걸까, 하고 내심 생각하고 있을 것이다.

부정은 하지 않겠지만.

"······뭐, 좋아. 이걸로 아카시아 왕국과 타스멜리아 왕국의 화평 교섭은 끝이다."

"네. 잘라르 님의 신변을 양도할 테니 잘 부탁드려요. 저쪽 분을 안내해 드리면 될까요?"

"아니. 저택 밖에 대기하고 있는 우리 나라 사람에게 데려다줬으면 좋겠군."

"알겠습니다."

"······아이리스 영애, 이제부터는 우리의 우호를 돈독히 다지는 사적인 대화를 나누고 싶은데 어떻소?"

"네, 좋아요. 귀국과 우호를 다지는 것은 우리 영지, 나아가서 우리 나라에도 매우 좋은 일이니까요."

"그럼 사적인 자리이니 하나만 대답해 주시겠소?"

"······대답할 수 있는 거라면."

"나와의 결혼을 거절한 진짜 이유는?"

나는 미소와 함께 던진 그의 질문에 한순간 멍한 표정을 지었다.

설마 그런 걸 물어볼 줄은 솔직히 몰랐다.

말하기 어려워서 입을 다물자 카딜 님이 더욱 짙은 미소를 지었다.

이미 알고 있었지만 정말 성격이 나쁜 사람이다.

"방금 확인했잖아? 지금은 사적인 자리라고. 무슨 말을 하건 화내지 않겠어. 뭐, 반한 여자에게 청혼을 거절당한 끈질긴 남자의 마지막 발버둥이라고 생각해 줘."

"불쾌한 질문이군요."

나는 한숨을 내쉬었다. 옆에서는 어머님이 생긋 웃고 있었다.

"그대도 누군가와 혼인해야 할 텐데? 그게 그대 나라의…… 이니, 어느 나라도 그렇지만, 귀족으로서 위에 선 자의 역할이자 의무잖아? 그대에게 나보다 더 괜찮은 상대는 없지 않을까?"

"……그렇군요. 부정은 하지 않겠어요. 우리 나라에는 나와 비슷한 또래의 신분이 높은 자 중에 아직 결혼을 하지 않은 영식은 없죠. 당신과의 혼인을 거절하면 달리 좋은 상대가 있는 것도 아니고, 아마 결국 전 아르메리아 공작가를 떠나 어디선가 혼자 상회를 경영하면서 살아가겠죠. ……아, 고아원을 돕는 것도 괜찮겠군요."

"아이리스……."

어머님이 걱정스러운 듯이 내게 말을 건넸다. 나는 미소를 지었다.

각오한 일이다. ……본래 에드 님에게 파혼을 당하고 영지로 돌아왔을 때에는 이제 누구와도 결혼할 수 없을 거라고 생각했다.

조금씩 상황이 변했지만…… 결국 누군가와 결혼하지 않으면 집안을 떠날 수밖에 없다고 생각하고 있다.

내가 영지를 물려받을 리는 없고, 언젠가 베른이 영주 자리를 이어서 누군가와 결혼했을 때 내가 있으면 방해가 되기 때문이다.

"하지만 그래도 당신과 결혼하지는 않겠어요. 왜냐하면 카딜 님…… 조금 손을 쓰셨죠? 아카시아 왕국이 우리 영지를 공격하기 전에 일어난 사건."

"호오…… 용케 눈치챘군."

카딜 님의 말에 나는 웃었다.

제1 왕자를 심문하고, 타냐의 보고를 들으며 세운 추측.

확실한 증거는 없지만 역시 카딜 님이었군. 나는 내심 한숨을 쉬었다.

이번 습격 전에 일어났던 동부 관청과 경비대가 습격당하고 점령

당한 사건⋯⋯. 그걸 주도한 사람은 카딜 님이었다.

"내가 사랑하는 영지민과 영지를 상처 입힌 사람. ⋯⋯그런 사람과 어떻게 결혼할 수 있겠어요? 혼인하지 않아도, 아르메리아 공작가를 떠나도 나는 나⋯⋯. 그저 아이리스라는 한 사람으로 돌아간 후에도 저는 이 영지를 위해 일하고 발전에 기여할 거랍니다."

나는 물끄러미 그를 바라보았다.

그도 나를 바라보았다.

서로를 응시한 채 그도, 나도 입을 열지 않았다.

마치 서로가 서로의 눈동자 밑바닥에 비치는 마음속을 읽으려고 하는 것처럼.

"⋯⋯졌군. 부디 앞으로도 좋은 이웃이 될 수 있도록 잘 부탁해."

이윽고 그는 그렇게 말하며 한숨을 쉰 후 자리에서 일어섰다.

"네. 저야말로 잘 부탁드려요."

문으로 향하는 그를 배웅하기 위해 나도 자리에서 일어서서 그쪽으로 걸어갔다.

"⋯⋯이번에는 일단 돌아가지만 난 아직 그대를 포기한 게 아니야. 그대가 약해진 틈을 타서 언제든지 그대를 납치하러 올 거야."

그는 그렇게 말하며 또다시 내 손을 잡았다.

"어머나⋯⋯. 무서워라. 하지만 그 말, 격려가 되네요. 영지를 떠나지 않고도 살아갈 수 있도록 열심히 힘내야겠는걸요."

내 말에 그는 쓴웃음을 지으며 밖으로 나갔다.

† † †

"⋯⋯끝났군요."

그가 제1 왕자를 데리고 떠나는 것을 지켜보고 또 포로 교환을 마친 후, 나는 한숨을 쉬며 소파에 앉았다.

"그래. 수고했다. 아이리스. 너는 언제나 그런 식으로 여러 사람과 이야기를 나누니? ……애쓰고 있구나!"

그 따뜻한 말에 나도 모르게 쓴웃음을 지었다.

"그건 그렇고 어머님은 냉정하시네요. 한 번도 그 웃음을 무너뜨리지 않은 걸 보면. ……. 역시 굉장해요."

"어머…… 그런가? 뭐, 대화는 아이리스 네가 반드시 어떻게든 할 거라고 생각했고……. 설령 그 자리에서 카딜 님의 뒤에 있던 남자가 어떻게 움직이건 내가 알아서 처리할 수 있으니까."

어머님의 말에 무심코 메마른 웃음이 흘러나왔다.

배짱이 대단하달까…… 어떤 의미로 어머님답다.

"불가침 조약에 통상 조약. 그 대국과 그런 조약을 체결할 수 있었던 건 이 나라에는 더할 나위 없는 이익이란다. 게다가 아르메리아 공작령에는 수출 제한 해제와 관세 인하. ……성과를 보면 이번 회담은 대승리로구나."

"……전쟁이 벌어진 시점에서 전 개인적으로 이미 졌어요. 애초에 전쟁만 없었더라면 피해자가 생길 일도 없었으니까요. 전쟁이 일어나지 않도록 최대한 노력한다……. 그 목표를 달성하진 못한 셈이죠. 그 실패를 반성하고 만회하지 않으면 영지민들에게 고개를 들 수 없을 거예요."

"아이리스, 너는 자신에게 엄격하구나."

"그렇지 않아요. 사람들 위에 서는 자로서 많은 책임을 짊어지고 있으니까요……. 당연한 거죠. 실패했습니다, 죄송합니다, 그걸로 용서받을 수 있는 일이 아니잖아요."

"……그렇구나. 그린 너니까 모든 배성이 널 따르는 거겠시."

어머님의 말에 나는 자연스레 미소를 지었다.

타냐가 끓여 준 허브티를 둘이서 마시며 한숨을 돌렸다.

계속 긴장해서 회담 중 내심 줄곧 식은땀을 흘리는 바람에 정말로 몸 구석구석까지 허브티가 스며드는 듯한 기분이 들었다.

"앞으로 일주일쯤 머물다가 아무 일도 없을 것 같으면 앤더슨 후작가의 호위병들은 돌려보낼 생각이란다."

"네, 그게 좋을 것 같아요. 마음뿐이지만 감사를 전하고 싶네요. 그리고 그들이 귀환하기 전에 호화롭지는 못하겠지만 파티를 열까 해요."

"좋아, 분명히 다들 기뻐할 거야. 아르메리아 공작령의 식사는 정말 맛있다고 다들 기뻐했거든."

"다행이네요. 파티 때도 메리다에게 실력을 발휘해서 만들라고 할게요."

"어머나……. 나도 기대가 되는구나."

다정하게 웃는 어머님을 보니 겨우 일상이 돌아온 듯한 기분이 들었다. 왠지 지금 마시는 차도 더욱 맛있게 느껴졌다.

이렇게 차분한 마음으로 차를 즐기는 게 대체 얼마 만일까.

"아가씨, 레티시아 제1 왕녀로부터 편지가 도착했습니다."

그때, 세바스가 정중하게 편지를 건넸다.

무슨 용건인지 도무지 짐작이 가지 않아서 의아한 얼굴로 편지를 받아 들고 머뭇머뭇 펼쳐보았다.

처음부터 끝까지 꼼꼼히 내용을 읽었다.

"……무슨 편지니? 아이리스."

마침 편지를 다 읽었을 때, 어머님이 물었다. 나는 편지를 접으며 대답하기 위해 입을 열었다.

"왕도에 와서 유리 영애와 만나 줬으면 한다는군요."

"어머나……. 어째서일까?"

내 말에 어머님은 고개를 갸웃거렸다.

나도 내심 같은 반응이었다.

"아무래도 유리 영애가 고집스럽게 입을 다물고 있는 모양인데……. 최근에 저와 만나면 얘기하겠다고 했나 봐요. 대체 왜 저를 지목한 걸까요?"

"글쎄……. 그 아가씨는 무슨 생각인지 통 알 수가 없어서."

어머님의 말에 무심코 쓴웃음을 지었다.

"그건 그래요."

"……아가씨, 왕도로 가실 건가요?"

"글쎄. 이번 회담도 끝났고, 통상 업무도 딱히 문제는 없으니까. 왜 나와 얘기하고 싶은지 궁금하기도 하고. 최대한 빨리 다녀오고 싶으니 내일이라도 출발할까?"

"어머나……."

"앤더슨 후작가의 호위병들에게는 미안하지만……."

"걱정 말렴. 아르메리아 공작가의 일원으로서 내가 배웅할 테니까."

……그들도 그걸 더 기뻐할지도 모른다는 생각이 언뜻 들었다.

그들에게 감사 인사를 하고 싶어서 어머님과 함께 한 번 만난 적이 있다만……. 어머님을 바라보는 그들의 시선은 존경을 뛰어넘어 신앙에 가까운 느낌이었다. 그때는 살짝 얼굴을 일그러뜨렸지만 생각해 보면 이제는 좋은 추억이다.

그만큼 어머님께 깊고 강한 충성심을 품고 있다면, 어머님의 배웅을 받는 게 훨씬 기쁘지 않을까?

오히려 여기 남겠다고 말하지 않는 게 이상할 정도다.

"어머님, 잘 부탁드려요. ……타냐, 준비를 부탁해."

내 말에 어머님과 타냐는 고개를 끄덕였다.

"그래, 알겠다."

"알겠습니다."

각각 그렇게 말하며.

그리고 다음 날. 나는 타냐와 라일, 디더, 그리고 경비대 몇 명을 데리고 왕도로 향했다.

별다른 문제없이 왕도에 도착한 후 일단 저택에 들렀다가 왕궁으로 향했다.

아버님이나 또는 베른이 있으면 이야기를 들은 후에 왕궁으로 가려고 했지만 두 사람 모두 왕궁에서 돌아오지 않았다고 한다.

아마도 전쟁 뒤처리에 쫓겨서 왕궁에 남아 있는 모양이다. 뭐, 어쩔 수 없는 일이다.

……어머님의 말씀으로는 아버님은 아직 완쾌되지 않았다던데. 아버님의 몸이 걱정이네.

그런 생각을 하며 왕궁에 도착하자 역시 왕궁 안은 고요하면서도 장엄한 분위기를 풍기는, 평소와는 달리 무척 소란스러웠다.

"……기다리고 있었습니다, 누님."

입구에서 기다리고 있던 것은 베른이었다.

"어머나……. 베른, 고작 나 같은 걸 맞이하기 위해 굳이 기다리고 있었니."

베른에게 그렇게 말하며 경비대 사람들에게 적당한 곳에서 대기하라고 손짓으로 지시를 내렸다.

"이번 일은 그만큼 중요한 일입니다. ……게다가 누님을 '고작'이라고 생각할 수 있는 사람은 이 나라에는 없습니다."

"어머……. 말을 잘하는구나."

그리고 나와 타냐는 베른의 안내를 받아 왕궁을 걸었다.

"……아르메리아 공작가에서 보고를 받았습니다. 역시 대단하시군요, 누님."

"고마워."

"……나중에 천천히 이야기를 나누고 싶지만 일단 먼저 여쭙겠습니다. 카딜 님과의 혼인을 거절하셨다지요?"

"응, 그래. ……하지만 안심하렴. 네가 아르메리아 공작가를 계승할 때에는 나는 집을 떠날 거니까."

애써 밝은 목소리로 말했지만 어째서인지 베른은 쓴웃음을 지었다.

"그 얘기를 하고 싶습니다만……. 누님, 누님께서 아르메리아 공작가를 계승하시지 않겠습니까?"

"……뭐?"

나는 베른의 제안에 무심코 걸음을 멈추고 말았다.

"무슨 소리야? 아르메리아 공작가에는 정당한 후계자인 네가 있잖아?"

"뭘 가지고 정당하다고 말할 수 있습니까? 장자는 누님입니다. 그동안 쌓은 실적만 해도 그렇지요. 누가 봐도 누님이야말로 영주에 어울린다고 생각합니다만?"

"하지만……."

"저도 아르메리아 공작가의 일원으로서 누님이 아르메리아 공작가의 차기 가주가 되어 주길 바랍니다."

"……넌 어쩌고?"

"저는 이대로 국정에 관련된 일을 하면 그걸로 충분합니다. 왕도 어딘가에 집이라도 구해서 지낼까 합니다만……. 뭐, 그건 나중에 생각할 문제죠. 일단 이 얘기는 여기까지. 도착했습니다."

베른의 말대로 어느 호화로운 문 앞에 도착했다.

솔직히 베른이 한 말로 머릿속이 가득 차서 레티시아 님과 이야기할 마음의 여유는 없었지만.

"실례합니다, 레티시아 님."

베른이 노크를 하고 문을 열었다.

나는 할 수 없이 사고를 전환하며 그녀의 앞에 섰다.

"오랜만이네요, 아이리스 님."

"오랜만입니다, 레티시아 님. 지난번에는 미처 알아보지 못하고 실례가 많았습니다."

우리 대화에 베른이 고개를 갸웃거렸다.

"……대화 도중에 실례합니다. 두 분, 만나신 적이 있습니까?"

"네. 예전에 신분을 숨기고 몰래 거리에 나갔을 때."

레티시아 님의 말에 나는 쓴웃음을 지었다.

그러고 보니 알프레드 왕자가 딘으로 일했다는 걸 베른은 모르고 있었지.

"……그건 그렇고 오늘은 피곤하실 텐데 이렇게 와 주셔서 정말 감사해요. 자아, 아이리스 님. 오자마자 미안하지만 그녀가 갇혀 있는 탑까지 함께 가 주시겠어요?"

"네, 물론이죠."

나와 레티시아 님, 그리고 베른과 타냐는 함께 탑을 향해 걷기 시작했다.

길을 걸으면 걸을수록 차츰 인적이 드물어졌다.

한동안 걸었을 무렵, 목적지에 도착했다.

왕궁에서 떨어진 곳에 위치한 그곳은 보기만 해도 우울한 분위기를 자아내고 있었다.

계단을 오르자 눈앞에 펼쳐진 것은 철창에 둘러싸인 방이었다.

"……이쪽입니다, 아이리스 님."

레티시아 님이 가리킨 곳에는 한 여성이 서 있었다.

그녀의 모습을 보고 나는 한순간 숨을 삼켰다.

예전과는 전혀 다른, 옛 모습은 조금도 찾아볼 수 없는 모습에.

지독하게 마르고, 머리카락은 부스스하고, 피부는 거칠고. 그리고 울고 있었는지, 새빨개진 눈으로 그저 멍하니 허공을 바라보고 있었다.

"……오랜만이군요, 유리 영애."

놀라움을 목소리에 드러내지 않도록 배려하며 일부러 담담하게 말을 건넸다.

"오랜만이네요, 아이리스 님."

유리는 코웃음을 치듯 말하며 나를 마주 보았다.

"……왜 나를 불렀죠?"

"그냥. 그저 죽기 전에 당신 얼굴을 보고 싶었던 것뿐이야."

차가운 시선과 웃음.

예전의 유리라면 결코 드러내지 않았을 모습이었지만 위화감은 없었다.

오히려 지금 모습이 훨씬 본연의 그녀와 가까운 듯한 느낌이었다.

"만족스럽나요?"

나도 비꼬는 듯한 미소를 지었다.

"글쎄……. 생각했던 것보다 아무 생각도 안 드네."

"어머, 그건 참……."

기껏 불러 놓고 뭐야? 그렇게 생각했지만 아무 말도 하지 않았다.

"……그럼 나부터 질문해도 될까요?"

유리는 긍정도, 부정도 하지 않았다.

나는 그걸 멋대로 긍정으로 받아들이며 말을 이었다.

"당신은 에드워드 님을 사랑했나요?"

"그걸 물어서 어쩌려고?"

"그냥 흥미가 있어서요."

그렇게 말한 순간, 그녀는 웃었다.

나를 업신여기듯 바라보며 커다랗게 입을 벌리고.

그 모습이 너무 섬뜩해서 등줄기에 오한이 일었다.

"뭐야, 그게? 자기가 사랑했던 사람을 이용할 목적으로 접근한 여자한테 빼앗긴 걸 인정하고 싶지 않아서 그래?"

갑자기 유리의 말수가 많아졌다.

"이미 알고 있잖아? 내가 트와일국을 위해 움직였다는 거. 이 나라를 혼란에 빠뜨리기 위해서 귀족들 중에서도 특히 신분이 높은 자들을 하나둘씩 함락시켰다는 거."

"네, 알고 있어요."

"기분이 어때? 그 사람, 나를 감싸고 죽었어. 사랑하는 사람을 지키기 위해서 라면서. 난 그 사람한테 사랑받았어. 그의 사랑을 원해서 억지로 약혼했지만 사랑을 얻지 못했던 당신은 어떤 기분이야? 분해? 내가 밉지……!"

유리가 쏟아 낸 말은 공격적이었다.

하지만 그 말에 상처받고 있는 건 내가 아니라…… 왠지 그녀 자신

같았다.

"분하다고…… 밉다고 말해!"

철컹. 유리가 철창을 움켜잡았다.

서로 닿을 만큼 거리가 가까워졌다.

"사랑한다고 말하는 것 같군요."

내 말에 유리가 고개를 들었다.

"……뭐? 무슨 소리야?"

진심으로 바보 취급하는 듯한 말과 목소리에 나도 모르게 웃었다.

"어머, 아닌가요? 당신이 방금 한 말…… 내게는 그렇게 들려요. 그를 사랑한다고…….”

유리는 아무런 대답도 하지 않았다.

당연히 또 나를 바보 취급하는 듯한 소릴 하며 부정할 줄 알았는데. ……진실은 어쨌든.

아무런 대답도 하지 않는 유리의 얼굴을 물끄러미 바라보고 있을 때, 그녀의 눈에서 커다란 눈물방울이 흘러내렸다.

……정말로 사랑했구나.

백 마디 말보다 지금 유리의 그 모습이 진실을 말해 주고 있었다.

"뭐, 뭐야, 그게……. 무슨 말인지 모르겠어."

유리는 그렇게 말하며 또다시 고개를 숙였다.

한동안 유리를 물끄러미 바라보고 있었지만 그녀는 움직일 기색을 보이지 않았다.

"……분하지 않아요. 나와 그가 약혼했던 건 이미 과거의 일이니까요. 그때 그와 나는 다른 길을 선택했어요. 그 후 그가 어떻게 되든 내가 알 바 아니죠."

그렇게 단언하자 유리는 또다시 고개를 들고 증오스러운 듯이 나를 노려보았디.

"게다가 에드워드 님이 선택하고 사랑한 사람은 다름 아닌 당신이
잖아요. 당신이 무슨 속셈이든 그는 사랑하는 당신을 지킬 수 있었
으니…… 원하는 대로 된 거겠죠. 그의 죽음을 애도하긴 하지만 그
이유로 누군가를 미워하진 않아요."

"……그 고고한 얼굴이 마음에 안 들어."

그녀의 말에 나는 무심코 쓴웃음을 지었다.

"마음에 안 든다라……."

"태어날 때부터 지위도, 돈도, 빛나는 미래도 전부 갖고 있었으면
서! 많은 사람에게 둘러싸여서! ……그런 당신이 난 정말 싫어!"

유리는 그렇게 외치며 철창을 흔들었다.

철컹, 철컹. 마치 비명을 지르는 듯한 소리가 울려 퍼졌다.

"……그래서 계속 날 괴롭힌 건가요?"

"흥……. 정말 통쾌했는데."

그녀가 즐거운 듯이 웃었다. 시커먼 웃음이었다.

"……그렇군요."

그런 이유로 그토록 날 괴롭혔다니, 내심 화가 났다.

……사람마다 고민은 천차만별이다.

그건 알고 있지만 그래도 피해를 입은 입장에서는 석연치 않았다.

"대체 나와 당신, 뭐가 다른 거야! 나도 충분히 남들보다 예쁘고,
사람을 끌어당기는 힘도 있어! 그 증거로 에드 님은 날 선택했잖아!
그런데 어째서 이렇게……."

그녀의 외침에 인내심이 툭 끊기는 소리가 들렸다.

나는 가까이 다가가서 유리의 뺨을 힘껏 때리기 위해 손을 치켜들
었다.

……하지만 휘두른 손은 철창에 가로막혀 그녀를 때리지 못했다. 대신 힘껏 철창에 손이 닿아서 몹시 아팠다.

철컹……. 나 대신 철창이 비명을 질렀다.

저 사람 뭐 하는 거야……? 주위에서 그렇게 말하는 듯한 표정을 지었다. 심지어 유리마저 한순간 어이없는 표정을 짓는 바람에 손보다 마음이 더욱 아팠다.

"웃기지 마……. 말해 두지만 당신과 나는 전혀 달라!"

"뭐가! 신분이? 아니면 운이라고 말하고 싶은 거야?"

"그게 아니야. ……당신은 사람을 끌어들여서 이용하기만 했잖아? 나는 그들을 신뢰하고 믿고 있어!"

"그, 그게 뭐가 달라!"

그녀의 말에 나도 모르게 소리 높여 웃었다.

아무래도 그게 심기를 건드렸는지, 유리가 점점 날카로운 눈빛으로 나를 노려보았다.

"내 말이 무슨 뜻인지 모르겠어? 당신은 그저 상대를 이용하기만 할 뿐, 필요 없어지거나 자신에게 불리해지면 쉽게 잘라 버리지. 그런 당신에게 자신을 맡길 사람은 아무도 없어. 다가오는 사람이 있다면 그건 오히려 당신을 이용하려는 사람이겠지."

그 말에 그녀는 흠칫 숨을 삼키며 갑자기 얌전해졌다.

……아무래도 짚이는 곳이 있는 모양이다.

"신용이란 믿고 맡기는 것, 신뢰란 믿고 의지하는 것. 어쨌든 믿기 때문에 맡기는 거야. 믿을 수 있는 사람이란 내게 필요 불가결한 존재. 무슨 일이 일어나면 나는 온몸을 바쳐 그들을 지킬 거야! 그러니까 나를 당신과 똑같이 취급하지 마."

언성을 높인 탓에 자연스레 호흡이 거칠어졌다.

숨을 고르기 위해 심호흡을 하고 있을 때, 유리가 작게 입을 열었다.

"……어째서……."

작게 중얼거린 그녀의 말은 내 숨소리 때문에 들리지 않았다.

"어째서 당신은 믿을 수 있지? 그런 일을 겪고 나면 누구나 사람을 믿을 수 없게 될 텐데."

"그런 일이란 파혼을 말하는 거야? 아니면 상회 인간들을 빼내 간 거야? 아니면……."

"전부. 하지만 굳이 말하자면…… 파혼 말이야. 사랑하는 사람에게 비난당하고, 그 무리 중에는 자신의 가족까지 있었잖아?"

유리의 물음은 몇 번이나 내가 나 자신에게 물었던 것이었다.

그걸 그녀가 묻는 게 우스워서 나도 모르게 웃었다.

"그래……. 믿는 게 무서워졌던 건 사실이야. 하지만 무서워서 벽을 만드는 내게 그녀와 옛날부터 내 곁에 있어 줬던 사람들이 '그런 건 상관없어, 무슨 일이 있어도 함께 하겠어.' 라면서 점점 벽을 무너뜨려 줬지."

무서웠다. ……믿었다가 또다시 배신당하는 것이.

그만큼 내 마음은 상처입고 있었다.

하지만 그런 약한 모습을 보이는 게 두려워서 아무렇지도 않는 듯이 행동했다.

그렇게 고집스러운 내 마음의 벽을 허물어 준 것은…… 소꿉친구들과 그리고 딘이었다.

"지금도 사람이 무섭지만…… 믿는 건 나쁘지 않다고 생각해. 믿지 않고 무서워하기만 한다면 함께 웃는 즐거움도, 괴로움을 나누는 것도, 전부 잊어버렸을 테니까. 조금만 용기를 내면 세상은 무척 찬란해지지."

그렇게 말하며 타냐에게 시선을 향하자 그녀는 자랑스러운 미소를 지었다.

"하지만 또 배신당할지도 모르는데……? '

"그래. 배신당할지도 모르지. 하지만 그걸 두려워하기만 해서는 앞으로 나아갈 수 없어. 두렵다고 그런 멋진 것들로부터 눈을 돌리는 건 손해야. 그래서야. 그리고 이 세상은 아무 상처 없이 살아갈 수 있을 만큼 친절하지 않으니까. 상처 입어도 그 상처를 끌어안고 살아갈 수밖에 없어."

"……그렇군."

그녀는 그렇게 말하며 웃었다.

마치 지금까지 씌어 있던 뭔가가 떨어져 나간 듯한 웃음이었다.

"역시 난 당신이 정말 싫어."

유리의 말에 나는 웃었다.

"나도 당신이 싫어."

"그래? 하긴 그래도 내가 좋다고 하면 무서울 것 같네."

"그건 그래."

그렇게 말하며 서로 웃었다.

"있잖아…… 아이리스 님. 누군가를 '사랑' 한다는 건 어떤 걸까?"

"글쎄. 그건 남이 설명해 줄 수 있는 게 아니잖아? 하지만 그 사람이 누구보다도 특별하게 여겨지면…… 어떤 형태든 그게 사랑 아닐까?"

"특별……. 그렇군."

유리는 그렇게 말하며 울 것 같은 얼굴로 웃었다.

"난 바보야. 잃고 나서 처음으로 그가 내게 얼마나 특별했는지 깨달았어."

"그래. 당신은 정말 바보네."

나는 웃었다. 하지만 지금의 나도 그녀에게 감화되어 울 것 같은 미소를 짓고 있을 것이다.

"……나도 그래. 우리 둘 다 정말 바보네. 그 마음을 전할 기회가 잔뜩 있었는데. 이제는 전할 방법이 없어."

그렇게 이어 말하자 유리가 눈을 동그랗게 떴다.

"아, 에드 님의 얘기가 아니야. 물론 그의 죽음을 애도하는 마음은 있지만."

"……애도?"

그렇게 묻는 유리의 목소리는 떨리고 있었다.

"응? 에드 님을?"

그렇게 되묻자 그녀가 조용히 고개를 끄덕였다.

"'설령 진심으로 미워하던 상대라 해도 그 사람이 죽어 버리면 그 원한을 쏟아 낼 수 없게 되지. 쏟아 내지 못한 그 마음을 괴로워하며 끌어안고 있는 것보다는 좋은 추억으로 바꾸는 편이 남아 있는 사람에겐 훨씬 좋거든.' 이라고 내 부하가 가르쳐 줬어. 확실히 생전에는 그를 진심으로 원망하고 미워한 적도 있지만, 그와 좋은 추억도 분명히 있으니까. 그러니까 지금은 그저 그의 죽음을 애도할 뿐이야."

그렇게 말하자 유리의 두 눈에서 눈물이 방울방울 떨어졌다.

"아무도 그를 애도해 주지 않을 거라고 생각했어. 그를 진실로 사랑했던 엘리아 님도, 마엘리아 후작도 이미 죽었으니까. 그리고 나도……."

"……적어도 나는 애도해. 그리고 당신이 모르는 것뿐, 그의 죽음을 애도하는 사람은 나 말고도 있을지 몰라. 사람의 마음은 복잡해서 결코 한 가지 면만 갖고 있는 게 아니니까."

"그렇구나……. 다행이다. 그의 이름이 오직 경멸과 함께 불리지 않아서."

그렇게 말하며 눈물과 함께 안도의 숨을 내쉬는 유리의 모습을 보니 나도 또다시 눈물이 나올 것 같았다.

그토록…… 유리는 그를 사랑하고 있었구나.

그의 이름이 '악'으로 불리고, 그리고 그것이 정착되고…… 그리고 그대로 풍화되는 것을 그녀는 두려워하고 있었던 것이다.

자신의 앞날보다 그의 이름을 안타까워하는 그 모습을 사랑이 아니면 뭐라고 부를 수 있을까?

"아이리스 님, 당신은 이만 돌아가요. ……왕녀님, 전부 얘기할게요."

이윽고 눈물을 그친 유리가 의연한 표정으로 그렇게 말했다.

"그렇군요. ……그럼 안녕히, 유리 영애."

……더 이상 우리 사이에 할 얘기는 없다.

"안녕히, 아이리스 님."

유리는 살며시 미소 지었다.

그 웃음만은 예전의 웃음과 똑같았다.

그리고 나는 레티시아 님과 자리를 바꿔 그 자리를 뒤로했다.

"……누님, 레티시아 님이 집무실에서 기다려 달라고 하셨습니다."

"알았어. ……너는 유리 영애의 얘기를 듣지 않아도 되니?"

"유리 님은 레티시아 님에게만 이야기하기를 바라고 있으니까요."

"그렇구나……. 그럼 안내를 부탁해."

그리고 우리는 왔던 길을 되돌아갔다.

"누님, 좀 전에……."

"유리 영애 얘기로 사과할 생각이라면 필요 없어. ……너에게는 이미 많은 걸 받았으니까."

"……그렇군요."

"그러니까 말할게. 아까 영주 얘기, 그 사죄의 마음으로 말하는 거라면 거절하겠어."

"그것과 이건 별개의 얘기입니다. 저는 순수하게 누님이 아르메리아 공작가 영주에 어울린다고 생각했기 때문에 말씀드린 겁니다. 실은 이미 아버님께 말씀드리고 국가에 제출할 서류도 만들었습니다."

거기까지 얘기가 진행됐단 말인가? 나는 충격을 받았다.

"그게 무슨……!"

"솔직히 말씀드리면 누님과 아카시아 왕국의 혼약이 깨져서 다행이라고 생각했을 정도입니다. 국정을 수행하는 자로서 누님만큼 유능한 분이 국외로 떠나는 건 큰 손실이니까요."

"……날 너무 높이 평가하는구나."

"아뇨. 그렇다면 누님은 어째서 고집스럽게 영주가 되는 걸 부정하는 겁니까? 장녀이고, 실적도 있습니다. 누님이 여성이기 때문입니까? ……하지만 여성이라는 게 영주가 되는 데 무슨 장애가 된단 말입니까?"

정곡이었다.

나는 여자의 몸이기 때문에 물러서지 않으면 안 된다고 생각했다.

……그렇게 믿고 있었다.

하지만 그 설 의문으로 던지지 말문이 막혔다.

여자니까 영주 자리에서 물러나지 않으면 안 되는 걸까?

그건 대체 어째서일까?

생각하면 생각할수록 그 이유가 떠오르지 않았다.

그저 '그래야 하니까.' 라는 말로 생각조차 하지 않고 있었다.

"만약 누님에게 영주의 자리가 너무 무겁고, 자유로워지고 싶다고 한다면 차마 붙잡을 수는 없지만…….'

"어머나, 그건 모순 아니니?"

"이미 누님은 무거운 짐을 견디고 책무를 다하셨잖습니까. 더 이상 무리한 요구는…… 동생으로서, 가족으로서 할 수 없으니까요."

"……그렇구나."

한 번 심호흡을 했다. 그리고 나는 자신의 마음에 물었다.

과연 나는 어떤 미래를 선택하고 싶은 걸까?

지금 내 앞에는 두 개의 길이 있다.

영주의 길과 그렇지 않은 길. 그렇지 않은 길은 또다시 무수하게 갈라져 있다.

"……마지막으로 하나만 물어볼게. 너는 내가 어느 쪽을 선택해도 괜찮은 거지?"

"네. 두말하지 않겠습니다."

"그래? ……그럼 베른, 난 사양하지 않고 영주의 지위를 받아들일게."

"그렇습니까. 잘됐군요."

마침 그때 집무실에 도착했다.

나와 베른, 그리고 타냐는 주인이 없는 방으로 들어갔다.

"그럼 이쪽에서 기다리십시오. 저는 잠시 볼일이 있어서요. 성의 고용인들에게 뭔가 가져오라고 하겠습니다. 타냐도 이쪽에서 대기하도록 하십시오."

"알았어, 고마워."

베른이 떠난 후, 나는 지정된 자리에 앉았다.

"……아가씨, 괜찮으신가요?"

문득 타냐가 걱정스러운 듯이 물었다.

"뭐가?"

"영주의 지위 말이에요."

"응. 후회하지 않아. 모두와 함께 달려갈 수 있게 돼서 오히려 기쁠 정도야."

"그렇군요."

내 대답에 타냐는 안심한 듯이 미소 지었다.

"후후후, 앞으로도 잘 부탁해."

"저야말로 앞으로도 계속 잘 부탁드립니다. 목숨이 다할 때까지 이 몸을 아가씨께 바칩니다."

"어머나……. 목숨이 다하면 내가 곤란한데."

우리는 그렇게 말하며 서로 마주 보고 웃었다.

그때 노크 소리와 함께 왕궁의 고용인이 방으로 들어왔다.

그녀는 능숙하게 차를 따른 후 또다시 나갔다.

솔직히 타냐가 끓여 준 차를 더 좋아하지만……. 취향 문제인가.

그리고 한동안 나는 말없이 차를 즐겼다.

오늘 하루 동안 많은 일이 일어났다.

그 일들을 내 안에서 소화하도록 차를 마셨다.

"실례합니다. 기다리셨죠, 아이리스 님."

"레티시아 님……! 아뇨, 저야말로 편히 기다릴 수 있게 해 주셔서 감사합니다."

"편안하셨다니 다행이군요."

레티시아 님이 내 앞에 앉았다.

"아이리스 님 덕분에 유리 영애가 진술을 해 줬어요. 이걸로 흐지부지 넘어가려고 했던 귀족들을 탄핵할 수 있게 됐어요. ……정말 고마워요."

"아뇨, 도움이 되었다니 다행이네요."

"도움이라뇨……. 당신은 항상 최고의 결과를 가져다주셨는걸요. 아카시아 왕국과의 교섭도 그래요. 전 정말 당신께 감사하고 있답니다."

"영광입니다."

"……아이리스 님, 당신은 영주가 되실 건가요?"

"네. 베른에게 들으셨나요……?"

"'네' 이기도 하고 '아뇨' 이기도 해요. 전에 이야기를 했을 때 잠깐 그 얘기를 들었거든요. ……보아하니 오늘 베른이 얘기를 꺼냈나 보군요."

"네."

"……어떻게 하실 건가요?"

"제가 영주 자리를 물려받기로 했어요."

레티시아 님이 즐거운 듯이 눈을 가늘게 떴다.

"그렇군요. 사실 이건 비밀인데…… 왕위는 내가 계승하기로 했답니다."

그것도 그렇겠지……. 딘도 에드 님도 없는 지금 왕가의 직계는 그녀밖에 없으니까.

"할마마마와는 달라요. 차세대로 이어 주기 위해서가 아니라 제가 진정으로 실권을 쥐게 됐어요."

"어머나……! 그건……."

솔직히 놀랐다.

그걸 이룰 만한 힘이 있다는 건 어렴풋이 눈치채고 있었지만……
실제로 그렇게 될 줄이야.

그녀의 할머님…… 아이리야 님은 분명 여왕으로서 이 나라의 정
상에 군림했었다. 피가 이어진 자들 중에서 남편을 맞이하여 공동
통치라는 형태로.

……그렇지만 그 자리는 다음 세대로 혈통을 이어 주기 위한 연결
고리의 역할이 강했다.

하지만 그녀의 왕위는 그것과는 다르다고 한다.

역사상 최초의, 진정한 의미의 여성 국왕.

그렇게 되기까지 분명 기존의 고정 관념이 그녀의 앞을 가로막을
것이다. 그걸 무너뜨리고, 통합하고…… 분명 이만저만 힘든 길이
아닐 터이다.

"각오는 했어요. 그리고 이미 나는 그 길을 걷고 있어요. ……아이
리스 님, 앞으로도 살 부탁해요."

"저야말로 잘 부탁드립니다."

"그보다 아이리스 님, 아카시아 왕국 문제의 답례라고 할까……
보상으로 당신과 당신의 영지를 특별 구역으로 지정하고 어느 정도
의 재량을 부여할까 해요."

"……그게 무슨 뜻이죠?"

"오라버니 때부터 이 나라의 중앙 집권화를 추진해 왔다는 건 알
고 있겠죠?"

"네, 물론."

"쉽게 말하자면 당신과 아르메리아 공작령은 예외라는 뜻이에요. 그대로 자유롭게 정책을 펼쳐서 뛰어난 수완을 발휘해 주세요."

그 의미를 곱씹고 이해했을 때…… 이 자리에서 그녀가 가볍게 이야기하고 있는 그 말이 매우 엄청난 일이라는 것을 깨닫고 한순간 숨을 삼켰다.

"……그래도 괜찮으시겠어요?"

내 말에 레티시아 님이 쿡쿡 웃었다.

"당신도 똑같은 질문을 하는군요. ……좋건 싫건 그게 이 나라의 최선이니까요. 다른 귀족들에게도 통보했지만 불만은 나오지 않더 군요. ……당연하죠. 그저 몸을 사리느라 엘리아 왕비가 시키는 대로 아르메리아 공작가를 방해하고, 에드워드 오라버니가 불합리한 징수를 했을 때에는 그걸 알면서도 못 본 척하고. 그뿐인가, 오히려 징수를 더욱 부추기고, 이번에 위기에 빠졌을 때에는 도와주지도 못했으니까요."

나는 차마 동의하지 못하고 애매하게 고개를 끄떡일 수밖에 없었 다.

이미 다른 귀족들에게 타진하고 동의를 얻었단 말인가…….

빠른 움직임이다.

그만큼 우리 영지를 높이 평가하고 있다면 잘된 일이다. ……모처 럼의 제안이니까 받아들여야지.

"감사합니다, 레티시아 님. 저는 앞으로도 영지를 위해 최선을 다 하겠습니다. 그게 돌고 돌아 왕국의 힘이 된다면 그보다 더한 기쁨 은 없을 겁니다."

"그렇게 말해 주시니 다행이네요."

……그리하여 나와 레티시아 님의 회담은 화기애애한 분위기로

끝났다.

† † †

그날, 나는 왕도에 있는 아르메리아 공작가 저택으로 돌아왔다.

"……용케 무사했구나."

그리고 지금, 겨우 왕도에서 돌아온 아버님을 만날 수 있었다.

아버님은 전에 침대에 누워 계실 때보다 안색이 나아졌지만 그래도 아직은 창백했다.

체중도 원래대로 돌아오지 않은 모양이다.

이런 몸으로 왕궁에서 격무에 시달리고 계신다고 생각하니 어머님이 걱정하시는 게 너무나도 이해가 됐다.

"모두 덕분이죠."

"겸손은 필요 없다. 정말로…… 정말로 네가 무사해서 다행이다."

아버님이 살며시 나를 끌어안아 줬다.

그 온기에 마음까지 따뜻해지는 듯한 기분이 들었다.

"고맙습니다……."

잠시 그대로 있다가 이윽고 누가 먼저라고 할 것도 없이 몸을 뗐다.

"베른에게 얘기는 들었다. ……네가 물려받기로 했다면서?"

"아버님은 반대하지 않으시나요?"

"누가 반대할 수 있겠느냐? 지금까지 네가 걸어온 길을 생각하면. ……그리고 지금 영지의 모습을 보면."

아버님의 말이 내 가슴을 찡하게 했다. ……자랑스러움과 기쁨으로.

"……그런기요."

"그리고 베른도 베른 나름대로 길을 발견한 것 같더구나. 뭐라고 할 사람은 아무도 없다. ……그러니 아이리스, 베른에게는 이미 말했지만 내일 당장에라도 영주의 지위를 물려받도록 해라."

"저어…… 너무 갑작스럽네요."

"계속 생각하고 있었다. ……나는 이제 이전과 같은 양의 일을 해내는 게 신체적으로 어려워졌다. 서류는 준비를 마쳤으니 실무 면에서도 별다른 혼란은 없을 게다."

"그렇게 몸이 안 좋으신가요?"

"걱정할 정도는 아니다. 안정을 취하면 딱히 문제없단다."

아버님이 내 걱정은 아랑곳없이 조용하게…… 부드럽게 미소 지었다.

"그런가요……."

그 웃음에 오히려 아버님의 건강이 더욱 걱정됐지만…… 더 이상은 차마 묻지 못하고 말을 삼켰다.

"그런데 어떠냐? 너는 각오가 되었느냐?"

"네. 이미 영지민들을 책임질 각오는 되어 있어요."

"그렇구나. ……이미 너에게 이래라저래라 할 생각은 없다. 다만 한마디. ……괴로워지면 언제든지 말하거라. 네 주위에는 나와 메리, 그리고 많은 사람이 있으니까."

그리고 그다음 날, 나는 정식으로 아르메리아 공작령의 영주…… 즉, 아르메리아 공작가의 가주가 되었다.

모든 서류는 이미 아버님과 베른이 준비해 놓았고, 나는 사인만 하면 끝이었다.

좀 더 뭔가…… 여러 가지 절차가 있을 줄 알았지만 전후 처리에 쫓기는 왕궁에 그럴 여유는 없었다.

멋도, 분위기도 아무것도 없이 모든 게 형식적으로 담담하게 끝났다.

······뭐, 별로 상관은 없지만.

그리고 그다음 날에는 아르메리아 공작령으로 돌아가기 위해 마차를 타고 달렸다.

"······아가씨, 이대로 돌아가셔도 되는 건가요?"

너무 어처구니없어서 타냐도 당황한 모양이었다.

"괜찮아. 앞으로는 귀족 사회에서 좀 더 세력을 모아야겠지만, 지금 왕도는 그럴 만한 상황이 아니라서······ 그냥 시간 낭비일 뿐이야. 그럴 바엔 영지로 돌아가는 게 나아."

"그렇습니까."

"응. 이제부터 또 바빠질 거야, 타냐."

나는 생긋 웃으며 말했다.

마차 창문으로 보이는 하늘만큼이나 후련한 기분이었다.

활짝 열린 창문으로 불어오는 바람이 뺨을 어루만졌다.

많은 일이 있었다.

기나긴 가시밭길을 걸었다. 많이 울고, 많이 괴로워했다.

하지만 그만큼······ 많이 웃었다. 따뜻한 것들을 잔뜩 받았다.

앞으로도 많이 상처받고, 울고, 멈춰 서고, 많이 괴로워하게 될 것이다.

하지만 전부 각오하고 있다.

나는 이 길의 끝을 보고 싶다. 다 함께 웃는 밝은 미래를.

그러니까 나는 계속 걸어갈 것이다. ······모두와 함께.

종장
공작 영애의 행복

그 후로 나는 영주로서 영지 운영에 힘썼다.

……하지만 하는 일은 변함이 없다.

매일 정무에 쫓겨 눈을 뜨면 집무 책상으로 향하는 나날이다.

물론…… 옛날과는 달리 방해하는 사람이 없기 때문에 상당히 여유가 있지만.

레티시아 님이 왕위에 오른다는 정식 발표가 있었다.

딘의 죽음을 1년간 추모한 후 대관식이 거행되는 모양이다.

나도 그때는 영주로서 식에 참석한다.

영주가 된 후 첫 공식 행사……. 즉, 내게도 첫 선을 보이는 행사다.

……1년이라.

문득 나는 숨을 내쉬었다.

그 사람이 없어진 지 벌써 몇 개월……. 꽤나 긴 시간이 지난 듯한 기분이 든다.

어머님이 전에 말씀하셨던 대로 문득문득 가슴에 아픔이 느껴진다.

하지만…… 그 아픔마저 사랑스럽게 느껴지는 걸 보면 정말로 중증이다.

"……아가씨, 어디 가시는 건가요?"

문밖으로 나가자 마침 타냐가 서류를 끌어안고 방으로 들어오려던 참이었다.

"산책. 조금 몸을 움직이고 오려고."

"그럼 저도 함께……."

"괜찮아. 저택 안을 돌아다닐 거니까."

그렇게 말하며 나는 그녀를 두고 밖으로 나갔다.

1년 내내 봄기운을 머금은 공기가 부드럽게 나를 감쌌다.

기지개를 켜자 뼈에서 뚜둑뚜둑 귀엽지 않은 소리가 났다.

역시 계속 책상에만 앉아 있으면 몸이 굳어 버리는구나……. 그런 생각을 하며 아름다운 정원에서 마음을 달랬다.

"날씨 좋다……."

위를 올려다보면 맑디맑은 아름다운 푸른 하늘.

"……저 하늘 어딘가에 딘이 있을까?"

무심코 혼잣말을 중얼거리며 회중시계를 움켜쥐었다.

하늘에서 지켜봐 주고 있을 거라는…… 마치 동화 같은 그런 생각을 나는 진심으로 믿고 있었다.

……아니, 믿고 싶어서 매달리고 있는 걸까?

"……아뇨. 저 하늘에는 없습니다."

뒤에서 누군가가 내 혼잣말에 대답했다.

낯익은 그 목소리에 나는 한순간 굳어 버렸다.

……믿을 수 없었다.

"거짓말……."

드디어 환청까지 들리게 된 걸까? 냉정한 내가 환희에 떠는 스스로를 나무랐다.

"……죄송합니다, 아가씨. 저는 당신께 거짓말만 했습니다."

투둑. 눈에서 눈물이 흘러내렸다.

"그건…… 어떤 거짓말?"

목소리가 떨렸다.

"아주 많은 거짓말을. 상회의 아들이라고 신분을 속였던 것. 당신이 결혼한다는 얘기를 듣고도 태연한 척했던 것. 그리고 제가 죽었다는 것."

"전부 아무래도 상관없어……."

나는 몸을 돌려 달려가서 그의 품 안으로 뛰어 들었다.

틀림없는…… 그였다.

그…… 알프레드 딘 타스멜리아.

그 따뜻한 체온에, 심장 소리에, 눈물샘이 무너졌다.

그는 살아 있다…… 살아 있었다!

"당신이 살아 있는 것 말고는 아무것도 바라지 않아……."

그도 내 등을 끌어안았다.

그 손이 떨리고 있는 것은 분명 기분 탓은 아닐 것이다.

감정이 격해져서 꼬옥 끌어안은 팔에 힘이 들어갔다.

그가 정말로 여기에 존재하고 있다는 걸 실감하고 싶어서.

서로 끌어안고 체온을 나눴다.

보고 싶었어…… 보고 싶었어!

너무나도, 너무나도.

이젠 만날 수 없다고 생각하면서도, 그래도 나는 그를 원하고, 그의 흔적에 매달리고 있었다.

살며시 몸을 조금 뗀 나는 딘의 뺨에 손을 냈다.

"그런데 어째서……?"

"화살을 맞은 건 사실입니다. 죽을 뻔했던 것도. ……하지만 의사의 노력 덕분에 목숨을 부지했습니다. 뭐, 그 전에 제가 죽었다는 정보가 왕궁까지 도착하고 말았습니다만."

"세상에……. 이제 괜찮아? ……아픈 곳은?"

"이젠 괜찮습니다. 후유증도 없습니다."

딘은 그렇게 말하며 웃었다. 나는 안도의 숨을 내쉬었다.

"그렇구나……. 다행이다."

"제가 살아난 것은 저를 치료해 준 의사밖에 모릅니다. ……입막음을 했으니까요."

"어째서?"

"레티가 저는 왕위에 어울리지 않는다고 하더군요. 자신이 왕이 될 테니까 물러나라고 하면서. 그녀가 왕위에 오르려면 마침 제가 죽은 걸로 하는 게 좋을 것 같아서 그랬습니다."

딘은 그렇게 말하며 즐거운 듯이 미소 지었다.

"오라버니 하고 싶은 대로 하세요, 동생은 그렇게 말했습니다. 그렇다면 저는 여기서 일하고 싶습니다."

딘이 뺨에 대고 있는 내 손을 잡았다.

"지금까지 제 미래는 왕이 되거나 죽거나 둘 중 하나라고 생각했습니다. 그 이외의 미래는 그려 본 적이 없었습니다. 모든 건 왕이 되기 위해서……. 그저 그것만을 위해 사람들과 관계를 맺었습니다."

나는 속내를 털어놓는 그의 말에 조용히 귀를 기울였다.

"하지만…… 이곳에 있을 때 저는 달랐습니다. 언제나 염두에 있었던 미래가 날아가 버렸죠. 그리고 그저 당신과 함께 일하는 걸 순수하게 즐기고 있었습니다……."

"딘……."

그것은 마치 고백 같았다.

"바라고 말았습니다. 소망하고 말았습니다. 그 이외의 미래를. 본 적도, 상상한 적도 없는 미래를 당신과 함께 만들어 나가고 싶다고."

내 손을 잡은 그의 손에 힘이 담겼다.

"지금까지는 단기 고용 계약이었지만…… 앞으로는 계속 여기서 일하게 해 주십시오. 망령인 제게 그 자리는 아직 남아 있습니까?"

"……응! 물론이지."

이미 죽은 사람인 딘에게는 확실한 신분이 없다.

하지만 그게 뭐란 말인가.

한 번 그 절망을 맛본 내게 조금의 고생은 고생 축에도 속하지 않는 듯한 기분마저 들었다.

딘이 갑자기 내 손을 잡은 채 무릎을 꿇었다.

마치 동화 속에서 기사가 공주님에게 무릎을 꿇는 것처럼.

"잠깐…… 딘!"

나는 갑작스러운 그의 행동에 눈을 크게 뜨며 큰 소리로 외쳤다.

하지만 딘은 온화한 미소를 지으며 고개를 저었다.

그리고 다음 순간, 그가 강렬한 눈빛으로 나를 바라보았다.

내 의식은 그 눈동자에 사로잡히고 말았다.

"……당신을 사랑해."

그리고 그의 말에 또다시 나는 넋을 잃었다.

꾸밈없는 짧은 말이었다.

하시만 그 밑에 담긴 마음에 눈물이 흘러내려 멈추지 않았다.

"당신에겐 줄곧 거짓말만 했어. 게다가 나는 이 세상에 정식 신분도 없고, 표면적으로 나설 수도 없는 망령. 나 때문에 많은 고생을 하게 될 거야. 하지만…… 이젠 나 자신을, 무엇보다도 당신을 속이고 싶지 않아. 나는 진심으로 당신을 사랑해. 설령 당신이 나 때문에 고생하게 된다는 걸 알면서도 포기할 수 없어. 당신과 함께 걸어가고 싶어. 부디 이제부터 나와 인생을 함께해 주지 않겠어?"

딘의 말을 들으며…… 얼굴이 붉고 뜨겁게 달아오르는 듯한 기분이 들었다.

기쁘고 또 기뻐서 가슴이 벅찼다.

"그런 걸 신경 쓰는 거야?"

나는 그의 손을 움켜잡았다.

"그런 거라니……. 내가 이런 말을 하긴 좀 그렇지만 솔직히 귀찮잖아. 신분도 확실하지 않은 정체 모를 남자는 영주의 남편으로 부적격이지. 게다가 그 남자는 왕가의 혈통이고, 왕위 계승권을 갖고 있어……. 사람들의 앞에 서는 건 결코 불가능하지."

"당신과 함께할 수 있는걸……. 죽었다고 생각했던 당신과. 그 기적 앞에서 그런 건 아무것도 아닌 것에 불과해. 그리고……."

그가 내 말에 눈을 동그랗게 떴다.

나는 딘을 일으켜 세운 후 그의 품속으로 뛰어 들었다.

숙녀의 소양과 공작 영애로서 갖춰야 할 품위는 이 시점에서는 이미 허공으로 던져 버렸다.

"바꿔 말하면 당신은 왕관보다 날 선택한 거잖아? 만약 당신이 왕이 되어서 돌아왔다 해도 나는 이미 영주. 이 지위를 포기할 생각도 없고, 그러고 싶지도 않아. ……아무리 당신을 사랑해도."

"아이리스……."

"딘, 나도 굉장히 골치 아픈 여자야. 욕심도 아주 많고, 당신을 사랑하지만 나는 내 길을 바꿀 수가 없어. 이 땅을, 이 땅의 백성들을 사랑하니까."

그것만은 양보할 수 없다. 그를 아무리 사랑해도.

"……나는 그런 당신을 사랑해."

딘이 그렇게 말하며 웃었다.

"딘……."

우리는 서로 마주 보았다. 서로의 눈동자에 비치는 건 오직 상대뿐.

"하지만 하나만 약속해 줘."

그렇게 말하자 딘이 진지한 눈빛으로 다음 말을 물었다.

"그런 감정은 두 번 다시 맛보고 싶지 않아. 절대 내가 울 만한 거짓말은 하지 말아 줘."

괴로웠다. 슬펐다. 안타까웠다.

가슴이 찢어질 만큼……. 더 이상 그런 기분을 맛보는 것은 견딜 수 없었다.

"물론이지. 이젠 나도 거짓말은 사양하고 싶어."

살며시, 이번에는 그가 내 뺨에 손을 댔다.

나는 그 손에 내 뺨을 맡기듯 고개를 기울였다.

"……나도 당신과 함께 걷고 싶어. 누구보다도 가까이에서. ……나도 당신을 사랑해."

겨우 말했다……. 사랑한다는 그 말을.

내 솔직한 마음…… 가슴속에서 솟아올라 흘러넘치는 이 마음을.

그 사실에 만족감과 함께 안도의 숨이 흘러나왔다.

실며시 그의 얼굴이 가까이 나가왔다. 나는 그내로 눈을 감았다.

그리고 우리는 입맞춤을 나눴다.

……사랑스러워.

그가 살아 있다는 것, 그리고 지금에 이르기까지의 모든 것에 나는 감사했다.

그리고 동시에…… 폭력적인 충동이 내 마음속을 휘저었다.

감정이 폭발할 것 같아서 소리를 지르고 싶을 만큼.

그의 모든 걸 내 것으로 만들고 싶다……. 다른 건 생각할 수 없을 만큼.

흘러넘치는 감정에 휩쓸릴 것만 같은 나처럼 그도 나를 원해 줬으면.

……우리는 살며시 떨어졌다.

"……이, 일단 돌아갈까?"

더 이상 이대로 이렇게 있다가는 이성을 잃어버릴 것 같아서 나는 부끄러워하며 제안했다.

"……그렇군요."

동의하는 그의 얼굴도 살짝 붉었다.

그게 귀여워서 그만 웃고 말았다.

"분명히 다들 당신을 환영할 거야. 당신이 죽었다는 얘길 듣고 다들 슬퍼했거든."

"글쎄요……. 보르사(재무부) 사람들은 오히려 제가 지옥에서 돌아왔다고 무서워할지도 모르죠."

"하긴……."

우리는 손을 잡았다.

손가락 끝으로 전해지는 체온에 그만 미소가 번졌다.

앞으로 계속 이렇게 걸을 수 있는 거야.

"자, 가자! 딘."

"네."

† † †

그로부터 몇 년 후.

나는 딘과 결혼해서 행복한 나날을 보내고 있다.

딘의 정체를 아는 사람은 가족과 레티시아 님, 그리고 함께 일하는 소꿉친구들뿐.

표면적으로 나는 평민 남자와 결혼한 것으로 되어 있다.

물론 결혼에 이르기까지 여러 가지로 힘든 일이 많았다.

가족들의 반대는…… 전혀 없었지만 주로 다른 귀족들이 무척 시끄러웠다.

특히 아르메리아 공작가의 데릴사위를 노리던 차남, 삼남이 있는 가문은 그야말로 비난의 폭풍이었다.

레티시아 님의 협력과 더 이상 아르메리아 공작가가 힘을 키우길 원하지 않는 양식 있는 귀족들이 편을 들어 준 덕분에, 그리고 약간의 실력 행사 덕분에 무사히 결혼할 수 있었다.

그런 이유로 결혼식은 우리 부부와 양가의 가족들만 참석하여 그야말로 조촐하게 치러졌다.

하지만 그건 아무래도 상관없는 일.

중요한 건 그와 맺어졌다는…… 그것 하나뿐이니까.

이 결혼을 누구보다도 기뻐한 것은 다름 아닌 태후마마…… 아이리야 님이었다.

결혼식 도중부터 펑펑 우시다가 호흡이 곤란해졌을 때에는 얼굴이 일그러지는 것을 감추실 수 없었다.

'오랜 꿈이 이루어졌다'라고 하셨는데…… 대체 무슨 말일까? ……딘이 옆에서 쓴웃음을 짓고 있었지만.

영주 업무도 순조롭다.

에드 님의 일파가 있었을 때처럼 나를 눈엣가시로 여기며 방해하는 자가 없으니 그도 당연하다.

남편 딘이 보좌로 일하는 것도 가장 큰 원인 중 하나다.

그가 정식 영주 보좌가 된 후로 업무가 순조롭게 진행되기 시작했다.

나를 제외하고 누구보다도 기뻐한 것은 의외로 보르사(재무부) 사람들이었다.

그들은 딘의 복귀에 울면서 기뻐했다. ……얼굴은 조금 창백했지만.

……하지만 물론 아무 문제도 없었던 것은 아니다.

아무래도 내 인생에는 평온이라는 단어는 없는 모양이다.

그래도 내 부하들은 역전의 용사들……. 다 함께 협력해서 어떻게든 여기까지 올 수 있었다.

현재 아르메리아 공작가는 타스멜리아 왕국에서 가장 많은 인구를 거느린 도시로 발전했다.

학교에서는 최첨단 기술을 탄생시켜 시장에 환원한다.

거리 곳곳에는 학교와 병원이 세워졌다. 영지민들은 모두 읽고 쓰기와 계산을 할 수 있게 되었고, 병에 걸리면 병원에 가는 것이 당연해졌다.

시장에는 아카시아 왕국에서 들여온 진귀한 수입품이 진열되어 찾아오는 사람을 슬겁게 해 준다.

또 아르메리아 공작가는 아카시아 왕국과 활발한 교류를 하며 저쪽의 새로운 기술을 차례차례 들여왔다.

아즈타 상회는 국내 굴지의 상회로 성장, 그 규모는 국내에 다섯 손가락 안에 들 정도다.

지금은 아카시아 왕국에 점포를 내기 위해 여러 가지로 조정하고 있는 중이다.

카딜 님과는 그런 일이 있었던 덕분에 지금도 편지를 주고받고 있지만…… 때때로 아직 포기하지 않았다는 둥, 부디 아카시아 왕국에 와서 살라는 둥 꽤나 열정적인 권유를 하곤 한다.

물론 사랑 같은 게 아닌…… 완전히 스카우트 같은 느낌으로.

하지만 딘이 그런 편지를 볼 때마다 조금 울컥하며 기분 나빠하곤 한다. ……그 모습이 왠지 귀여워 보이는 건 나만의 비밀이다.

왕도에서는 레티시아 님이 여성 최초로 왕위에 올라 수완을 발휘하고 있다.

그리고 그 옆에는 베른이 있다.

놀랍게도 레티시아 님이 왕위에 오르고 나서 2년 후 두 사람은 결혼했다.

당시의 충격은 이루 헤아릴 수 없을 정도다.

딘은 아무래도 예상하고 있었던 것 같지만.

하지만 설마 두 사람이 결혼할 줄은 생각지도 못했다.

게다가 프러포즈는 레티시아 님이 먼저 했다니 더욱 놀라웠다.

그녀에게 베른의 어디에 반했는지 넌지시 물어보자 "감성도 잘 맞고, 그의 사고방식에 반했어요."라고 대답했다. ……대체 무슨 말인지 도통 알 수가 없었다.

더 이상 물으면 실례일 것 같아서 캐묻지는 않았지만.

"아가씨, 차를 가져왔습니다."

"어머, 타냐. 그 몸으로 움직이면 안 된다고 했잖아!"

때로는 비서, 때로는 믿음직하고 뛰어난 첩보원인 타냐는 현재 임신 중이다.

상대는 놀랍게도 디더.

타냐의 결혼은 당시 고용인들에게 큰 충격을 줬지만…… 상대가 디더라고 하자 모두 납득했다.

"이 정도는 괜찮아요. 전혀 움직이지 않는 것보다 조금은 움직이는 편이 좋다고 하더군요."

"그러면서 내가 임신 중에 일을 할 때마다 막았던 게 누구였더라?"

물끄러미 노려보자 타냐가 한순간 시선을 피하다가…… 곧 체념했다.

"죄송합니다. 이것만 두고 쉬도록 할게요."

"그래, 그게 좋겠어. ……일단 거기서 잠시 쉬도록 해."

내가 집무실에 있는 응접용 의자를 가리키사 그녀는 눈에 띄게 당황했다.

"하지만……."

"괜찮아. 어차피 오늘은 더 이상 손님이 찾아올 예정도 없으니까. 이건 영주의 명령이야. 잠시만이라도 일단 거기서 쉬도록 해."

"……알겠습니다. 그럼 감사히 쉬도록 하겠습니다."

타냐가 앉은 후, 나는 그녀에게 다가가서 배를 쓰다듬었다.

"기대된다. 이 아이와 만나는 거."

"네, 그러게요. 이 아이가 태어나고 아가씨께 허락을 받는다

먼…… 앞으로 이 아이는 아가씨의 아이를 곁에서 섬기게 하고 싶어요."

그렇게 말하며 타냐는 부드러운 미소와 함께 자신의 배를 쓰다듬었다.

"그건 본인의 희망에 맡기기로 하지."

쓴웃음을 지으며 대답하자 타냐의 눈이 번뜩 빛난 듯한 기분이 들었다.

"그럼 아가씨. 아가씨는 허락해 주시는 건가요?"

"아…… 으응, 뭐. 너와 디더의 아이라면 어떤 길을 택해도 믿을 수 있으니까."

"……영광입니다. 그럼 아가씨 마음에 들도록 철저하게 단련시켜야겠군요. 기대하며 기다려 주세요."

"으, 으응……."

그녀의 기백에 압도당해서 그만 동의하고 말았다.

……그 후로 그녀는 잠시 그대로 앉아서 휴식을 취한 후 방을 나갔다.

"어머님."

그녀가 나가고 나서 곧바로 내 아이가 들어왔다.

"어머나…… 엘피스."

내가 낳은 나와 딘의 아이.

은실 같은 머리카락과 눈동자 색은 나를 닮았지만…… 그 외에 이목구비는 완전히 딘과 꼭 닮은 사내아이다.

"왜 그러니, 엘피스? 누구 같이 온 사람은 없니?"

그 의문에 대답하듯 마침 딘이 방 안으로 들어왔다.

"요 녀석, 엘피스. 멋대로 정무 구역을 돌아다니면 안 된다고 몇 번이나 말했잖니?"

엘피스를 꾸짖는 그의 팔에는 겨우 목을 가눌 수 있게 된 장녀 루체가 안겨 있었다.

루체는 엘피스와 정반대로 딘에게 머리카락과 눈동자 색을 물려받은 것 외에는 나와 꼭 닮은 아이다.

"어서 오렴, 루체."

손을 내밀자 루체가 웃는 얼굴로 내게 안겼다.

그리고 엘피스의 머리를 쓰다듬었다.

"엘피스는 정말로 정무 구역을 좋아하는구나."

"네. 멋있잖아요."

"……멋있어?"

"네. 영지민들을 위해서 열심히 일하는 관리들의 모습이 정말 멋있어요. 동화 속에 나오는 초인적인 영웅은 아니지만 한 사람 한 사람이 자신이 갖고 있는 힘을 발휘하고, 그 힘이 모이고 모여서 누군가에게는 영웅이 되는 것도…… 멋지지 않나요?"

내 아들이지만 엘피스는 조숙한 아이다.

딘도 그런 아이였다니까 어쩌면 성격도 그를 닮았는지도 모른다.

"어머나……. 그럼 엘피스는 나중에 커서 그 사람들처럼 일하고 싶니?"

"네."

그렇게 대답하는 엘피스의 머리를 또다시 쓰다듬었다.

"기대되는구나. 언젠가…… 멋있기만 한 게 아니라 이 일의 진정한 무게를 이해한 네가 여기서 일하는 걸 무척 기대할게."

"네. 어머님의 말씀대로……. 이곳에서 일하고 싶다는 지금 저의 바람은 가벼운 말로 들리겠죠? 하지만 언젠가 반드시……."

"어머나, 동경하면 안 된다는 말이 아니란다. 오히려 그 길로 충분해. 넌 아직 어린아이니까."

그렇게 말하자 엘피스는 눈을 깜빡거렸다.

이런 표정은 영락없는 어린아이다.

"어린 시절의 동경이란 특별한 거야. 왜냐하면 거기엔 아무 타산도 없으니까. 순수하게 멋있다고 생각하는 걸 발견하는 것, 그 자체가 근사한 거야. 동경에 다가갈 수 있도록 먼저 노력하렴. 그리고 현실에 부딪혔을 때, 그래도 그 길을 걷고 싶다면 마음껏 걸으면 돼……. 만약 그러다가 다른 길로 가고 싶어지면 그렇게 하렴. 만약 그렇게 되더라도 그때까지 네가 한 노력은 널 배신하지 않을 테니까."

"……네. 열심히 할게요."

"그렇지만 지나치게 열심히 하면 안 돼요. 서둘러서 어른이 되면 엄마가 쓸쓸하잖니. 조금만 더 엄마의 귀여운 엘피스로 있어 주렴."

그렇게 말하자 엘피스와 그 뒤에 서 있는 딘이 동시에 쓴웃음을 지었다.

"엘피스, 그리고 딘. ……아들 바보라고 말하고 싶으면 말해도 돼."

"그, 그렇지 않아요……. 기뻐요, 어머님."

엘피스는 당황한 듯이, 그리고 마지막은 쑥스러워하며 말했다. 그 모습에 무심코 미소가 번졌다.

역시 내 아들이 세상에서 제일 귀여워…….

딘이 엘피스를 안아 들었다.

"아들 바보가 나쁜 건가? 그렇게 말하면 나도 아들 바보…… 아니, 가족 바보인걸. 부인은 지성이 흘러넘치며 세상에서 제일 예쁘고 상냥하고 사랑스러운 사람이고, 그 아내가 낳아 준 아이들은 더할 나위 없이 귀엽다고 생각하는데.”

“딘…….”

“사랑하는 부인, 모처럼 이 기회에 휴식을 취하며 가족끼리 단란한 시간을 보내지 않겠습니까?”

“멋진 제안이네요, 남편님. ……나머지 서류는 서두를 필요는 없으니까 나중에 당신이 도와주면 곧 끝날 테고……. 그래, 메리다의 과자를 먹으면서 쉬도록 할까?”

우리는 각각 아이를 안고 나란히 걸었다.

……행복한 미소를 지으며.

† † †

아르메리아 공작가는 그 후 눈부신 발전을 거듭했다.

아이리스 라나 아르메리아는 중흥의 시조로 후세까지 이름을 떨쳤다.

은행 설립, 학원 무상화와 의무 교육, 세금 제도 개정과 의료 발전 보호, 그리고 도로와 인프라 정비.

그 정책들은 100년 후 차츰 다른 나라에도 도입되었지만…… 그 어느 곳보다 빨리 그 정책들의 중요성과 유용성에 착안하여 도입한 그녀는 후세에도 귀재로 칭송받고 있다.

그리고 타스멜리아 왕국 또한 아르메리아 공작가의 혜택을 받아 눈부신 성장을 이뤘다.

또 그녀는 이 시대에서는 보기 드물게 신분이 다른 자와 연애 결혼

을 한 깃으로도 유넁하나,

　수수께끼에 감싸인 그녀의 남편.

　그는 그녀를 뒤에서 지탱해 줬으며 그 능력은 아이리스보다 결코 뒤떨어지지 않았다고 전해진다.

　전문가들 사이에서는 아르메리아 공작가에서 두 사람의 결혼을 반대하지 않은 것으로 볼 때, 그가 옛날부터 아르메리아 공작가를 섬기던 자가 아닐까 하는 설이 유력하다.

　어쨌든 수수께끼에 감싸인 그녀와 남편의 신분을 초월한 사랑 이야기는 그 때문에 다양한 억측을 불렀고, 수많은 연애 소설의 소재가 되었다.

　그리고 지금도 그 소설을 읽는 무수한 젊은 여성의 가슴을 설레게 하고 있다.

　수많은 일화와 전설을 남긴 아이리스 라나 아르메리아.

　백성들을 생각하고, 백성들에게 사랑받은 공작 영애…… 그 이름은 지금도 영지민들의 마음속에 깊이 새겨져 있다.

후기

드디어 본편 완결입니다.

5권……. 설마 여기까지 쓰게 될 줄이야.

감개무량합니다.

함께해 주신 독자 여러분, 정말 고맙습니다.

이번 권을 쓰면서 데이터가 한 번 날아가 버리는 사건이 발생했습니다.

쓰던 것을 고민 끝에 전부 버리고 다시 쓰고 있을 때, 운 나쁘게 컴퓨터가 멈춰 버렸지 뭐예요.

다시 컴퓨터를 사용할 수 있게 된 다음 다운되기 직전에 작성하던 파일을 복구했지만…… 복구된 것은 그 전에 버렸던 파일이었습니다.

한마디로 제가 글을 자주 저장하지 않았던 게 원인이죠.

사실은 전에도 똑같은 사건이 있었지만…… 인간이란 지나고 나면 다 잊어버리는 법인가 봐요.

한동안 컴퓨터 앞에서 굳어 버렸습니다.

그건 그렇고.

이 이야기를 쓰면서 제일 힘들었던 건 아이리스가 일만 하는 일중독자라는 점이었습니다.

소설을 시작하기 전에 이야기의 흐름은 정해 놓았지만…… 막상

쓰기 시작하니 스토리를 진행하고 싶어도 곧 이이리스가 '잠깐!' 하며 스토리를 스톱시키고 곧장 집무실로 돌아가 버리는 거예요.

일상적인 이야기를 쓰고 싶어도 아이리스가 집무실에서 나오질 않습니다.

조금은 휴일을 즐기자…… 라는 건 타냐의 말이 아니라 작가의 진심입니다. 아이리스, 움직여 줘…… 라고 중얼거리며 컴퓨터 앞에서 고민했던 적이 한두 번이 아닙니다.

하지만 책상에 달라붙어서 일에 몰두하는 그녀를 보며 작가인 저는 큰 자극을 받았습니다.

자신의 소중한 것을 위해 진두에 서서 오로지 앞만 바라보는…… 그 모습을 동경했습니다.

그런고로 이 이야기에서 제가 가장 감정이입했던 것은 바로바로 그녀의 밑에서 일하는 사람들이었습니다.

일중독자인 그녀 때문에 울면서도 그녀의 자세를 동경하는 동지라고 할까요?

그동안 탄생한 모든 등장인물에게도 감사를 바칩니다.

본편은 완결되었지만 이야기는 계속 이어집니다.

그것도 미래가 아닌 과거의 이야기입니다.

5권에서 주인공을 잡아먹을 만큼 활약을 보여 준 어머님…… 메를리스가 주인공입니다.

그녀가 무슨 생각으로 검을 쥐고, 수련을 쌓고, 그리고 전장에 나갔는지.

그 이야기를 그리고 싶습니다.

조금만 더 함께해 주시면 기쁘겠습니다.

그건 그렇고 이번 책도 만화와 동시 발매됩니다.

만화는 등장인물들의 마음의 움직임이 표정에 드러나서 무척 생기 넘치게 느껴지더군요.

우메미야 선생님, 멋진 그림으로 공작 영애 세계를 그려 주셔서 정말 고맙습니다.

마지막으로 여러분께 감사를.

담당님께는 정말로 많은 폐를 끼쳤습니다. 아슬아슬한 날짜까지 "여길 고치고 싶어요.", "여기 장면을 추가하고 싶어요." 등등…… 고집을 부려서 죄송합니다.

최대한 응해 주셔서 정말 감사합니다.

집필 중에 힘이 되어 준 주위의 모두…… 정말 고맙습니다.

후타바 하즈키 님, 이번에도 멋진 일러스트 고맙습니다.

5권 커버 일러스트를 처음 봤을 때, 1권이 세상에 나왔을 때를 떠올리며 혼자 감회에 젖었습니다.

그리고 마지막으로 독자 여러분.

이 본편 완결권이 무사히 나올 수 있었던 것은 이 이야기를 읽어 주신 독자 여러분 덕분입니다.

정말 고맙습니다.

레이아

공작 영애의 소양 5

원작: 레이아 만화: 우메미야 스키 캐릭터 원안: 후타바 하즈키

영지를 경영하는 영애에게 다가오는
제2왕자파의 마수!

왕위 계승 문제로 흔들리는 왕도.
영주 대행으로서 수완을 발휘하는
아이리스에게도 위기가 닥친다ㅡ.
그리고 과거의 연적 유리 영애의
진짜 모습이 차츰 드러나는데?!

루체
LUCE

천장 아래서 잘 부탁합니다

원작: 쿠루 히나타 **만화:** 카토 에리코

어느 제국 황제 집무실의 천장 뒤에는
여러 나라에서 온 밀정들이 은밀히 숨어 있다.
화기애애한 분위기 속에서 꽤 평화적으로 황제 폐하를
감시하고 있던 중, 새로운 임무를 받아
조국으로 돌아가게 된 밀정 소녀.
하지만 조국에서 그녀를 기다리고 있던 사람은
다름 아닌 황제 폐하였다!

게다가 그는 어째서인지
소녀를 황비로 삼겠다고 하는데—?!

루체
LUCE

공작 영애의 소양 5

2023년 10월 04일 제1판 인쇄
2023년 11월 30일 제1판 발행

지음 레이아
일러스트 후타바 하즈키
옮김 김진수

발행 영상출판미디어(주)
등록번호 제 2002-000003호
주소 07551 서울특별시 강서구 양천로 570(등촌동, NH서울타워) 19층
전화 02-337-0610

ISBN 979-11-380-3380-0
ISBN 979-11-380-3143-1(세트)

KOUSYAKU REIJOU NO TASHINAMI Vol.5
ⓒReia, Haduki Futaba 2017
First published in Japan in 2017 by KADOKAWA CORPORATION, Tokyo.
Korean translation rights arranged with KADOKAWA CORPORATION, Tokyo.